鄭再發學術論著

鄭再發 著

五南圖書出版公司 印行

孔子家語校證序

孔子家語之傳世，不自王肅始，其刊寫舛譌，亦非誤字脫文而已；漢書藝文志已載孔子家語二十七卷，顏師古以爲「非今所有家語」，而今世傳本，恐又非顏氏所謂今之家語也；隋書經籍錄王肅註家語二十一卷，唐以後所著錄者僅得十卷，一世之間，卷帙減半，矧且千百年後之今日哉。其失王註本之舊可信矣。遜清以還，校古書者甚眾，而於家語，曾無理董，因據四部叢刊景明翻宋本爲底本，輔以湖北叢書本・陳士珂家語疏證，旁蒐古註，類書，參驗經史典籍，逐於魯魚亥豕之末，草成校證十卷，附佚文三十一條，冀復唐時舊觀耳。顧學疏識淺，趨捨難定，多存厥疑，以俟來茲。

院　系　中國文學系
年　度　四十六學年度
論文題目　孔子家語校證
指導教授　王叔岷
學　生　鄭再發
學　號　四三一一〇八
評　分　甲
評　語　引證博洽，用力極勤。

目錄

甲、孔子家語研究

孔子家語校證

孔子家語校證卷第一、

相魯第一

孔子初仕為中都宰，（注：中都，魯邑。）

案太平御覽二六七引無初字，疑脫；六二五引注「魯邑」下有「名也」二字，當補。

制為養生送死之節；

案御覽二六七，六二五引並無制字。

注：如禮年五十異食也。

案御覽六二五引注食作粮。

強弱異任。（注：任，謂力作之事，各從所任，不用弱也。）

案御覽六三七引異作共，當是壞字；六二五引注謂上無任字，「不用弱也」作「弱，困也」，今本用乃困之形誤。

路無拾遺，器不雕僞；

案藝文類聚五四，御覽二六七，六二五，六三七引無並作不；「器不雕僞」下並多「市不二價」四字，御覽六二五且引有注曰：「各如其賈，不相欺狂」，尤可證正文本有「市不二價」四字，今本併注脫，當補。惟疑狂係誑之壞字，或古通用。

行之一年，而西方之諸侯則焉。（注：魯國在東，故西方諸侯皆法則。）

案藝文類聚五四，御覽六二五，六三七引「西方之諸侯則焉」皆作「西方諸侯皆則焉」，史記孔子世家作

24×25

「四方皆則之」，與之較合，惟索隱曰：「家語作「西方」」，御覽二六七引此（則上亦有皆字。）同今本，證以王注，是王所見本本作「西方」也。又御覽二六七引注「西方」上有言字；史記索隱引注在作近，「皆法則」作「皆取法則焉」，並當據正。

學子此法，

案御覽六三七引此作之。

雖天下可乎，

案御覽引乎作也，同義。

而物各得其所生之宜。

案初學記十一，藝文類聚四七，御覽二○八引並無「各得」二字；北堂書鈔五二引此與今本同。

由司空為魯大司寇，

案史記此文無魯字，較是。

定公與齊侯會于夾谷，孔子攝相事，

案初學記一五，御覽五六九引「定公」上並有魯字，疑當補。又御覽六四六引夾作郟，穀梁定十年傳作頰，並古通用。初學記引攝下有行字。

有文事者必有武備，有武事者必有文備；

案記纂淵海五二引無二者字，穀梁傳同。

諸侯並出疆，

案史記無並字。

以遇禮相見。（注：會遇之禮，禮之簡略者也。）

案史記此文作「以會遇之禮相見」，以注驗之，疑此、文『遇禮』亦本作『會遇之禮』；否則注『會遇之禮』上應有『遇禮』二字，史記集解引此注同今本，是此注未有脫文，正文脫誤耳。

以兵鼓譟劫定公。

案史記及索隱引此譟並作噪，譟乃俗譟字，譟與噪同。

孔子歷階而進，

案史記此文作『孔子趨而進，歷階而登，不盡一等』，穀梁傳作『孔子歷階而上，不盡一等』；據本篇下文，疑此本作『孔子趨進，歷階而上，不盡一等』。又史記索隱引有王注云：『歷階，登階不聚足』；今本脫，當補。

士以兵之

案：左定十年傳此文無以字，此以字疑涉上文「以公」而衍。

俳優侏儒戲於前，

案：書鈔一一二引「俳優」作「倡優」，御覽五六九作「優倡」，史記同。御覽六四七引於下有公字。

匹夫熒侮諸侯者罪應誅，

案：御覽五六九引熒上有而字，書鈔一一一引此亦有而字，（惟脫熒字），史記此文作「匹夫而熒惑諸侯者罪當誅」，正可證今本此文脫而字。

請右司馬速刑焉，

案：御覽六四六引此作「請有司速加法焉」，史記此文

24×25

作「請命有司，有司加法焉」；疑今本右乃有之誤，焉字則為後人據穀梁傳所增；蓋穀梁定十年傳正作「使司馬行法焉」，惟證以上下文，家語此節與史記較合，作「有司」為是。

手足異處

案穀梁傳此文作「首足異門而出」。

齊人加載書曰：齊師出境而不以兵車三百乘從我者，

案左傳加下有于字；兵作甲。

孔子使茲無還對曰：

案左傳對上有揖字。

齊侯將設享禮

案左傳此文作「齊侯將享公」。

是勤執事，

案左傳事下有也字。

享而既具是棄禮，

案左傳享作饗，（同），禮下有也字。

是用粃粺

案左傳粃粺二字並从禾，（从米者俗），下有也字。

不昭不如其已

案左傳此下有也字。

責其群臣曰，

案史記責作告。

使得罪，

案史記此下多「于魯君，為之奈何，有司進對曰：君子有過則謝以質，小人有過則謝以文；君若悼之，則謝以實」三十六字。疑以其事不涉及孔子，故家語不錄。

於是乃歸所侵魯之四邑及汶陽之田。（注：四邑：鄆，讙，龜，陰也。洙有汶陽之田，本魯界。）

案左傳及穀梁傳此文並作「齊人來歸鄆，讙，龜，陰之田」，而史記「四邑及汶陽之田」作「鄆，汶陽，龜，陰之田」，索隱曰：「左傳：「鄆，讙，及龜陰之田」，則三田皆在汶陽」。而王注則以為鄆，讙，龜，陰為四，外尚有汶陽之田；待攷。

家不藏甲，（注：卿大夫稱家，甲，鎧也。）

案御覽三〇三引不作無；家上有「大夫」二字。疑是並注而稱引之也。

叔孫不得意於季氏，因費宰公山弗擾率費人以襲魯。

案御覽引「叔孫」下有輒字，「弗擾」作「不狃」，與左定十二傳並合。輒字當補，弗擾，不狃，字異而音義同。

入于費氏之宮，

案左傳費作季，是

初魯之販羊有沈猶氏者，常朝飲其羊，以詐市人；有公慎氏者，妻淫不制；有慎潰氏者，奢侈踰法；魯之鬻六畜者，飾之以儲價。及孔子之為政也，則沈猶氏不敢朝飲其羊。

案「慎潰氏」下疑本有者字，上下文例可證。

新序雜事一「踰法」作「驕佚」，「魯之鬻六畜者飾之以儲價」作「魯市之鬻牛馬者善豫賈」；荀子儒效篇鬻作粥，（同）；楊注引此文「儲價」作「詣賈」。

又荀子「及孔子之為政也，則沈猶氏不敢朝飲其羊」作「仲尼將為魯司寇，沈猶氏不敢朝飲其羊」，（新序雜事一作「孔子將為魯司寇」，雜事五作「仲尼為魯司寇」），書鈔三六，五四（大司寇篇）引此並作「仲尼為大司寇，沈猶氏不敢朝飲其羊」，與荀子較合。文選沈休文齊故安陸昭王碑文注引此與今本同，惟引上文「初魯之販羊」上多「孔子為大司寇」六字，疑是。

愼潰氏越境而徙，

案荀子，新序雜事一，越並作踰，同。

鬻牛馬者不儲價，賣羊豚者不加飾。

案荀子、新序「儲價」並作「豫賈」，無「賣羊豚者不加飾」六字。陳士珂孔子家語疏證本賣作買。

始誅第二

誅亂政大夫少正卯，戮之于兩觀之下。（注：兩觀，闕名。）

案群書治要十引政作法，書鈔五四引同；三六引正作政。淵海六四引此無「戮之」二字，說苑指武篇「誅少正卯於東觀之下」，亦無「戮之」二字。

治要引注「闕名」作「闕也」，疑本作「闕名也」；今本注文下每脫也字，當倣此補。

子貢進曰：夫少正卯，魯之聞人也。

案荀子宥坐篇「子貢進曰」作「門人進問曰」。說苑進上有「趨而」二字，卯下有者字，也作矣。

或者為失乎？

案治要引失下有之字，據補。

而竊盜不與焉。

案治要引「竊盜」二字倒，荀子，說苑同，據乙。

一曰心逆而險，二曰行僻而堅，三曰言僞而辯，四曰記醜而博，五曰順非而澤。此五者有一於人，則不免君子之誅。

案治要引險作嶮，同。荀子逆作達，僻作辟，（辟，僻正假字。）「不免」作「不得免于」。說苑逆作辨，「二曰」以下三句作「二曰言僞而辨，三曰行辟而堅，四曰志愚而博」。御覽六四五引此辯作辨，（治要引同，古字通用。）人作此。

以正卯皆兼有之；其居處足以撮徒成黨，其談說足以飾褒榮衆，其強禦足以反是獨立。

案御覽引兼下有而字，無三其字；荀子此文無皆字，而無三其字，居上有故字，撮作聚，（義同）。「飾褒」作「飾邪」，疑褒乃衺之誤，治要引正作衺，衺與邪同。又治要引榮作熒，榮乃熒之誤。

此乃人之姦雄者也，不可以不除。

案御覽引此無「者也」，及以三字；荀子此文作「此小人之桀雄也，不可不誅也」而無者，以字。

夫殷湯誅尹諧，文王誅潘正，周公誅管，蔡，太公誅華士，管仲誅付乙，子產誅史何。

案荀子「潘正」作「潘止」，「管蔡」作「管叔」，「付乙」作「付里乙」，「史何」作「鄧析，史付」

。說苑「尹諧」作「蠋沐」，「潘正」作「潘阯」，「付乙」作「史附里」，「史何」作「鄧析」，僅此四人而名曰五子，顯有脫漏。此文「潘正」當從荀子作「潘止」，與說苑作「潘阯」同。「史何」作「史付」，則未知孰是。

不可赦也。

案御覽引此無也字，下多「吾始誅之，不亦可矣」八字，疑當據補。

夫子同狴執之。（注：狴，獄牢也。）

案御覽六五二引「夫子」作「孔子」，狴下有而字，引注無牢字。而字當補。家語稱仲尼，皆作「孔子」，不作「夫子」，書例也；有作「夫子」如此者，並

24×25

當校正。又初學記引執作縶，古字通用。

夫子赦之焉。

案御覽六三五引無之字，治要引同。荀子此文作「孔子舍之」，作「孔子」是也，說見上條。之涉下衍。

國家必先以孝，

案御覽六五二引「國家」上有為字，荀子同，治要引亦同。惟「國家」下有者字，疑當從治要補。

而又赦，何哉？

案御覽，治要引赦下並有之字，當補。

冉有以告孔子，子喟然歎曰。

案御覽引告上有「其言」二字，子作「孔子」，與上「孔子」二字疊，疏證本同，治要引子亦作「孔子」

，今本脫孔字，當補。

是殺不辜。

案治要引此下有也字，荀子，韓詩外傳三，說苑政理篇並同，當補。

三軍大敗，不可斬也。

案外傳，說苑斬並作誅。

獄犴不治，

案犴，外傳作讞，說苑作訟，治要引此作豻。犴，豻同字。

慢令謹誅，

案荀子慢作嫚，古字通用。

不試責成，

案治要引試作誠，以荀子作教驗之，疑試乃誠之誤。

政無此三者，

案荀子「政無」作已。

未有慎事。（注：自謂未有順事。）

案慎，今本書經作遜，荀子作順，並古字通用。

言必教而後刑也。（注：是先教而後刑也。）

案荀子此文作「言先教也」。與此注「先教」之文合，疑此文正文教上脫先字。

既陳道德以先服之；而猶不可，尚賢以勸之；又不可，即廢之；又不可，而後以威憚之。

案治要引尚上有則字，「即不可」以下作「則廢不能以憚之」。（是即乃則之誤，尚上亦當補則字）。荀

子此文作「故先王陳之以道，上先服之，若不可，尚
賢以綦之，若不可，廢不能以單之」，（憚，單古通
），末句與治要引合，疑今本此文廢下有脫文，或竟
是脫「不能以憚」四字，「威憚」或本作「威厲」，
下文可照。

若是三年而百姓正矣！

案治要引此無「三年而」三字。荀子「若是」作綦，
正作往。

甚有邪民不從化者，然後待之以刑，

案荀子待作俟，外傳同，同義。「邪民」外傳作「邪
行」，說苑更作「躬行」，躬疑邪之形誤。

詩云：天子是毗，俾民不迷。（注：毗，輔也；俾，使也

。言師尹當毗輔天子，使民不迷。）

案荀子此文作「詩曰：『尹氏大師，維周之氐，秉國之均，四方是維，天子是庳，卑民不迷』」，驗之本注，疑此文「天子」上脫「尹氏大師」四字。

是以威厲而不試，

案治要引試作誠，說苑作至；疑此作試不誤。

刑錯而不用

案治要引錯作措，「不用」下有也字，外傳並同，措，錯正假字；說苑用下亦有也字。

今世則不然，

案治要引此無則字。荀子此文今上多「此之謂也」四字，今下有之字。

使民迷惑而陷焉，

案荀子陷作墮，是陷當是陷之誤刻。

陵遲故也。（注：陵遲，猶陂池也。）

案外傳陵作凌，古通。文選曹大家東征賦注引此注池作阤，是。

王言解第三

曾子閒居，曾參侍。

案治要引「曾子」作「孔子」，疏證本同，是也。大戴禮王言亦作「孔子」。

難對，是以敢問。

案大戴禮無對字。

負席而立，

案大戴禮席作序。

是以非德道不尊，非道德不明。

案治要引以作故，大戴禮同。又治要引「不明」下有也字。大戴禮上句無道字，下句無德字。

不以其道服乘之，

案治要引此文作「不教服衆」。

不可以道理；

案治要引此文作「不可以取道里」，與下文「不可以致霸王」對言，是也。大戴禮「不可以取千里」，亦有取字。

七教修，然後可以守；三至行，然後可以征。

案治要引二「然後」並作而。

明王之道，其守也則必折衝千里之外，其征則必還師衽席之上。

案藝文類聚六九，御覽七〇九引「守也」上並無「道，其」二字，下「則必」二字作也，大戴禮並同；治要引下「則必」二字亦作也，疏證本「其征」下有也字，有下「則必」二字；疑此二字乃涉上而衍；今本「其征」下當補也字。

外行三至而財不費，

案藝文類聚引費作匱，義較長。下文「不勞不費之謂明王」，「何財之費乎」，二費字疑亦當作匱。

不勞不費之謂明王，可得聞乎？

案「明王」之下疑本有「之道」二字，承上文「此之謂明王之道也」。

政之不平，君之患也；

案大戴禮平作中，患作過。

此則生財之路，

案治要引此下有也字，據補。

上惡貧，則下恥爭；

案治要引貧作貪，大戴禮同。是也。

上廉讓，則下恥節；

案治要引恥作知，疑是，恥乃涉上而衍。

政教定則本正也。

案治要引也作矣；大戴禮同；也猶矣也。又大戴禮此文無政字，疑是。

民敦俗樸，

案敦下疑脫而字，上下文例可照。

亦者教之致也

案大戴禮亦作七，文各異也。又致作志，補注云：「志，準也，如射之有志之志」。然則致，志文異而義近。

布諸天下四方而不怨，

案大戴禮此文上有「七者」二字，無「四方」二字，怨作宛；此文「布諸」上疑本有「六者」二字。

等之以禮，

案大戴禮此文上多「是故聖人」四字，義較完。

則民之棄惡如湯之灌雪焉。

案文選枚叔七發注引民作人，蓋避唐太宗諱改。大戴禮則作而，則猶而也。

參，以為姑止乎？

案治要引「以為」上有汝字，「姑止」下有此字，疑並是。

昔者明王之治民也法，

案治要引法作「有法」，大戴禮同；今本此文法上脫有字，當補。

必裂地以封之，分屬以理之；

案治要引二以並作而；以猶而也。

然則賢者悅而不肖者懼，

案治要引此無然字，大戴禮同，疑此文然字涉上而衍。又大戴禮悅作親，懼下有「使之」二字，屬下讀。

下之親上也，

案大戴禮此文上有則字，是。

布指知寸，布寸知尺，舒肘知尋；

案御覽八三○引此作「布指知寸，布寸知尺，舒肱知尋，舒身知常」，此文「布寸」之寸當作手，蓋涉上文寸字而誤。又「知尋」下有脫文，當補。

三百步為里，千步為井，

案大戴禮兩為字並作而；誤。為，古文作[illegible]，與而往往相亂。

三井而埒，埒三而矩；

案「埒三」二字當乙，大戴禮埒作「句烈」，三字「句烈」上，可證。又大戴禮矩作距。

五十里而都封，百里而有國，

案大戴禮此文作「五十里而封，百里而有都邑」。

福積資求焉，

案疏證本此文作「稸積資聚」，大戴禮作「畜積衣裘」。福疑稿之誤，求又為聚之壞字。

恤行者有亡，

案大戴禮此文作「使處者恤行者有與亡」，義較完。

惟校正孔氏大戴禮記補注引此「有亡」作「之亡」。

田獵罩弋非以盈宮室也。（注：罩，掩網，弋，繳射。）

案大戴禮作「畢弋田獵之得，不以盈宮室也」。此文罩疑罼之誤，畢與罼同。此注罩亦當正。又治要引此注網，射下並有也字；今本注文下每脫也字，當倣此補。

非以盈府庫也；

案治要引盈作充，大戴禮同，文異而義同。

其言可覆，

案大戴禮作「其信可復」，此承上文「多信而寡貌」言之，言當作信，復覆古通。

其迹可履；

案治要引此下多「其於信也如四時；其博有萬民也」十三字，大戴禮同，惟「四時」下多「春秋冬夏」四字，今暫從治要補。

如寒暑之必驗。

案治要引此下有也字，今本脫，據補。

用利不施而親，

案大戴禮「用利」二字倒。

折衝千里之外者也。

案治要引「折衝」下有乎字，大戴禮同；今本脫，據補。

至賞不費而天下士悅，至樂無聲而天下民和。

案治要引二「天下」下並有之字，今本下文同，大戴禮此文亦同；今本此文脫，當補。

故天下之君可得而知，天下之士可得而臣，天下之民可得而用。

案治要引「而知」，「而臣」，「而用」下並有也字，大戴禮同；今本此文並脫，當補。

敢問此義何謂，

案治要引此下有也字，大戴禮同；今本此文脫，據補。

既知其名，又知其實，又知其數，及其所在焉。

案治要引此下二句作「既知其實」，大戴禮此文下三句作「又知其數，既知其數，又知其所在」。疑此文本作「既知其名，又知其實；既知其實，又知其數，及其所在焉」，今本此脫「既知其實」四字，而治要引脫「又知其數，及其所在焉」九字。大戴禮亦頗有脫誤，疑本作「既知其名，又知其實；既知其實，又知其數；既知其數，又知其所在焉」。

則天下之民名譽興焉，

案治要引此無民字，名作明；大戴禮同，惟校正曰：「戴校云：『沈本作名譽』，家語作『則天下之明名譽興焉』」。是今本此文民乃明之誤。

所謂天下之至仁者，能合天下之至親也；所謂天下之至明者，能舉天下之至賢者也，此三者咸通，然後可以征。

案治要引此親下有者字，大戴禮同；有是也，下文文例可照。又此文明言「此三者」，而僅言「至仁」，「至明」二事，顯有脫文，治要引此文「至親者也」下多「術謂天下之至智者，能用天下之至和」十五字，大戴禮同，惟「至和」下有「者也」二字，與上下文例較合，當據大戴禮補。下文「仁者莫大乎愛人，智者莫大乎知賢，賢政者莫大乎官能」，可為此文脫「至智」一文之佐證。

仁者莫大乎愛人，智者莫大乎知賢，賢政者莫大乎官能。

案治要引三乎字並作於，政上無賢字，大戴禮同；乎，於也；下賢字涉上文「知賢」而衍，當刪。又大戴禮『官能』作『官賢』。

有土之君，修此三者，

案治要引修上有能字。

故明王之政，

案御覽三〇三，淵海八〇引政並作征，治要引此文作『故曰明王之征也』，大戴禮同；征，政之假字，曰，也二字今本脫，當據補。

猶時雨之降，降至則民悅矣；

案治要引『之降』下有也字，無下降字，大戴禮亦有也字，無降字；下降字疑涉上而衍，『之降』下據補也字。

還師衽席之上。（注：言安安而無憂。）

案御覽，淵海引「還師」下並有於字，「之上」下並有也字。治要引此注，安字不疊，「無憂」下有也字，較長。

大婚解第四

敢問人道孰為大，

案：治要引孰作誰，禮記哀公問，大戴禮哀公問於孔子並同。孰，誰文異而義同。

君及此言也，

案：禮記君下有之字，今本下文「君子及此言」，疏證本作「君之及此言」，禮記，大戴禮並同，是下文「君子」乃「君之」之誤，而此君下脫之字也，當補。

人道，政為大；

案：治要引「人道」上有夫字。

君為正，則百姓從而正矣！君之所為，百姓之所從，君不為正，百姓何所從乎？

案治要引「之所從」下有也字，「不為正」作「之不為」，「何所從乎」作「何從」，禮記，大戴禮並同，惟「不為正」作「所不為」，「從而政矣」作「從政矣」。

夫婦別，男女親，君臣信，三者正，則庶物從之。

案此文首二句疑本作「男女別，夫婦親」。惟治要引同今本，僅「男女」作「父子」，「從之」下有矣字，禮記，大戴禮同。又信字，禮記作嚴，大戴禮作義。「庶物」大戴禮作「庶民」。

寡人雖無似也，

案禮記，大戴禮能並作似。

孔子對曰：古之政，

案禮記，大戴禮政上並有為字。

所以治禮，敬為大，敬之至矣，大婚為大，大婚至矣，冕而親迎，親迎者敬之也；是故君子興敬為親，捨敬則是遺親也。

案禮記，大戴禮此文並作「所以治禮，敬為大，敬之至矣，大昏為大，大昏至矣，大昏既至，冕而親迎，親之也，親之也者親之也，是故君子興敬以（大戴無以字）為親，舍敬是遺親也」。疑「親迎，親之也」下親之，涉上下文而衍，或「親之也」三字並係衍文，又「親之也者親之也」下親字，疑本作「興敬」，「舍敬」之敬，涉上而誤，家語此文可證。又「敬之至矣」似應作「所以治敬」，此文及二禮並涉下「大婚至矣」而誤。

弗親弗敬弗尊也。

案禮記，大戴禮此文並作「弗愛不親，弗敬不正」。

寡人願有言也，然冕而親迎，

案禮記，大戴禮「有言」下並無也字，大戴禮校正云：「然字句絕，然猶焉也，王肅不得其解，遂以然字屬下讀，而言下增也字」。其說或可從。

足以配天地之神。（注：言宗廟天地神之次。）

案禮記，大戴禮神下並有明字。以注驗之，或今本本無明字；或正注文並脫明字。治要引神下有也字。

以立上下之敬。（注：夫婦正則始可以治正言禮矣，身正然可以正人者也。）

案治要引此文上有足字，下有也字，以與上文「足以配天地之神也」對，禮記，大戴禮亦並有足字。足字當補。又治要此注「始可以治正」作「出可可治政」（政，正正假字。）然作乃，疑今本此注然下本有後字。

物恥則足以振之，（注：恥事不知，禮足以振救之。）國恥足以興之。（注：恥國不知，足以興起者也。）

案禮記，大戴禮「物恥」下並無則字，惟治要引同今本，且「國恥」下亦有則字，以與之對，疑是。又引此注二「不知」並作「不如」（知乃如之形誤。）「禮足以振之」作「禮則足以振教之也」（則，也二字當補，救作教乃形近誤引。）「足以興起者也」作「

禮則足以興起之」（「禮則」二字當補。者當作之，上注文可照。）

昔三代明王必敬妻子也。

案禮記，大戴禮「明王」下並有「之敬」二字，「妻子」上有其字，有其字較長。

妻也者親之主也，

案禮記，大戴禮此文下並有「敢不敬與」四字，與下文「子也者親之後也，敢不敬與」對，今本無該四字亦通。

是故君子無不敬，敬也者敬身為大，身也者親之支也。

案治要引「無不敬」下有也字，禮記，大戴禮並同，當補。又二禮並無「敬也者」三字，當係脫文，蓋該文與下「身也者」對也。又二禮支並作枝，支，枝正假字。

不敬其身，是傷其親；

案禮記，大戴禮「不敬」並作「不能敬」。與下文合。

妃以及妃，

案大戴禮妃作配，妃，配古通。

君以脩此三者，則大化愾乎天下矣。（注：氣，滿。）

案「君以脩」治要引作「君脩」，禮記作「君行」，大戴禮作「君子行」，並無以字，此文以字，疑乃涉上而衍。又二禮此文並無「大化」二字。治要引此注作「愾，滿也」，是，當據正。

昔太王之道也，如此國家順矣。

案禮記，大戴禮並無昔字。禮記「如此」下有則字，有則字較長。

過行則民作則。

案治要引「過行」作「過動」，禮記，大戴禮同，是也，下文「動不過則」即承此而言。

百姓恭敬以從命，

案治要引「恭敬」二字倒，禮記，大戴禮此文並作「百姓不命而敬恭」，亦倒「恭敬」二字。

若是則可謂能敬其身，則能成其親矣。

案治要引「能敬其身」四字疊，禮記，大戴禮並同；是也，不然則下句失其所從附矣。

公曰：何謂成其親？

案今本此節凡哀公，如「敢問人道孰為大」，「敢問為政如之何」，「敢問何謂敬身」，「敢問何能成身」等，並以「敢問」二字引領，此問亦當如是，禮記，大戴禮此文並有「敢問」二字，是也，此當據補。又二禮此文並無其字，治要引同，亦是，「敢問何謂敬身」，「敢問何能成身」二文例可照。

孔子對曰：君子者也，人之成名也，

案禮記，大戴禮「者也」二字倒，較長。治要引「者也」作「者乃」，乃字屬下讀。疑此文「者也」二字當乙，下補乃字。

百姓與名謂之君子，則是成其親為名，而為其子也。

案禮記，大戴禮此文並作「百姓歸之名謂之君子之子，是使其親為君子也，是為成其親之名也已」，雖有衍文，義亦較家語為完，疑此「與名」本作「與之名」，「成其親」本作「使其親」，「而為其子也」下本有「是為成其親之名也已」。

愛政而不能愛人，則不能成其身；

案治要引「愛政」作「為政」，禮記，大戴禮並曰：「古人（禮記人作之。）為政，愛人為大」，亦可證此文上愛字當作為，其作愛者，涉下「愛人」而誤。又二禮「成其身」並作「有其身」，下同，較長。

不能安其上，則不能樂天。（注：天道也。）

案治要引此注作「不能樂天道也」，是今本此注脫「

不能樂」三字，當補。又治要引此文下多「不能樂天，則不能成身」九字，禮記同，惟無則字，大戴禮亦無則字，「成身」作「成其身」，疑有則，其二字為是，上文例可證。今本脫此文，致下「公曰：敢問何能成身」一問失所承。

公曰：敢問何能成身？

案治要引「何能」作「何謂」，禮記、大戴禮同，此作能者，涉上而誤。

不過乎合天道也。

案治要引乎作于，（上同，乎，于也。），其下有物字，疏證本同；今本此文脫，當補。上文「夫其行已不過乎物」亦可為證。

公曰：君子何貴乎天道也？

案禮記，大戴禮「君子」上並有「敢問」二字，是也，上文文例可照。

孔子曰：貴其不已也，如日月東西相從而不已也，

案禮記，大戴禮並無「其不已」下也字。疑上「不已也」三字，乃涉下而衍。

注：不閉，常通，而能久，言無極。

案此「能久」上而字，疑本作也，屬上讀，此涉正文而誤。

已成而明之

案禮記，大戴禮此文並無之字。

公曰：寡人且愚冥，（注：言意愚冥暗也。）幸煩子之於

心，（注：欲煩孔子議識其心所能行也。）

案禮記，大戴禮此文並作「公曰：寡人意愚冥，煩子識（禮記作志，古通。）之心也」，疑此文且乃惷之字壞致誤，惟以此注覘之，今本或本無惷字，文選顏延年皇太子釋奠會詩注引僅作「寡人愚冥」，是李善所見家語無且（或惷）字矣，今暫據文選正。又此文寘乃冥之誤刻，注同；冥，冥之俗。又「煩子」下當大戴補識字，此注可證。

孝子不過乎親

案禮記，大戴禮親並作物，疑係涉上文「仁人不過乎物」而誤。

寡人即聞如此言

案禮記，大戴禮並無也字，言下並有也字

君子及此言

案禮記，大戴禮「君子」並作「君之」，與上文「君之及此言」同，是也，此作子而聲近而誤。

儒行解第五

欲求及前人。

案御覽四。一引「前人」下有也字。

孔子既至舍，哀公館焉，（注：就孔子舍。）

案禮記儒行篇此文作「孔子至舍，哀公館之」，與此文並無「就孔子舍」義，疑「就孔子舍」四字乃正文，今本誤刻如注文，致上下文不接，當正。

公自阼階，孔子賓階升堂；

案文選沈休文冬節後至丞相第詣世子車中詩注引「孔子」下有由字，以與上文自字互文，是也，當補。

其服以鄉，

案禮記以作也。

略言之，則不能終其物，悉數之，則留僕未可以對。

案禮記此文作「遽數之，不能終其物，悉數之，乃留更僕未可終也」。疑此文「未可以對」本作「未可以終對」。

儒有衣冠中動作順，

案禮記順作慎，古通。

難進而易退，

案禮記「易退」下有也字。

儒有居處齊難，其起坐恭敬，

案禮記同此，校刊記曰：「考文云宋版「居處」上有其字」，疑是，下文「其起坐恭敬」可照。又禮記「起坐」二字倒。

言必誠信，行必忠正，

案禮記「誠信」作「先信」，忠作中，中，忠古通。

不祈土地，而仁義以為土地；不求多積，多文以為富。

案禮記「而仁義」作「立義」，無而字，與下文相耦。

其近人情有如此者。

案禮記無情字。

委之以財貨，

案禮記「財貨」二字倒。

阻之以兵而不懾，

案禮記阻作沮，校刊記曰：「正義云：「俗本沮或為阻」，考文云：「古本沮作阻」」。沮，阻古字通用。

可親而不可劫，

案禮記句末有也字，下二句同。

抱德而處，

案禮記德作義。

上答之，不敢以疑，上不答之，不敢以諂。

案禮記「不答」下無之字，古文法如此，疑無之是。

又諂作諂，作諂誤，當正。

今人以居，古人以耆，

案禮記二以並作與，義同，

上所不受，下所不推，

案禮記此文「上弗援，下弗推」，疑受乃爰之誤，爰乃援之假。

詭諂之民有比黨而危之。

案禮記「詭諂」作「讒諂」，諂乃諂之誤。

身可危也，其志不可奪也，

案禮記其作而，義同。

猶竟信其志，乃不忘百姓之病也，

案禮記乃作將，猶字在將字上。

禮必以和，優游以法，

案禮記此文作「禮之以和為貴，忠信之美，優游之法」，「禮之」或「禮必」之誤。

程功積事，不求厚祿，推賢達能不望其報，君得其志，民賴其德，苟利國家，不求富貴。

案禮記無「不求厚祿」至「苟利國家」二十四字，疑脫。

儒有澡身浴德，

案禮記此上多「儒有聞善以相告也，見善以相示也，爵位相先也，患難相死也，久相待也，遠相致也，其任舉有如此者」三十九字，「澡身」下有而字，疑此並脫。

靜言而正之，（注：言事君清靜，因事而止之。）

案禮記此文無言字，以注驗之，疑此言字乃涉上「陳言」而衍。又此注止乃正之誤。

默而翹之

案禮記默作麤。

愼靜尚寬，底厲廉隅，強毅以與人，博學以知服，雖分國，視之如錙銖，弗肯臣仕，其規為有如此者。

案禮記作「慎靜而尚寬，強毅以與人，博學以知服，近文章，砥厲廉隅，雖分國，如錙銖，不臣不仕，其規為有如此者」，校刊記曰：「石經無而字，山井鼎云：「宋板無尚字」」，疑宋板禮記而字，乃尚字之誤，今禮記而字又為後人所增也。底，砥古通。

義同而進，

案禮記此句上多「其行本方立」五字，意不明。

其交有如此者。

案禮記交作「交友」。

愼敬者仁之地也，

案禮記「慎敬」二字倒，

儒皆兼此而有之，

案疏證本皆作者，疑皆乃者之誤，惟禮記校刊記曰：「監，毛本皆誤者，衛氏集說同」，然則疏證本所據為誤矣。

不溷君王，

案禮記溷作慁，古通。

今人之名儒也，忘常以儒相詬疾。

案禮記人作衆，名作命，忘作妄，疾作病。名，命，忘，妄，疾，病古並通用。

行加敬，

案禮記敬作義。

問禮第六

子之言禮何其尊也？

案禮記哀公問，大戴禮哀公問於孔子子並作「君子」，與下文作「君子」合。

公曰：吾子言焉，

案禮記，大戴禮並作「公曰：否，吾子之也」，此文疑脫否字。

民之所以生者禮為大

案禮記，大戴禮「所以生者」並作「所由生」，（以，由同義。）無者字，書鈔八〇，初學記一三（兩引），藝文類聚三八引此亦無者字。民或作人，當是唐人避太宗諱改。

非禮則無以節事天地之神焉。

案書鈔，初學記，藝文類聚引並無則，節，焉三字，禮記亦無則字，焉作也，大戴禮同，惟神作「神明」。焉、也同義。

非禮則無以別男女父子兄弟婚姻親族疏數之交焉。

案禮記，大戴禮並無則字，焉並作也，（上句同。）「兄弟」下有「之親」二字。

是故君子此之為尊敬。

案治要引「之為」二字倒。禮記，大戴禮此文並作「君子以此之為尊敬」，是此文「君子此」當作「君子以此」，惟「以此」猶「是故」，今此本既改「以此」為「是故」而倒其文，則「君子」下此字當係衍文；又大戴禮「尊敬」下然字，校正曰：「孔注從元本句末刪然字，與戴校同，今玩文義有然字是，王引之曰：「然猶焉也」，「君子以此之為尊敬然」，與（大婚解）「寡人願有言然」，皆以然字住句，家語不得其解，遂妄意刪改矣」，其說疑是，惟下句「然後以其所能敬順百姓」之然字疑疊，非家語不得其解而妄意刪之也。

然後以其所能敬順百姓，

案治要引順作示，禮記，大戴禮並無順字；順，訓也，訓，示亦近，疑有順字是。又大戴禮「然後」上有夫字，校正曰：「孔注從朱本「然後」上增夫字，與戴校同，盧校不增，今玩「然後」二字與下文「然後治其雕鏤」、「然後言其喪葬」文意皆同，不宜增夫字」；今本下文誤二句「然後」並作「而後」，是此「然後」亦當作「而後」也，今本脫而字，致誤以上文「尊敬然」之然字屬此讀也。

既有成事，而後治其文章黼黻以別尊卑上下之等；其順之也，

案禮記、大戴禮此文並作「有成事然後治其雕鏤文章黼黻以嗣；其順之」，「然後」與「而後」同。

而後言其喪祭之紀，宗廟之序，品其犧牲，設其豕腊，修其歲時以敬其祭祀，別其親疏，序其昭穆，而後宗族會醮即安其居，以綴恩義，卑其宮室，節其服御。

案禮記、大戴禮此文並作「然後言其喪葬（禮記葬作

等，或本作算，乃葬之形誤。）備其鼎俎，設其豕腊，脩其宗廟歲時，以敬祭祀，以序宗族，即（大戴作則，誤。）安其居，節（大戴作處，屬上讀。）醜其衣服，卑其宮室」。

車不雕璣，器不彤鏤，

案治要引彤作雕，疏證本作彫，彤當係彫之誤，禮記，大戴禮並作刻，可證，彫，雕字同，此當作雕，以與上「雕璣」字耦。

食不二味，心不淫志，以與萬民同利，古之明王行禮也如此。

案禮記，大戴禮並作「食不貳味，以與民同利，昔之君子之行禮者如此」，治要引「行禮」上亦有之字，當補。

淫行不倦，荒怠慢遊，

案禮記，大戴禮行並作德，「慢遊」作「教慢」。

忤其衆以伐有道，

案疏證本忤上有以字；是也，上下文例可照。禮記忤作午，午，假為忤。

言偃問曰：

案禮記哀公問，禮運，大戴禮此文並提行．疏證本同，是也。

孔子言我欲觀夏，是故之杞，

案禮記禮運言作曰，夏下有道字，疏證本亦有道字，是，下文「我欲觀殷道」可證。

吾得乾坤焉，（注：乾，天，坤，地。）

案禮記「乾坤」二字倒，疏證本同，下同，以注覘之，似王肅本本作「乾坤」。

夫禮初也，始於飲食，

案禮記「初也」作「之初」，於作諸，諸，於同義。此文初上疑本有之字。

太古之時，燔黍擘豚，

案禮記作「其燔黍捭豚」，擘，捭義近。

汙罇杯飲，蕢桴土鼓，（注：鑿地為罇，以手飲之也。）

案疏證本蕢从竹作簣，禮記同，又罇作尊，（从缶俗。）杯从手作抔，（以注覘之，杯似當从手為是。）土上有而字。

高某復，然後飲腥苴熟，

案禮記高作皐（義同），飲作飯，腥下而字。

夏則居櫓巢，

案禮記櫓作橧，疏證本同；禮記校刊記曰：「釋文出「居橧」云「本又作增，又作曾，同。」出樔云「本又作巢」，考文引古本，足利本橧作櫓，洪頤煊九經古義補云「按太平御覽五十五引作櫓」，家語問禮篇亦作櫓；劉熙釋名云「櫓，露也，上無屋覆也」，左傳「楚子登巢車以望晉軍」，杜注云「巢車，車上加櫓」，孔氏正義引說文云「轈，兵高車，加巢以望敵也」，「櫓，澤中守草樓也」；巢與櫓皆樓之別名，今本作橧，傳寫之誤」，是今本不誤。

範金合土，(注：治金為器用形範也。)

案禮記範作范，古字通用。此注治當作冶。

以為宮室戶牖，

案禮記「宮室」上有「臺榭」二字，「戶牖」二字倒。

故玄酒在室，

案禮記此文上多「上帝皆從其朔」。

以降上神，與其祖先，

案禮記此上多「備其祝嘏」四字

承天之祜，

案禮記祜作祐，疏證本同，是。

越席以坐，

案禮記此文作「與其越席」。

然後退而合烹，

案禮記此上多「是謂合莫」四字。

五儀解第七

與之為治，敢問如何取之？

案「為治」荀子哀公篇作「治國」，大戴禮哀公問五義篇作「為政」。又荀子「如何」二字倒，（之下有邪字。）大戴禮作「何如者」，義較長。

章甫絇履，紳帶縉笏者，

案荀子履作屨，縉作搢，上有而字，大戴禮同，惟絇作句，作句當是借字。

冕而乘軒者，則志不在於食焄。（注：軒，軒車，焄，辛菜也。）

案大戴禮軒作路，焄作葷，荀子同，惟冕作絻；葷，焄，冕，絻並作假字。路作軒，與注較合。

斬衰管菲杖而歠粥者，則志不在於酒肉。

案「衰管菲杖」荀子作「衰菅屨杖」，大戴禮同，惟菅作蒯，蒯，假為菅，此文管乃菅之誤。又大戴禮「酒肉」作「飲食」。

公曰善哉，

案荀子，大戴禮公並作「哀公」，下文同。

審此五者，則治道畢矣；

案御覽三六○引治作理，蓋唐人避高宗諱改，而御覽因之也。

敢問何如斯可謂之庸人

案荀子，大戴禮「庸人」下並有矣字，據補。

從物如流，不知其所執。

案荀子，大戴禮「不知其所執」並作「不知所歸」，淵海五四引此「不知」亦無其字，治要引同，惟「不知」上有而字，以與上文「見小闇大而不知所務」耦，是也。

何謂士人？

案荀子此作「敢問何如斯可謂士矣」，大戴禮作「何如則可謂士矣」，並與上問問庸人同；下文問君子，賢人，聖人並同；疑此亦當與上問問庸人同作「敢問如何斯可謂之士人矣」，下文問君子，賢人，聖人，亦並當倣此訂正。

雖不能備百善之美，

案倫大戴禮作盡，荀子作徧，韓詩外傳同今本。

言既道之，

案道大戴禮作順，荀子作謂；作謂是也，蓋此乃承上文「必審其所謂」而言，不宜改字。

則若性命之形骸之不可易也，

案荀子，大戴禮「形骸」並作「肌膚」，無上之字，上之字疑涉下之字而衍。治要引正無上之字。

言必忠信而心不怨，（注：怨，咎。）

案荀子怨作德，大戴禮作置，置疑乃悳之誤，悳，德古今字。此作怨，與注合。治要引此注作「忍怨，害也」，不與此注同。

仁義在身而色無伐，（注：無伐善之色也。）

案荀子「無伐」作「不伐」，以與上文「不怨」，下文「不專」耦，大戴禮同，惟「在身」作「在己」，下多「而不害不知，聞志廣博」九字，校正云：「案「不害」之不疑衍文，「仁義在己而害不知」與上文「躬行忠信而心不德」，下文「聞志廣博而色不伐」，「思慮明達而辭不爭」句法蓋一例」，然則此文「在身」當補「而害不知，聞志廣博」八字，又「無伐」當作「不伐」，作無者涉注而誤也，治要引正作不。

思慮通明而辭不專，

案荀子「通明」二字倒，專作爭，大戴禮並同，惟通作達，通，達文異而義同。

注：閑，法。

案治要引作「閑，猶法也」，今本脫猶，也二字，當
據補。
注：本亦身。
案治要引身上有謂字，當補。
富則天下無宛財，（注：宛，積也。古字亦或作此，故或
誤不着草矣。）
案宛，荀子作怨，楊注：「怨讀為蘊，家語作「無宛
」，禮記：「事大積焉而不宛」，古蘊，苑通，此因
誤為怨字耳」，是蘊，苑，宛三字古通，此王注所以
謂「古字亦或從此，故或誤不着草矣（此句疑有脫誤
。）」也。疏證本作寃，誤矣。
所謂聖者，德合於天地，

案大戴禮聖作「聖人」，與上「庸人」，「士人」，「賢人」同，是也。又御覽四○一，藝文類聚二○引此並無於字，治要引同，亦是。

窮萬事之終始，

案書鈔七引「終始」二字倒。

生於深宮之內，

案淵海四三，治要引內並作中，荀子，新序雜事四同，當從校。

君子入廟如右，登自阼階，

案文選向子期思舊賦注，陸士衡弔魏武帝文注，治要引君下並無子字，荀子，新序同，是也，此涉上「吾子」，「孔子」而衍。又治要引如作而，荀子同，而讀為如。又荀子，新序廟下並有門字，當據補。

仰視榱桷，

案荀子，新序桷並作棟。

日出聽政，至于中寘，（注：中，日中，寘，昳中。）

案「中寘」文選謝希逸月賦注引作「中夜」，治要引作「中昃」，「中夜」夜中也，與此注不合，文選引非；今本「中寘」，寘當作冥，字無「昳中」之義，疑乃昃之誤，書無逸「自朝至于日中昃」是此文所本。又治要引此注作：「中，日中也，昃，日昳也」，書無逸疏：「昃亦名昳，言日蹉跌而下，謂未時也」，梁元帝纂要：「日在午日亭，在未日昳」，是昳，昳異名同實，此注疑本作：「中，日中也，昃，日昳也」，作「昳中」者，涉上「日中」而誤。

出於四門，

案治要引於作乎，義同。

庶人者水也；

案治要引「庶人」作民。

君既明此五者，又少留意於五儀之事，則於政治何有失矣！

案治要引此無君字，又上有而字，「政治」下有乎字，矣作哉，矣猶哉也。

注：言各當以其所能之事任於官。

案治要引「任於官」作「任之於官也」，此當從補。

無取捷捷，無取鉗鉗，無取啍啍，

案此文荀子作「無取健，無取詌，無取口啍」，外傳四作「無取健，無取佞，無取口讒」，說苑尊賢篇作「毋取拑者，毋取健者，毋取口銳者」。

注：捷捷而不已食，所以為貪也。

案治要引「已食」作良。

捷捷，貪也，鉗鉗，亂也，啍啍，誕也。

案此文荀子作「健，貪也，詌，亂也，口啍，誕也」，外傳作「健，驕也，佞，諂也，口讒，誕也」，說苑作「拑者大給利不可盡用，健者必欲兼人，不可以為法也，口銳者多誕而寡信，後恐不驗也」。

士必慤而後求智能者焉；

案治要引「智能」下無者字，與上文「弓調而後求勁馬，馬服而後求良馬」同例，是也，荀子，外傳此文亦並無者字，惟「必慤」作「信慤」，以與「智能」對文，疑較長。

不慤而多能，

案此文荀子作「不信慤而有多能」，外傳同，（惟有作又，荀子楊注：有讀為又。）說苑「多能」作「多知能」，疑此本作「不信慤而多智能」，以承上文「士信慤而後求智能焉」。

不可邇。

案治要引此下有也字，荀子此文作「不可以身尒也」，說苑同，外傳作「其難以身近也」，亦並有也字，當補。

注：言人無智者，雖性愨信，不能為大惡，不愨信而有智，然後乃可畏也。

案治要引此注「言人」上有「通，近也」三字，「無智」作「無智能」，「性愨信」作「不愨信」，「大惡」下有也字，「有智」作「有智能者」，並是，此並當據補正。

小而能守，

案御覽二七〇，藝文類聚五四引而並作則，說苑指武篇同，疑此當據正。或曰而猶則也，與下則字互文，不煩改字。

其道如何？

案藝文類聚「如何」二字倒，御覽引如作若，說苑同；如，若同義。

朝廷有禮，上下相親，

案御覽引廷作庭；義同。又相作和，藝文類聚引同，疑相乃和之誤。

皆君之民，將誰攻之

案藝文類聚，御覽引民下並有也字，說苑同，惟民作畜，以與下「皆君之讎也」對文，疑作畜較長，也字當補。

又「將誰攻之」藝文類聚，御覽並作「將誰攻焉」，下文「將與誰守」御覽引作「將誰守焉」，句法相耦，疑並是。

苟為此道，

案藝文類聚，御覽引為並作違，為乃違之聲誤，當改。

廢山澤之禁，

案藝文類聚，御覽引「山澤」並作「澤梁」，說苑同。

公曰：何為？

案說苑君道篇「何為」下多「其不博也」四字，義較完，疑此脫。

為其二乘。

案御覽七五四引此下有也字，據補。

有二乘，則何為不博？

案說苑此下有也字，也猶邪也，據補。

君之惡惡道至甚也？

案說苑君下有子字，疏證本同，驗之下文，有子字是也，又說苑「至甚」作「之甚」，較長。

百姓之親上

案說苑「親上」作「親之也」，義較長，疑此上字乃㞢之壞字。

詩之好善道甚也

案說苑甚上有之字，與上「君子之惡惡道之甚也」耦，疑合。

公曰：美哉，夫君子成人之善，

案說苑美作善，善作美，疑是。

非唯人也？

案治要引也作耶，義同。

存亡禍福，皆己而已，

案治要引皆下有在字，說苑敬慎篇同，當補。

天災地妖，不能加也

案治要引不作弗，義同，說苑加作殺。

注：帝，紂。

案治要引此注作「帝辛，紂也」，是也。

詭福反為禍者也。

案治要引詭作得，與下文「得禍為福」合，疑是。

殷王太戊之時，

案說苑「太戊」作「武丁」，下同。

道缺法圮，以致天蘖，

案治要引圯作邪。說苑「法圯」作「刑法弛」。此「天蘖」當是「妖蘖」之假。

桑穀于朝，七日大拱。

案治要引于作生，說苑此文作「桑穀俱生於朝，七日而大拱」，疑此文于上本有生字，今本脫，下文「不合生朝」，亦有生字，（惟脫于字，說見下。）可證。又「七日」下疑本有而字。

占文者曰，

案說苑無者字，是也，上文可照。

桑穀野木而不合生朝，

案說苑此文作「桑穀者野物也，野物生於朝」，義較完。疑此文而字乃也字之誤，朝上又脫于字，上文有于字，可證。

以已逆天時，得禍為福者也。

案說苑逆作迎，逆、迎義同，惟此作逆或較長，蓋此乃拂逆之義，非謂迎逆天時也。又治要引「為福」上有轉字，說苑轉作反；反、轉同義，以上文覘之，疑作反字是也，此文脫，當補。

寤夢徵恠，

案淵海引此作「夢寤證怪」，怪、恠正俗字。

寤夢不勝善行；

案「寤夢」，淵海、御覽八七四引並作「怪夢」，治要引作「夢怪」，疑作「夢怪」是也，蓋此乃承「寤夢徵怪」為言，與上文「災妖不勝善政」之承「天災地妖」同例。

唯明王達此。

案治要引此下有也字，當補。

智者壽乎，仁者壽乎？

案外傳一此文作「有智壽乎」，說苑雜言篇同，唯智下有者字。

人有三死而非其命也，行已自取也，

案外傳，說苑此文並作「人有三死而非命也者，自取之也」，文子符言篇「非其命」亦作「非命」。

居下位而上干其君，

案說苑干作忤，外傳同今本，文異而義同。

嗜慾無厭，而求不止

案外傳「而求不止」作「求索不止」，文子作「好求不止」，疑此而本作索，涉上致誤。

以少犯眾，以弱侮強，

案外傳「以少」二字倒，「以弱」二字亦倒，說苑同。

此三者死非命也。

案說苑「者死」二字倒，疑是，上文「人有三死而非其命也」，是此文所承。

孔子家語校證卷第二

致思第八

孔子北遊於農山

案藝文類聚二六、二八，御覽三○六，三二七，三九○，四三三，四六三引「北遊」下並有登字，文選潘安仁夏侯常侍誄注，書鈔四一，一一八（兩引）引亦有登字，今本脫，當補。

又「農山」文選注引作「豐山」，外傳九作「戎山」，疑豐乃農之誤。又藝文類聚二六引「農山」下有「之上」二字，外傳同；當補。

使二子者從我焉！

案御覽三○六引「二子」上有夫字，是也，下文文例可證。

注：漭瀁：廣大之類。

案類疑乃貌之誤。

兩壘相望，塵埃相接，

案書鈔，藝文類聚二六，御覽三九○，四六三引此皆作「兩壘相當，旗鼓相望，塵埃連接（御覽四六三引作「相接」）」；說苑指武篇作「兩壘相當，旌旗相望，塵埃相接」，御覽三○八，三二七散引此，亦有「塵埃連接」，「旗鼓相望」之文，證知今本「兩壘」下脫「相當，旗鼓」四字，而「相接」本作「連接」，與下「交兵」互文，作相者涉上而誤。

釋國之患，

案書鈔，藝文類聚，御覽三二七，三九〇、四六三引此並作「二國釋患」，說苑作「解兩國之患」，疑此國上本有二字，今本脫，當補。

唯賜能之

案書鈔引此下有也字，御覽四六三引也作矣，矣猶也也，今據書鈔補。又上文「唯由能之」下，亦當倣此補也字。

各言爾志也。

案上文「二三子各言爾志」，藝文類聚，御覽三二七引爾作其，疑誤，而此文爾字，疑本作其。

願得明王聖主輔相之，

案御覽四四五引「輔相」上有而字，藝文類聚，御覽三二七，三九○引亦有而字，說苑同，當補。

使民城郭不修，

案藝文類聚，御覽三九四，四四五引此並無民字，外傳，說苑並同。疑衍。

鑄鉏戟以為農器，

案藝文類聚，御覽三二七，三四二，三九○，四四五，淵海八○引此皆無以字；外傳，說苑並同今本。

室家無離曠之思，千歲無戰鬭之患。

案藝文類聚，御覽四四五引離並作怨，疑誤，蓋「離曠」與「戰鬭」對文也。又藝文類聚，御覽三九○引歲作載，義同。御覽引「戰鬭」二字並倒。

夫子凜然曰，

24×25

案藝文類聚引「凜然」作「懍然」，疏證本作「凜然」。凜，凜，並懍之假。又此「夫子」及上「夫子曰：「勇哉」」，「夫子曰：「辯哉」」，三「夫子」或引作「孔子」，或引同今本，或引作「子」，作「孔子」為是，此家語通例也，今本偶有作「子」或「夫子」者，皆當倣此訂正。

美哉德也，

案御覽三九〇引此作「美哉德之大也」。「之大」二字疑當補。

魯有儉嗇者，

案御覽七五七引此無嗇字，說苑反質篇同，玩此文義，疑無嗇字是。

瓦鬲煮食，食之，但謂其美，

案御覽引「食之」作「祀之」，「其美」作「甚美」，並較長，此「食之」疑乃涉上而誤，其字則為甚之壞字。

土型之器，

案型，淵海五七引作「硎」，御覽引作「鉶」，說苑同，硎，鉶，並假為型。

吾非以饌具之為厚，以其食厚而我思焉。

案御覽引「以其食厚而我思焉」作「以其食美者而念其我思也」，疑與說苑作「以其食美而思我親也」，並涉上文「食美者念其親」而衍。淵海引同今本，惟

「非以」作「非為」，（以，為也。）厚上無為字，疑是。

而有漁者而獻魚焉。

案御覽八三三，九三五，淵海九九，事文類聚後篇三四引並無二而字，說苑貴德篇同，疑二而字無衍文。

無所鬻也，思慮棄之糞壤，不如獻之君子。

案淵海，御覽九三五，事文類聚引「鬻也」並作「鬻之」，「不如」作「不若」，御覽八三三引亦作「不若」（如，若同義。）惟「鬻也」作「鬻焉」，也猶焉也，疑今本鬻下本有之字，當補。

又淵海，御覽八三三引「思慮」並作「思欲」，說苑同，疑是。

夫子再拜受之

案「夫子」作「孔子」，說見前。淵海，事文類聚引「受之」並作「而受」，疑今本「受之」上當補而字。

將以享祭，

案御覽八三三引此作「將以祭享焉」，疑此文下本有焉字。

彼將棄之

案御覽引之作矣，疑此文下本有矣字。

惜其腐餒，

案文選宋玉風賦注，御覽引餒並作餘，說苑同，疑餒乃餘之誤。

於此有室

案御覽二三〇，六四八引並無於字，一八六引此作「彼有室」，與上文「彼有缺」，「彼有竇」合，惟說苑至公篇此三句作「於彼有缺」，「於彼有竇」，「於此有室」，是此文本不誤，而上二彼字上並脫於字也，當補。

斷足固我之罪，

案御覽六四八引罪下有也字，治要引同，說苑亦同，當補。

欲臣之免也，臣知；

案御覽二三一，治要引「臣知」下並有之字，說苑，韓非子外儲說左並同，是也，下文可照。

見君顏色

案御覽二三一，六四八，治要引君並作於，說苑，韓非子同，疑是，作君乃涉上而誤。

此臣之所以悅君也。

案御覽引悅作脫，說苑同，疑脫假為脫。

李孫之賜我粟千鍾也，而交益親；（注：得李孫千鍾之粟以施與眾而交益親。）

案初學記二0，御覽四0六，六三三，八三六引「李孫」上有自字，「千鍾」上無粟字，說苑雜言篇同，是也，下文可照。御覽六三三引此注「千鍾之粟」作「千鍾之賜」，八三六引隱括此注作「以賜益眾」，故益親」，證知注本無粟字，作粟乃賜之聲誤。

、

又此文「交益親」說苑作「友益親」，御覽四〇六引同，六二三引作「交友益親」，並引此注「而交益親」作「故交友日益親也」，（今本此注當據此訂正。）疑此文交本作友。

自南宮敬叔之乘我車也，（注：孔子欲見老聃而西觀周，敬叔言於魯君給孔子車馬，問禮於老子；）

案「乘我車」以注驗之，疑本作「乘我車馬」，以與上文「賜我千鍾」對，惟御覽八三六引作「乘我以車」，疑或可從。又六三三引此注周作「周室」。

注：四方來習也。

案御覽六三三引習作集。

道雖貴，必有時而後重，有勢而後行。

案說苑此文作「道有時而後重，有勢而後行」，御覽六三三引此重作動，「有勢」上有「德雖高，必」四字，疑此文本作「德雖高，必有時而後重，道雖貴，必有勢而後行」，今本及說苑並有脫誤。

徼夫二子之貺財，

案御覽六三三引「貺財」作賜，說苑同。貺，賜也，財字疑衍。

殆將廢矣，

案御覽六三三引將作於，說苑此文作「幾乎廢矣」，亦有於字，疑此文「殆將」下本有於字。

王者有似乎春秋，（注：正其本而萬物皆正。）

案此注疑本是正文，以啓下「武王正其身以正其國，正其國以正天下」，今刻為細字，誤也。

其事成矣，

案說苑君道篇成作正。

春秋致其時而萬物皆及，王者致其道而萬民皆治，

案說苑此文無秋字，「皆及」下有生字，治上有及字，疑並是，當據訂正。

言信於群臣而留可也，

案說苑叢談篇而作則，而猶則也，以下文驗之，作則較長。

以民之勞煩苦也，人與之一簞食，

案御覽二六六引「勞煩苦」作「煩勞」，與下無之字，治要引亦無之字，惟「勞煩苦」作「煩苦」，說苑

臣術篇「為人煩苦，故予人一簞食」，亦無勞，之二字，疑是。

子路忿不悅，

案說苑忿下有然字，義較完。

與民修溝洫

案說苑洫作瀆，與上「與其民修溝瀆」應，是也。

而民多匱餓者

案治要引此下有注云：「匱，乏也」，今本脫，據補。

是以簞食壺漿而與之

案治要引此作「是以與之簞食壺漿」。

夫子使賜止之

案治要引此上有而字

以仁教而禁其行，

案御覽二六六引「禁其行」作「禁行仁」，疑今本行下脫仁字，說苑正作「禁其行仁」。

發倉廩以賑之

案御覽引賑作給，治要引同，說苑亦同，賑，給也。

不則汝之見罪必矣。

案御覽引不下有已字，治要引同，當補。

管仲說襄公，公不受，

案下文「管仲說襄公」，「襄公不受」，「襄公」二字疊，疑此「公不受」上脫襄字，說苑善說篇正有襄字。

是不智也；

案說苑「不智」作「無能」。

桯楛而居檻車，無慙心，是無醜也。（注：言無耻惡之心。）

案說苑車下有中字，「慙心」作「慚色」，醜作愧，以注驗之，作愧是，疏證本正作愧。慙，慚同字，心疑乃涉慙所以而衍，作色較是，下同。

桯楛而無慙心，

案說苑此文作「桯楛居檻車而無慚色」，與上文相應，此文脫「居檻車」三字，心字亦當作色。

孔子適齊，中路聞哭聲，

案此節御覽四五八曾引之，惟悉異今本，而與說苑敬慎篇同，疑是御覽誤記。

擁鐮帶索，哭者不哀，

案疏證本素作索，者作音，說苑，御覽引（名為引家語，實引說苑也，說見上，下同。）素亦作索，素當係索之誤。又者當作音，說苑「有異人音」御覽引作「有異人者」，見音，者二字每多譌誤。

平生厚交，

案疏證本交作友，說苑交下有友字，交，友義同，不煩改字。

辭歸養親者十有三。

案外傳九此下有人字，說苑及御覽引並作「十三人」，亦有人字，今本脫，當補。

可以與人終日不倦者，其唯學焉。

案御覽六〇七引不上有而字，說苑建本篇同，今本脫，當補。又御覽及淵海六二引焉並作乎，說苑同，同義。

終而有大名

案御覽引「終而」作「然而」，說苑同，較長。

非學之効也。

案文選潘正叔贈河陽詩注引此作「非唯學之所致耶」，御覽引同今本，是所見本不同也。

君子不可以不學，其容不可以不飭，

案文選張茂先女史箴注引「不飭」作「不飾也」，外傳六，說苑，疏證本飭亦並作飾，尚書大傳同今本，飭，飾義通。

不飭無類，無類失親。（注：類宜為貌，不在飭故無貌，不得言不飭無類也。）

案注是也，尚書大傳正作「無貌」。

藿葦生焉！

案御覽引藿作萑，藿別是一字，當據改。尚書大傳，說苑「藿葦」並作「菅蒲」。

孰知其源乎。（注：源，泉源也……誰知其非源泉乎……及其用之，人誰知其非從此出也者乎。）

案尚書大傳，說苑源上並有非字，以注覘之，是也，御覽六〇七引作「不源」，可比證。又御覽引此注「泉源」作「泉流」，「此出」作「已出」，疑「泉源」本作「泉流」，此乃已之誤。

子路見於孔子

案藝文類聚七二，御覽四一二，四一四，九九八引並無於字。

負重涉遠不擇地而休，家貧親老不擇祿而仕。

案說苑建本篇「不擇」上並有者字。

累茵而坐，

案御覽四一三引此，下有注云：「茵、褥」，當補，惟疑褥下脫也字。

願欲食藜藿，

案說苑此文無欲字。

為親負米百里之外，

案御覽，藝文類聚七二引此文上有而字，說苑同，當補。

忽若過隟，

案御覽，事文類聚後篇三引隟作隙，疏證本作隙，說苑同，隙，隙正俗字，作隟乃隙之誤。又事文類聚引此下有「悲哉」二字，疑今本脫，當補。

遭程子於塗，

案御覽四〇六，四七四引遭並作遇，五四一引作偶，偶，遇之假，遇，遭義同。四七四，五四一及淵海八三（兩引）引塗並作途，古通。

傾蓋而語終日，甚相親，

案文選鄒陽獄中上書自明注及御覽四〇六引親作悅。疑此「相親」下本有悅字。

士不中間見，女嫁無媒君子不以交；

案御覽五四一引此，見上有不字，無嫁字，以作與；以猶與也，今本見上當補不字。

魚鱉不能導，（注：道，行。）

案此注道當從正文作導，又行下脫也字，說見前。

魚鱉黿鼉不能居也，

案列子說符篇「魚鱉」下多「弗能游」三字，說苑雜言篇亦多「不敢過」三字，各與上文相應，此「魚鱉」亦當有「不能導」三字，以應上文。

子乎有道術乎？

案列子，說苑子下並有巧字，疏證本同，此脫，當補。

吾不敢以用私，所以能入而復出也。

案說苑「不敢」下無以字，列子同，而「復出」下多「者以此」三字。

忠信成身親之，

案列子此文作「忠信誠身觀之」，觀當係親之誤，說苑作親，可證；而此文「成身」當作「誠身」，作成者誠之壞字。

甚恡於財，（注：恡，嗇甚也。）

案恡，御覽、淵海六八引並作短，文選嵇叔夜與山巨源絶交書注引作「嗇短」，然引此注但作「短」，蓋嗇甚也」，不作「嗇短」，蓋嗇甚也」，可證今本此文恡本作短，文選注引作「嗇短」者，涉注而衍嗇字，而今本作㤼，乃涉注而誤也。又此注㤼上當補短字。㤼，厺同字，並古之俗體。

與人交，推其長者，違其短者；

案文選注，御覽引句與人交已下並有者字，說苑同，疑係涉下二者字而衍；淵海四〇，六八引並無者字。

楚王渡江，

案文選左太沖吳都賦注，郭景純江賦注，初學記六，藝文類聚八二，御覽六〇，六〇七，一〇〇〇，淵海七，九四，事文類聚前編一六引此並作句楚昭王渡江已，說苑辨物篇同，當據補昭字。

王大怪之

案文選江賦注，初學記，御覽六〇，事文類聚引此無之字，而文選吳都賦注，御覽六〇七引同今本，疑無之字較是，此涉上下文而衍。

王使使聘于魯問於孔子，子曰

案文選注，初學記，藝文類聚，御覽六〇，一〇〇〇，事文類聚引此並無王字，問下無於字，「子曰」作「孔子曰」，說苑同，當據校訂。

過乎陳之野，

案藝文類聚，御覽六〇七，一〇〇〇，淵海九四引並無乎字。

大如斗，赤如日，剖而食之，甜如蜜。

案初學記二七，藝文類聚一引斗並作拳，說苑同；又文選吳都賦注，書鈔一四七引甜並作甘，說苑作美。

子曰：吾欲言死之有知，

案說苑子作「孔子」（是也，說見前。）「死之有知」作「死者有知也」，與上文「死者有知乎」相應，較長。

不孝之子；

案說苑此文作「不孝子孫」，疑是，蓋上文「孝子順孫」，亦子孫並舉也。

賜不欲知死者有知與無知，

案說苑此文無不字，疏證本同，是也，此涉上而衍。

子曰：懍懍焉若持腐索之扞馬，

案御覽七四六，七六六並引「子曰」作「孔子曰」，（是也，治要引及說苑政理篇並可證。）若作如，無持字，「扞馬」上有御字；治要引「若持」作「如以」，「之扞馬」作「御扞馬」，說苑同；疑今本「扞馬」上脫御字，當補。

夫通達御，皆人也

案疏證本「通達」下有之字，治要引同，惟御作屬，說苑亦有之字，而御作國，疑說苑較是。

辭而不取金，

案御覽六五一引此作「而辭不取」，疑今本「辭而」二字當乙。

不復贖人於諸侯，

案御覽、淵海五九引此下有矣字，呂氏春秋先識覽察微，說苑並同，今本當補矣字。

如此而加之，則正不難矣。

案御覽引「加之」下多「以忠潔」三字，疑是，今本脫之，遂文意不接。

三恕第九。

則可謂端身矣，

案治要引此，下有注曰：「端，正也」，今本脫，當補。

不自以不肖，

案「自以」下疑脫爲字。

正道宜行，不容於世，（注：正道宜行而當莫之能貴，故行之則不容於世。）隱道宜行，然亦不忍。（注：世亂則隱道爲行，然亦不忍爲隱事。）

案晏子春秋內篇問丁此文上「宜行」作「直行」，下「宜行」作「危行」，宜，直行近，古書每亂；上「宜行」當係「直行」之誤，注同，當據正。而下「宜竹」，此注云「為竹」，為當係危之聲誤，而正文作宜者涉上而誤也。又注「出莫之能貴」，出當是世之誤。

聽者無察則道不入。（注：言聽者不明察道則不能入也。）

案此注「道則」二字當從正文校乙。

孔子觀於魯桓公之廟，

案御覽四五八引「魯桓公之廟」作「周廟」，（說苑敬慎篇，外傳三同。）治要引此同今本，（荀子宥坐篇，淮南子道應篇同。）蓋所據本不同也。

夫子問於守廟者，

案文選鮑明遠代君子有所思詩注、御覽四五八，五九

○，七五六，及治要引「夫子」並「孔子」，荀子，外傳，說苑，淮南子並同，是也。

此謂何器？

案文選注，御覽七五六及治要引謂並作為，荀子，說苑並同，謂猶為也，惟以下文驗之，此文或本作為。又御覽五九○，七五六引此下並有也字，淮南子同，當補。

虛則倚，中則正，滿則覆；

案御覽四五八引（此條名為引家語，實與說苑全合，蓋御覽誤記。）「滿則覆」三字在「虛則倚」上，外傳同，疑此乃順遞為文，猶下文「中則正，滿則覆，虛則倚」之不能倒乙也，文選注，御覽五九○，七五

六引及荀子並同今本，可證，外傳，說苑並當從此校

乙

故常置之於生側。

案文選注，治要，御覽五九○引此並無之字，治要，御覽引「生側」下有也字，疑並可從。

中則正，滿則覆，

案御覽引此作「中而正，滿而覆，虛而欹」，荀子同，疑今本此文下脫「虛而倚」三字，作欹者借字也。

又文選注引則亦並作而，而猶則也。

孔子喟然嘆曰：

案文選注，御覽四五八引「喟然」下有而字，荀子，外傳同，據補。

24×25

夫物惡有滿而不覆哉！

案文選注，御覽四五八，五九〇，七五六，淵海六六及治要引「不覆」下並有者字，荀子，外傳，說苑並同，據補。

子曰：聰明睿智，

案「子曰」當作「孔子曰」，荀子，外傳，說苑並如此。

功被天下守之以讓；

案文選崔子玉座右銘注引讓作謙，讓，謙之形誤。

富有四海守之以謙，

案此謙字疑本作讓，與上文「守之以謙」倒置而誤。

君子所見大水必觀焉，何也？

案荀子「所見」作「之所以見」，「觀焉」下有「者，是」二字，義較完。

大水似乎德；

案荀子此文但作「似德」，與下文文相合。說苑雜言篇同，疑此本作「此似德」，下文可照。

倨邑必修其理，似義；

案荀子，說苑修並作循，疏證同，是也。「倨邑」說苑作「倨句」，荀子作「裾拘」，楊注云：「裾與倨同，拘讀為鉤」，句亦鉤也，疑此邑字乃句字之誤。

又疏證本「似義」上有此字，是也，下文可照。

至量必平之

案荀子此文作「主量必平」，無之字，說苑亦無之字。疑此至字乃主字誤。

盛而不求概，

案荀子，說苑盛並作盈，疑是。

太廟之堂，

案荀子堂作「北堂」，與上文相應，疑是

注：觀北面之蓋，斷絕也。

案荀子楊注引「斷絕」上有皆字，與正文合，當補。

匠過之也？

案荀子「之也」作「絕耶」，疑今本過下本有絕字。

官致良工之匠，

案荀子宮作官，疏證本同，宮當係官之誤。

蓋貴久矣；

案荀子此文作「蓋曰貴文也」，今本久字，當係文字之誤，矣猶也也。

尚有說也。（注：尚猶必也，言必有說。）

案荀子此文作「亦嘗有說」，而倒在「官致良工」之上，尚，嘗疑並假為當，故可訓必。

吾有所齒，

案荀子齒作恥，疏證本同，以下文驗之，作恥是也。

仁者愛人，子曰：可謂士矣！

案「子曰」當作「孔子曰」，上同。荀子「可謂士矣」作「可謂士君子矣」，與上文稱子路「可謂士矣」為進，疑是。

子曰：可謂士君子矣！

案此「子曰」亦當作「孔子曰」。荀子「士君子」作「明君子」，視上文稱子貢「士君子」又有進，疑是。

子從父命，孝，臣從君命，貞乎。

案荀子子道篇孝下有矣字，「貞乎」作「貞矣」，疏證本亦作「貞矣」，是也，孝下當補矣字。

不臨無禮……不行不義，

案荀子「不臨」（臨當作臨。）作「不行」，「不行」作「不為」，疑今本此文「不臨」，「不行」當互易。

子曰：由，是倨倨着何也？

案「子曰」當作「孔子曰」，荀子，外傳，說苑並如

：「家語三恕篇誰作孰，「肯語」作告，餘同」，是孔氏所見家語此文，且亦作其也，玩此文義，作其是也。

及其至于江津，

案荀子，外傳，說苑「江津」並作「江之津也」。

君子知之曰智，言之要也；不能曰不能，行之至也。

案荀子此文作「君子知之曰知之，不知曰不知，言之要也；能之曰能之，不能曰不能，行之至也」，外傳，說苑並同（惟曰字皆作為，曰猶為也。），今本此文當從訂正。

惡不足哉！

案荀子此文作「夫惡有不足矣哉」，今本此節幾與荀子思合，此文自亦可據以補正。

披褐而懷玉，

案文選左太沖詠史注，阮嗣宗詠懷詩注，御覽六八六

引披並作被，披，被古通。

袞冕而執玉。

案文選詠懷詩注引「執玉」下有也字，據補。

好生第十

對曰：以君之問，

案治要引「對曰」作「孔子曰」，疑今本此文上脫「孔子」二字

故方思所以為對。

案治要引此下有焉字，據補。

德若天地而虛靜，化若四時而變物，

案治要引二而字並作以，以猶而也。

無他也，好生故也。

案治要引「無他」下無也字，疏證本同，是也，此涉下而衍。

君舍此道，

案御覽六八四引「此道」作「此不遵」，疑今本此文下脫「不遵」二字。

注：因陳取之，而申叔時諫，莊王從之，還復陳。

案御覽四〇二，六一六引「因陳取之」作「取陳而有之」，「申叔」上無而字，「還復陳」作「乃復陳國也」，疑並可從，惟「取陳」上當有因字。

賢哉楚王

案初學記一七，藝文類聚二〇及御覽引楚下並有莊字，當據補。

匪申叔之信，不能達其義；

案書鈔一〇〇、初學記，御覽四〇三引此並作「非申叔時之忠，不能建其義」，藝文類聚同，惟建作見，御覽六一二引作進，進，達並建之形誤，而作見者聲誤也。匪，非古通，「申叔」下當補時字，信當作忠，此文涉上「一言而信」而誤。

匪莊王之賢，

案書鈔引「莊王」作「楚莊」，疑本作「楚莊王」，以與上文「申叔時」對，而與「楚莊王賢哉」應。

孔子常自筮其卦得賁焉。

案此文初學記二〇引作「孔子甞自蓍而卦而賁」，御覽七二八引作「孔子嘗自為筮而卦得賁」，甞，嘗字同，與常通，筮，蓍亦古通用，疑今本筮上脫為字，其當作而。

卜者得賁卦吉也。

案初學記，御覽引「卦吉」並作「吉卦」，說苑反質篇同，當從乙；又初學記引貴下有是字。

以其離耶，

案御覽引「離耶」作「雜也」，疑離乃雜之形誤。疏證本耶作邪，耶，俗邪字，邪猶也也。

黑白宜正焉，今得賁，非吾兆也。

案御覽引此作「白宜正白，黑宜正黑，今而以賁，非吉兆也」，說苑「白當正白，黑當正黑」，呂氏春秋慎行論壹行「白而白，黑而黑」，並與御覽引此較合，當從訂正。又「吾兆」當作「吉兆」，涉下「吾聞」致誤。

何也，質有餘不受飾故也。

案御覽引此作「何者，質之有餘，質有餘者不受飾故也。」

孔子曰：吾於甘棠見宗廟之敬，甚矣！

案此節當從疏證本提行。

又御覽五三一引敬下有也字，說苑貴德篇同，當據補。

子路戎服見於孔子，拔劍而舞之，曰：古之君子以劍自衛乎？

案書鈔一二二，藝文類聚四三，御覽五七四引「孔子」上無於字，舞下無之字，（書鈔一〇七引並同，御覽三四三引亦無於字。）「君子」下有固字，疑並當從校。

侵暴則以仁固之，何持劒乎？

案御覽三四三引侵作寇，固作圍，「持劒」上有必字，說苑並同，惟圍作圍，疑固，圍並圍之誤。

由乃今聞此言」

案御覽引「聞此言」上有得字，下有也字，並當據補。

楚王出遊亡弓；（注：王，恭王，弓，烏嘷之良弓。）

案書鈔一二五引此作「楚恭王出遊，亡其烏號之良弓」，藝文類聚六〇引作「楚共王出遊，亡其烏號之弓」，並引有注曰：「烏號，良弓名也」，御覽三四七引同，（惟號作嘷，當是嘷之誤，嘷與號同。）以此注驗之，疑所據非今本也。

又今本此注刻在本節之末，今移於此。而「鳥嘷」當校改為「鳥嘷」。

楚王失弓，

案書鈔，藝文類聚，御覽引「楚王」並作「楚人」，說苑至公篇同，是也，此涉上而誤。

又何求之

案書鈔，藝文類聚、御覽引「求之」並作「求焉」，說苑同，當據正。

孔子聞之，

案御覽引此下有曰字，淵海五五引此亦有曰字，據補。

不曰人遺弓，人得之而已，

案御覽引「不曰」作「宜曰」，說苑作「亦曰」，作「亦曰」是也。古書「亦……而已，何必……」成文。作宜疑乃聲誤，今本作不，當係壞字。

子以為奚若，某以為何若？

案說苑子作「某子」；某亦作「某子」，以下文驗之，是也，當據補。

此三大夫孰賢？

案御覽九三一引此作「此三大夫者孰為賢乎」，說苑權謀篇此文亦有者，為二字；並當據補。

憑從此之見，

案御覽引「之見」二字倒，說苑同，當從校乙。

魯公索氏將祭而亡其牲，

案御覽五二六引牲上有下字。

公索氏不及二年將亡。

案「二年將亡」御覽引作「二年必亡」，書鈔八九引作「三年必亡之矣」，說苑同，惟無之字，以下文「不及二年必亡」驗之，疑作「二年」乃家語之舊，而「將亡」疑本作「將必亡矣」，此脫必，矣二字，而下文脫將，矣二字也。

將祭而亡其牲，

案此「亡其牲」當從上文訂作「亡其下牲」。

西伯仁也

案藝文類聚二一，七四，御覽四二三，八二一，淵海六。引仁下並有人字，詩緜毛傳同，當補。

入其朝，士讓為大夫，大夫讓于卿。

案詩毛傳此文上多「入其邑，男女異路，斑白不提挈」十二字。

又藝文類聚，御覽八二一，四二三引士上並有則字，是也，上文可照。

又藝文類聚，御覽八二一引「讓于」作「讓為」，詩毛傳同，淵海，御覽八二三引「讓為」作「讓于」，為猶于也。

遠自相與而退，咸以所爭之田為閒田也。

案藝文類聚六五，御覽，淵海引遠並作遂，是也，作遠者形近致譌。

其莊足以成禮，

案御覽四五八引此無其字，「成禮」下有「而已」二字，說苑叢談篇同，藝文類聚二三引亦同，惟「而已」下有矣字；是此文本作「莊則足以成禮而已矣」也

。

孰謂參也不知禮乎？

案御覽三五六引「不知」上有而字。

容不襲慢，

案淵海五六引襲作褻，疏證本同，當從校。

介冑執戈

案淵海，御覽引冑並作胄，疏證本同，當據正。

孔子謂子路曰：見長者而不盡其辭，

案此節當從疏證本提行。

又淵海五○，御覽一八三引「長者」下並多「不能點其色，見幼者」八字，「而不盡」作「不能盡」，疑此文本作「孔子謂子路曰：『見長者而不能點其色，見幼者而不能盡其辭』」。

雖有風雨，吾不能入其門矣！

案御覽引「風雨」上有疾字，「不能入」作「不入」、淵海引並同，惟雨上又有暴字，疑是，並當從補。

退之而不怨，先之斯可從已。（注：言人退之不怨，先之則可從，足以為師也。）

案依今本，此文當讀如此，惟細玩文義及此注，疑此文「先之」下脫三字，而注「先之則」下亦有脫文，蓋「足以為師也」乃釋「可從」之義，「可從」二字自不當與「先之則」成文也。

君子三患；

案禮記雜記下「三患」上有有字，疏證本同，據補。

未之聞，患不得聞；

案禮記不作弗，以下文驗之，作弗是也。

有其德而無其言，

案禮記此文作「君其位無其言」，上多「君子有五恥」五字，說苑亦有此五字，是也，當補。

地有餘民不足，

案禮記，說苑「有餘」下並有而字，是也，上下文例可照。

魯人有獨處室者，鄰之釐婦（注：釐，寡婦也。）亦獨處一室。

案御覽一七四引魯下無人字，「室者」上有一字，（並是），釐作嫠，淵海五二，事文類聚後集一五引，及疏證本，詩巷伯毛傳並並作嫠，作嫠是也，當正；此注釐當作「嫠婦」。

自牖與之言，何不仁而不納我乎？

案事文類聚引言下有「曰：子」二字，詩傳同，當補。

嫗不建門之女，國人不稱其亂，

案文選張平子西京賦注引建作逮，（詩傳，疏證本並同，疑是。）女有也字，亂下有焉字，（並當據補。）

其為可謂智乎！

案為字疑衍。

君子而強氣而不得其死，

案淵海四五引下而字作則，是也，下文可證。

刑戮荐蓁，

案淵海引蓁作臻，疏證本同，是也，此涉上从艸而誤。

孔子曰：能治國家之如此，

案疏證本此文無之字，較是。

事之以珠玉

案孟子公孫丑篇此上多「事之以犬馬，不得免焉」九字。

屬耆老而告之所欲吾土地，

案疏證本「而告」下多「曰：狄人」三字，孟子梁惠王篇同，惟曰上更有之字，欲下有者字，「土地」下有也字，較長，並當據補。

吾聞之，君子不以所養人而害人。

案孟子此文作「吾聞之也，君子不以其所養人者害人也」，（疏證本亦作者。）較長。

仁人之君，

案孟子此文作「仁人也」。

若此而不能天下，

案疏證本「不能」下有王字，當補。

詩曰：執轡如組，兩驂如儛。

案詩鄘作[illegible]，儛作舞，疏證本同。

孔子曰：為此詩者其知政乎！

案疏證本政作道。

穗紕於此，

案疏證本穗作總，是也。

孔子家語校證卷第三

觀周第一一

博古知今，（注：博古知今而好道。）

案文選夏侯孝若東方朔畫贊注引「知今」作「達今」，引此注「知今」亦作「達今」。

今將往矣！

案淵海四○，事文類聚前編二三引「今」作「吾」，疑是。

始有國而授厲公，（注：宜始，始也，始有宋也。）

案左昭七年傳「始有國」作「以有宋」，以此注驗之，以或宜之誤，而今本此文上脫宜字，當補。

以闕其口，

案左傳其作余，疑是，此涉下文致誤。

臧孫紇有言，聖人之後，若不當世，則必有明君而達者焉！

案左傳此文作「臧孫紇有言曰：聖人有明德者，若不當世，其後必有達人」，辭較雅順。

送人以財，

案史記孔子世家索隱曰：「莊周財作軒」。

竊仁人之號，

案史記索隱曰：「王肅曰：『謙言竊仁人之名』，是今本此文下脫此王注，當補。

凡當今之士

案初學記一八，藝文類聚二三，二九，御覽四八九引「當今」並作「當世」。

好譏議人也。

案初學記，藝文類聚，御覽，淵海引此並無譏字，史記同，當從校刪。

博辯閎達而危其身

案初學記，藝文類聚，御覽引「閎達」並作「宏大」，「其身」下有者字，者字當補，「閎達」，「宏大」義近，史記作「廣大」，亦猶「宏大」也。

無以有己，為人子者；無以惡己，為人臣者；

案史記此文作「為人子者，毋以有己；為人臣者，毋以有（疑本作惡。）己」，文較雅順，惟索隱引此同今本。

注：身父母有之也。

案史記索隱引「有之」二字倒，是也，當乙。

注：不用則退，

案史記索隱引退作去。

敬奉教。

案御覽引此下有也字。

覩四門墉，有堯舜之容，

案文選任彥昇齊竟陵文宣王行狀注、初學記二四，文類聚三八，御覽七六，一八七，五三三，治要引墉上並有之字，無「之容」二字，文選王文考魯靈光殿賦注引亦無「之容」二字，從校刪。

又治要引「之墉」下有注云：「墉，墻」，是此文本有注，今本脫，據補（惟墻下當有也字。）。

抱之負斧扆，

案御覽五三三，藝文類聚，治要引「抱之」下並有而字，據補。

明鏡所以察形，往古者所以知今，

案書鈔一三六，御覽七六引「往古」下並無者字，疑是偶脫，治要引同今本，且「明鏡」下亦有者字，疑是。

而忽怠所以危亡，

案治要引「忽怠」下有於字，以上文驗之，「忽怠」下當補「於其」二字。

豈不惑哉？

案治要引不作非。

無所行悔，（注：所悔之事，不可復行。）

案文選嵇叔夜幽憤詩注，御覽四五八，五九○，治要引「所行」二字並倒，說苑敬慎篇同，以注覘之，是也，當乙。

勿謂不聞，

案說苑此上多「勿謂何殘，其福將然」八字。

熖熖不滅，炎炎若何？

案說苑此文作「熒熒不滅，炎炎奈何」，御覽四五八引同，惟五九○及淵海五二引並同今本，是所據本不同也。

終為江河。

案此文文選潘安仁秋興賦注引作「將成江河」，說苑同，文選陶淵明歸去來辭注引作「為江為河」，潘安仁射雉賦注及御覽引同今本，是亦所據本不同也。

綿綿不絕，或成網羅。（注：若不絕則有成羅網者也。）

案御覽四五八引或作將，說苑同，以注覘之，此文本不誤也。

君子知天下之不可上也，

案文選王仲宣贈文叔良詩注引上作蓋，說苑同。

人皆或之，（注：或之，東西轉移之貌。）

案「或之」御覽五九○引作「惑之」，治要引作「惑惑」，說苑亦作「惑惑」，以注覘之，此文或不誤也。

內藏我智，

案御覽引我作乃。

誰能如此，

案御覽引誰作難。治要引同。

天道無親，而能下人，戒之哉！

案御覽，治要引「而能下人」並作「常與善人」，「戒之哉」三字疊，說苑同，當據訂正。

小人識之，

案御覽，治要引「小人」並作「小子」，說苑同，是也。

詩曰：「戰戰競競，（注：競競，戒也。）

案御覽引曰作云，「競競」作「兢兢」（注同。），作兢是也。

豈以口過患哉？

案說苑「過患」作「過禍」，疑過乃遇之誤。

吾此執道而今委質，

案說苑此文無「而今」二字，較長，疑此乃涉上衍。

如此二者，則道不可以忽也。

案「如此」疑乃「知此」之誤。

弟子行第十二。

觀之以禮樂，

案大戴禮衛將軍文子篇此上有而字，是也，上文文例可照。

子貢對以不知，

案大戴禮對下有辭字，疑對字本作辭，下文「祁奚辭以不知」可證。

不知何謂？

案大戴禮此文作「何謂不知」

知賢即難，

案大戴禮即作則，疏證本同，疑是。

夫子之門人蓋有三千就焉，

案大戴禮此文無有，千二字，疑是。

未遠及焉，

案大戴禮此文上有有字，與上文「有遠及焉」句法一律，疑是。

吾子所及者，

案大戴禮「吾子」下有之字，較長。

然後稱怨焉。孔子告之以詩曰：靡不有初，鮮克有終。疋夫不怨，惟以亡其身。（注：因說不怨之義，遂及疋夫以怨亡身。）

案大戴禮此文作「然後怨，匹夫之怨，惟以亡其身，詩云：靡不有初，鮮克有終，以告之」，以注驗之，「疋夫不怨，惟以亡其身」九字，當乙至「孔子告之以詩曰」上，而「不怨」當作「之怨」。

荷夫之龍，

案大戴禮龍作寵，疑是。

恭先卹幼，

案大戴禮幼作孤，與下文較合，疑是。

省物而勤也，

案御覽四四五引此無也字，大戴禮同，疑此乃涉下而衍。

恭則近禮，

案大戴禮恭下有老字，是也，蓋此乃承「恭老卹孤」，而又與「卹孤則惠」對文者。

篤雅有節，

案御覽引「有節」上有而字。

博無不學，

案文選顏延年陶徵士誄注引此作「博而不學」。

以此稱之。

案大戴禮此文上有故字，下有也字，並較長。

夫子以其仁為大。

案「夫子」當作「孔子」，說見上。大戴禮此文下有也字，疑是。

學之深，

案大戴禮此文作「學以深」，下多「厲以斷」三字。

君子助之

案大戴禮助作耻，是也。

注：欲善其事，當詳慎也。

案文選王元長永明十一年策秀才文注引此注也作之，疑今本此文「詳慎」當補之字。

是宮縚之行也。

案「宮縚」御覽引作「南容」，大戴禮作「南宮縚」，是御覽容字乃宮之誤也，今本「宮縚」上當補南字。

未嘗越禮，

案大戴禮「越禮」作「越屨」。

則順人道。

案文選司馬長卿上林賦注引此「人道」作「天道」，下有也字，大戴禮並同，據補正。

則恕仁也。

案大戴禮此文作「則恕也，恕則仁也」，較完。

成湯恭而以恕，是以日隮。

案大戴禮「日隮」下有也字。

乃百姓歸之

案大戴禮此文作「百姓歸焉」，句法與上文「賢人與焉，中人用焉」一律。

抑世未有明君，

案疏證本世上有未字。

問二三子之於賜，

案大戴禮「於賜」上有行字，是也，當補。

賜、汝次焉人矣！（注：言為知人之次。）

案疏證本焉作為，下有知字，以注驗之，有知字是也、今本脫，又誤為作焉，當補正。

此以賜之所覲也，

案大戴禮覲上有親字，較長。

思之所不至，

案大戴禮「不至」作「未至」，作未是也，上下文例可照。

智之所未及哉？

案大戴禮哉作「者乎」，哉，乎同為疑問之辭，疑今本「未及」下當補者字。

思天而敬人，

案御覽引「思天」作「畏天」，疑思乃畏之誤。

從善而不教，

案大戴禮「從善」上有好字，疏證本「不教」作「教不道」。

不敢愛其死，

案御覽引此上多「臨其難」三字，無敢字，與下文「謀其身，不遺其友」合，疑是。

不陳則行而退，

案行字疑乃引字之草誤。

無道，其默足以生

案大戴禮生作容，疏證本同。

直己而不直人，

案大戴禮「不直」下有于字。

君雖不量於其身，臣不可以不忠於其君，

案大戴禮此文作「君雖不量于臣，臣不可以不量于君」，以下文「君擇臣而任之，臣亦擇君而事之」驗之，大戴禮較長，疑今本此文身乃臣之誤，「不忠」本作「不量」，後人妄改。

居下而不援其上，

案大戴禮「居下」下有「位而」二字，義較完。

其親觀於四方也，

案大戴禮此文無親字，疑是，此涉下衍。

不盡其樂，

案大戴禮此上多「苟思其親」四字，義較完。

注：不盡其歸之。

案「歸之」上疑本有「樂，而」二字。

以不能則學，不為己終身之憂。（注：凡憂，憂所知，不能則學，何憂之有？）

案大戴禮「不能」下無則字，無下不字，較長。又此注疑有脫誤。

蓋介子山之行也。

案大戴禮「介子山」作「介山子推」，是也。

其為大夫，慈善而謙其端。

案大戴禮「大夫」下有也字，是也，下文文例可照。

信而好直其功，言其功直，

案大戴禮無「言其功直」四字，疏證本同，疑此四字本王注，所以釋「好直其功」之義也，今本誤剡，且或有脫文，致不能讀。

賢君第十三

靈公之弟，曰靈公弟子渠牟。

案藝文類聚二○、御覽四○二，及治要引「靈公弟子」並作「公子」，疏證本，說苑尊賢篇並同，是也，今本靈，弟二字並涉上衍。

又有士林國者，

案御覽，治要引「有士」並有「曰；王」二字，說苑同，當補。

而退與分其祿，

案說苑「而退」二字倒，疑是。

是以靈公無遊放之士

案御覽，治要引「靈公」並作「衛國」，是也，此涉下而誤。

靈公賢而尊之，

案御覽，治要引賢並作知。

鄭無子產？、

案治要引此下有乎字，疏證本，說苑臣術篇並同，當補。

吾聞鮑叔達管仲，子皮達子產，未聞二子之達賢己之才者也。

案說苑上二達字並作進，上並有之字，下達字亦作進，疑作進是也，上文可照。

廢其世祀，

案治要引廢作絕，說苑敬慎篇此文作曰裂絕世祀已，亦作絕。

躭湎於酒，

案：「躭湎」，治要引作「沈湎」，說苑作「沈酗」，躭，俗耽字，耽、沈義近。

佞臣諂諛，

案：治要引諂作謟，說苑及疏證本並同，是也。

忠士折口，逃罪不言，（注：折口，杜口。）天下誅桀而有其國。

案：治要引「折口」作「鉗口」，注同。

恭則遠於患，

案：御覽四三二引此作「恭則近於禮」，說苑作「恭則免於衆」，疑衆乃患之誤。

勤斯四者，可以政國。

案文選鮑明遠數詩注引政作正，古通。

不修其中而修外者，

案說苑此文無其，者二字，疑「修外者」本作「修其內」以與「修其中」對，今本誤其為者，又倒在外字下也，當正。

于正月六章

案說苑此文作「至于正月之六章」，較完。

彼不達之君子

案說苑此文作「不達時之君子」。

時不興善，

案說苑此文作「世不興善」。

故賢也既不遇天，
案說苑「賢也」作「賢者」，天作時，疑今本天字下
本有時字；也當作者。
不敢不局，
案說苑局作跼，疏證本同，惟詩同今本
所先者何？
案治要引此下有在字。
賢者知其不用而怨之，
案治要引「不用」作「不已用」，說苑尊賢篇同，是
也，下文文例可照。

由顏闌其人也。
案御覽四七五引人上有為字，說苑同，據補。

若夫有道下人，又誰下哉？

案御覽引此無「下人」二字，說苑同。

子曰：由，不知。

案子當作「孔子」，說苑如此。又御覽引「不知」上有汝字，下有也字，疏證本同，並當據補。

注：草屋也，

案御覽引此注作「白屋，草舍也」。

斯豈以無道也？

案說苑此文無以字，也作哉，也、哉義同，無以字疑是。

欲得士之用也。

案說苑用作故，疑此文用下本有故字。

恐有道而無下天下君子哉？

案御覽引「哉」作「者乎」，哉，乎同義，疑此文也上本有者字。又有字當疊。

其國雖小，其志大；

案說苑「其志」作「而志」，疑「其志」上本有而字，下文文例可照，

處雖僻而政其中；

案說苑「政其」二字倒，疏證本同，且處上有其字，並是，上文文例可照。

注：愉宜為偷，愉，苟且也。

案下愉字，疑當作偷。

首拔五叛，爵之大夫，（注：首宜為身，五叛大夫，百里

奚也。）

案「首宜爲身」是也，說苑作親，身，親義同。

又說苑「五叛」作「五殺」，疏證本同，作殺是正字

。

此取之，雖王可，

案說苑「此取」上有以字，可下有也字，疏證本同，

據補。

遠罪疾，

案藝文類聚五二，御覽六二五，淵海六四引「罪疾」

並作「罪戾」，疏證本同，是也，疾乃戾之誤。

孔子曰：詩云：愷悌君子，

案治要引「詩云」作「詩不云乎」。

未有子富而父母貧者也。

案藝文類聚，治要引「子富」上並有其字，說苑政理篇同，據補。

衛靈公問於孔子曰，

案呂氏春秋季春紀先已記此為魯哀公事，蓋傳聞異辭也。

有國家者，計之於廟堂之上，

案藝文類聚，治要引「有國家」並作「為國家」，呂覽，說苑同，是也，有字乃涉上而誤。又「計之」藝文類聚引作「謹之」，說苑同，呂覽作「為之」。

孔子見宋君

案說苑「宋君」作「梁君」，是傳聞異辭。

而未有若主君之問問之悉也。

案說苑「問問」作「問某」，疑此文本作「問丘」，

今本誤疊問字。

唯欲行之云耳！

案云疑乃不之誤，或「云耳」上本作不字。

辯政第十四

子曰：政在諭臣。

案御覽六二五引子上有夫字，（當補。）諭作喻，尚書大傳作論，喻同諭，諭，論義近。

政在悅近而遠來。

案御覽，書鈔二七引「遠來」二字倒，韓非子難三，尚書大傳，疏證本並同，是也，下文可證。

然政在異端乎？

案御覽引然下有則字，在作有，尚書大傳同，疑並當校補。

一旦而賜人以千乘之家者三；

案「千乘」韓非子作「三百乘」，尚書大傳作「百乘」，作「百乘」與古制較合，作「三百乘」者，涉下「者三」而衍也，而今本「千乘」，當係「百乘」之誤。

外距諸侯之賓以蔽其明，

案距，御覽引作𩞄，韓非子，尚書大傳並作「障距」。

夫荆之地廣而都狹，

案御覽引此同今本，尚書大傳同，惟上云「葉公問」，而此以「荆之地」對之，不合，韓非子此文作「葉都大而國小」，較長，疑此文本作「夫葉之都廣而地狹」，今本地，都二字互倒，致不能應上文。

所以為政殊矣！

案御覽引此作「皆所以為政」，疑此文下本有「而皆所以為政」六字，今本及御覽引互有脫文。

蔽主以為亂也。

案亂下當有者字，上下文例可證。

注：故休馬待駿者，

案此注悉引說苑權謀篇「中行文子出亡」之文。說苑此文作「胡不休馬，且待後車者」，是今本脫不，且，車三字，又誤胡為故，誤馬為馬，誤後為駿也，並當補正。

注：吾好音，以子遺吾琴；好珮，子遺吾玉。

案說苑「吾好」上有「異日」二字，「以子」作「此子」，「好珮」作「好佩」（佩、珮古通。）上有吾字，「子遺」作「又遺」，疑並是，此當從補正。

注：是以不振吾過。

案說苑此文作「是不非吾過者也」，疑今本以字，乃涉上衍，非作振，文亦可通。

注：吾怨其以我求容也。

案說苑怨作恐，義較長。

注：遂不入車。

案說苑車上有後，與上文應，疑是。

注：人問文子之所右，執而不殺之，

案說苑此文作「入門，文子問嗇夫之所在，執而殺之」。義較完，疑今本脫「問嗇夫」三字，又誤「入門」為「人問」，誤在為右，又衍不字也。

注：文子陪道失義，

案說苑「文子」上有「中行」二字，（疑當補。）陪作背，今本正文作「培道失義」，倍，陪，並假為背。

注：然得之，由活其身，

案說苑然下有後字，（當補。）由作猶，由同猶。

司馬子祺諫，

案「子祺」御覽引作「子期」，說苑正諫篇作「子綦」，下同，並音同相假。

令尹子西賀於殿下諫曰，

案御覽一七七引賀作駕，無諫字，說苑同，（當從校。）且駕下多「安車四馬經」五字，義較完。

子西步馬十里，

案說苑「步馬」作「出從」，疑此文「步馬」上本有「出從」二字。

諫其君者

案說苑此文上多「為人臣而」四字，與上文「為人臣而忠其君者」句法一律。

入之於千里之上，抑之於百世之後者也。

案御覽引「百世」作「百代」。說苑此文作「諫之於十里之前，而權之於百世之後者也。

敢問二大夫之所為目夫子之所以與之者。

案疏證本「為目」作「自為」，疑是。自，由也；為猶與也，屬下讀。

而行為恭敬，

案藝文類聚二○，御覽四○六引而並作於，是也，上

文文例可照。

而加愛敬。

案御覽引此下有焉，疑當據補。

飛集於宮朝，

案文選張景陽雜詩注，初學記二，藝文類聚二引此並

無於字，「宮朝」並作「公朝」，疑作宮乃聲誤。

使使聘魯問孔子。

案文選注，御覽一○引問並作訪，（藝文類聚引同。

）下有諸字；據補正。

振訊兩眉，

案御覽引訊作迅，迅，訊正假字。又「兩眉」文選注，藝文類聚，御覽引並作「兩臂」，疏證本作「兩肩」，疑眉，肩並臂字之壞字致誤。

頃之，大霖雨，

案御覽引「頃之」作「果有」，疑此文「大霖雨」上本有「果有」二字。

唯齊有備不敗。

案文選注引此下有也字，據補。

父恤其子其子卹諸孤而哀喪紀。

案御覽六二五引下卹字作恤，與上恤字合，淵海三五引同，惟無下其字。然書鈔七八引「子其子，卹諸孤」同今本。說苑政理篇「父恤其」作「父其父」，疏證本同，疑是：今本衍恤字，脫父字，致不可讀。

皆教不齊之道。

案御覽六二五引「不齊」下多「所以治」三字，說苑同，當補。

夫賢者百福之宗也，

案說苑賢上有舉字。

不齊之以所治者小也。

案說苑此文無以字，較是。

奉天子之時，

案御覽四九九，治要引此並無子字，疑是，惟說苑此文作「因子之時」。

是謂之奪，

案御覽，治要引「謂之」二字並倒，下文「是謂之伐」，「是謂之暴」，「謂之盜（案此上當有是字，御覽，治要引並有是字。）」並同，據乙。

此怨之所由也。

案治要引由下有生字，說苑同，當據補。

治官莫若平，

案說苑此文作「臨官莫如平」，與下文「臨財莫如廉」句法一律。

廉平之守，不可改也。

案說苑「不可改」作「不可攻」，疑誤。

斯為小人。

案治要引為作謂，說苑同，為猶謂也，惟以文驗之，作謂較是。

入其境曰：善哉由也

案藝文類聚五二、御覽二六七引也並作乎，下同，也猶乎也。

至廷，

案藝文類聚，御覽、淵海三五引此並作「至其庭」，（外傳六廷亦作庭，古通。）疏證本亦有其字，與上文「入其境」，「入其邑」句法一律，是也。

而三稱其善，

案文選陸士衡演連珠注、書鈔七八，御覽六二五引並無其字，外傳同，疑此其字乃涉下而衍，當從校刪。

田疇盡易，草萊甚辟，溝洫深治；

案文選注引「盡易」作「甚易」；書鈔引此作「田疇易，草萊闢，溝池深」；藝文類聚引作「田疇治，草萊闢，溝洫深」；御覽引同今本，惟治作濬，淵海亦四引深作甚。

此其言明察以斷，

案文選注，書鈔，藝文類聚，御覽五二引此並無言字，說苑，疏證本並同，是也，上文文例可照。

其政不擾也。

案文選注，書鈔引政並作民，說苑同，是也，上文文例可照。

墻屋完固，

案文選注引此作「墟屋甚嚴」，書鈔，藝文類聚，御

24×25

覽二六七引墻並作牆，（疏證本同。）六二五引作墉，墻，牆正俗字，墻，墉字異而義同。淵海引屋作瓦。說苑此文作「墉屋甚尊」，文選注引此作「墟屋」者，疑乃「墉屋」之誤，尊，嚴義近。

孔子家語校證卷第四

六本第十五

注：則亂之萌。

案治要引此作「則亂之源也」。

無務農桑；

案治要引「農桑」作「豐末」，說苑建本篇同，上文「治政有理矣，而農為本」；農桑既為治政之本，焉有無務之理，疑此「農桑」乃「豐末」之誤，豐末，商賈之事也。

記聞而言，無務多說。（注：但說所聞而言，言不出說中，故不可以務多說。）

案此注「但說」，「說中」二說字，疑並記字之誤。

又說苑此文作「聞記不言，無務多談」，與王注不合。

反本修邇，

案治要引邇作迹，疑乃迩之誤，說苑此文同今本，證知今本不誤。

良藥苦於口而利於病，

案治要引「良藥」作「藥酒」。

無其過者，

案治要引「無其」二字倒，疑當從乙。

已失之，友得之；

案治要引已作士，與上文合，說苑正諫篇同，是也。

賞功受祿，

案呂氏春秋離俗覽高義，說苑立節篇此文並作「當功而受祿」，疏證本「賞功」亦作「當功」，是也，作賞者涉下而誤。

景公覆問災何王之廟也？

案說苑此文作「景公出問曰：「何廟也」」，疑今本「覆問」本有曰字。

此必釁王之廟。

案御覽五三一引此文下有矣字，說苑作矣，也猶矣也。據補。

詩云：皇皇上天，其命不忒，天之以善，必報其德。

案文選潘安仁懷舊賦注引「上天」作「上帝」，「以善」作「與人」，「其德」作「有德」，說苑並同，疑李善所見本與今本異也。

文武之嗣，無乃殄乎？

案文選陸士衡五等論注引嗣作祀，說苑同，（唯殄作絕，義同。）。

以彰其過。

案說苑此下有也字。

儀噴左右報曰：

案御覽五卩一引「儀噴」作「有噴」。

子貢三年之喪畢，

案藝文類聚二三、御覽四四五引「子貢」並作「子夏」，詩素冠毛傳，說苑修文篇，疏證本並同，是也，下文可證，此作「子貢」者，涉下「子貢曰」而誤。

見於孔子，子曰：與之琴；

案藝文類聚引無「子曰」二字，疑是疊「孔子」二字，御覽引「子曰」正作「孔子」，說苑，疏證本皆同，當從訂正。

使之絃，侃侃而樂作；

案「侃侃」御覽四四五引作「偘偘」，詩毛傳，說苑皆作「衎衎」，偘同侃，假作衎也。又詩毛傳，說苑「使之絃」下皆有「援琴而絃」四字。

作而曰：先王制禮弗敢過也。

案藝文類聚二二引此文上多「作而曰：「先王制禮，不敢不及」，子曰：「君子也」。閔子三年喪畢，見於孔子，與之琴，使之絃，切切而悲」三六字，三四引此有「閔子騫三年喪畢，見於孔子，與之琴，使之絃，切切而悲」二一字，御覽四四五，四八八引同，惟（無騫字。）喪上有之字，「孔子」二字疊，詩毛傳，說苑皆有類此之文，疑此上當從說苑補「作而曰：「先王制禮，不敢不及也。子曰（當作「孔子曰」，說見前下文同。））：「君子也」。閔子騫三年之喪畢，見於孔子，孔子與之琴，使之絃；援琴而絃，切切而悲」四六字，禮記檀弓上「閔子騫」作「子張」，蓋傳聞異辭。

子貢曰：

案詩毛傳「子貢」作「子路」。說苑曰上有問字，較勝。

閔子哀未盡，夫子曰：君子也。子夏哀已盡，又曰：君子也。

案「閔子」疑本作「閔子騫」，以應上文。下同。又御覽四四五引二盡下並有矣字，「又曰」作「子曰」，疑矣乃夫之誤，而此「又曰」本作「夫子曰」也。

賜也或，敢問之。

案藝文類聚二二、御覽引或皆作惑，下有之字，而問下無之字。說苑此文作「賜也惑，敢問何謂」，（詩毛傳亦有「何謂」二字。）疏證本或亦作惑，惑，或正假字。

閔子哀未忘，

案藝文類聚二二，三四，御覽引「未忘」並作「未盡」，與上文合，詩毛傳，說苑皆同，是也。

雖均之君子，

案藝文類聚二二引均下有謂字，據補。

志夫鐘之音，

案說苑此文作「志也。鐘鼓之聲」，御覽引尸子「鐘之音」亦作「鍾鼓之聲」。文選枚叔七發注，書鈔一六〇引鐘作「鍾鼓」，疑此文本作「志也。夫鍾鼓之音」，鍾，鐘古今字，音，聲義同。

憂而擊之則怨，

案文選注引此下多「喜而擊之則樂」六字，說苑，御覽引尸子並同，今本脫，當補。

而況人乎？

案文選注引乎下有哉字。

孔子見羅雀者所得皆黃口小雀；

案御覽九二二、淵海九七引此皆作「孔子見羅者，所得雀皆黃口也」、說苑敬慎篇作「孔子見羅者，其所得者皆黃口也」，（御覽、淵海此二條名為引家語，實悉同說苑。）

大雀獨不得，何也？

案御覽，淵海引此上多「黃口盡得」四字，說苑同。

羅者曰；

案御覽，淵海引曰上有對字，說苑同。

黃口從大雀則不得，大雀從黃口亦不得。

案書鈔三○引則下有人字，「亦不得已作「則人得已；疏證本作「亦可得已；御覽，淵海引則作者；「亦不已亦作者，說苑同，惟下有可字。疑今本則下本有人字，「亦不已乃「人可已之誤，上當有則字。

利食而忘患，

案書鈔引而作以，以猶而也。

君子慎其所從。

案書鈔引此下有也字。

隨小者之戅，

案疏證本者作人，戅作戇，戅，俗戇字。

避席問曰，

案說苑問下有而字。

24×25

子曰：然則學者不可以益乎？

案治要引子作「子夏」，說苑，疏證本並同，是也。

以虛受人，

案治要引人作之，說苑同。

昔堯治天下之位，

案說苑治作履，較勝。

是以千歲而益盛，

案說苑「千歲」作「百載」，歲作載與下文較合。

亦有貞節之義也。

案淵海五二引「有貞」作「非清」、疏證本同，說苑此文作「然非貞節之義也」，以下文驗之，「亦有」作「然非」，是也。疑今本脫然字，又誤非為亦，有字則涉貞之誤而衍。

不慎其初，

、案淵海引慎作謹，字異而義同。

今汝欲舍古之道，行子之意，

案說苑舍作釋，行上有而字，並與上文較合。

曾子耘瓜，誤斬其根；

案藝文類聚八七，事文類聚後篇二六引耘作芸，（古通。）瓜下有而字，御覽九七八，淵海九二引亦有而字，說苑同，據補。又斬，御覽引作斷，淵海引作所。

曾晳怒，建大杖以擊其背，

案藝文類聚，御覽，淵海，事文類聚引晳並作皙，外

傳八，說苑同；下同。是也

而不知人久之，

案藝文類聚，御覽，淵海，事文類聚引並無此六字，外傳，說苑同。

欲令曾晳而聞之，

案晳當作皙，說見前。又疑而字當乙在「聞之」下。

孔子聞之而怒告門弟子曰：參來勿內。

案藝文類聚，御覽，淵海，事文類聚引並無「而怒」二字，「勿內」下有也字，說苑並同。

曾參自以為無罪，

案藝文類聚，御覽，淵海，事文類聚引「曾參」並作「曾子」，與上文一律，說苑同，是也。

舜之事瞽瞍，

案瞍字當从目，此从耳，誤刻也，又文選任彥昇奏彈劉整注引此文下有也字，說苑此文作「舜之事父也」，亦有也字，當補。

小捶則待過，大捶則逃走，

案文選注引「大捶」作「大杖」，藝文類聚，御覽六五〇，淵海，事文類聚引並同，且「待過」作「受」，無逃字，御覽九七八亦引「待過」作「受」，無逃字。外傳此文作「小箠則待笞，大杖則逃」，說苑作「小箠則待笞，大箠則走」。捶，假為箠，亦杖也。

而舜不失烝烝之孝，

案疏證本烝作蒸。

陷父於不義，其不孝孰大焉！
案說苑陷作陥，是也，此誤刻。
又藝文類聚，御覽九七八，淵海，事文類聚引此並無
其字。
荊公子行年十五而攝荊相事，
案說苑尊賢篇此文作「公子推行年十五而相荊」，蓋
傳聞異辭也。
合二十五人之智，
案此文云：「其堂上有五老焉，其廊下有二十壯士焉
」，而此僅作「合二十五人之智」，未允，疑智下當
有力字。說苑此文「廊下二十五俊士，堂上有二十五
老人」，仲尼曰：「合二十五人之智，智於湯武，并二

十五人之力，力於彭祖」，可佐證。

以易吾，弗與也。

案列子仲尼篇吾字疊，是也，淮南子人間訓，說苑雜言篇「弗與也」並作「丘弗為也」，可佐證。

孔子遊於泰山，見榮聲期；（注：聲宜為啓，或曰榮益啓也。）

案御覽三六○，五七九，淵海五一引「榮聲期」並作「榮啓期」，列子天瑞篇，說苑同。

瑟瑟而歌，

案御覽三六○，淵海引「瑟瑟」並作「鼓琴」，列子同，說苑，疏證本此文並作「鼓瑟而歌」，疑是，作「鼓琴」者形誤也。

期對曰：吾樂甚多，而至者三。

案御覽引此無期，「而至者三」五字；列子，說苑同，惟淵海引同今本。

吾既得為男，

案列子此文下有矣字，以下文「吾既以行年九十五矣」驗之，疑有矣字是，上文「吾既得為人」下亦當倣此補矣字。

處常得終，（注：得宜為待。）

案御覽，淵海引同今本，列子同，惟說苑得作待。

史鰌有男子之道三焉！

案說苑「男子」作「君子」，疑是。

夫子三言，

案說苑「三言」上有之字，與下文一律，疏證本同，是也。

學夫子之三言，

案說苑此文上有吾字，較長，惟疑作參為是，所謂師前自名也，

商也好與賢己者處，賜也好說不若己者，

案御覽四○六引此作「商也好與賢己者交，賜也好悅不若己者交」，淵海，事文類聚前篇二三引並作「賜也好友勝己者，商也好友不勝己者」。

與善人居，如入芝蘭之室，久而不聞其香，即與之化矣；與不善人居，如入鮑魚之肆，久而不聞其臭，亦與之化矣。

案文選張平子東京賦注引此作「入善人之室，如入芷蘭之室，久而不聞其香，入不善人之室，如入鮑魚之肆，久而不聞其臭」。

與富貴而下人，何人不尊？

案初學記一八，藝文類聚二三，御覽四七二引與並作以，尊作與，說苑同，淵海四五引尊亦作與，五八，七三引與亦並作以，以下文驗之，與作以是也。

以富貴而愛人，何人不親？

案初學記，御覽引愛並作敬，藝文類聚引作「敬愛」，疑愛本作敬，而藝文類聚誤合之也。

夫度量不可明，

案說苑雜言篇此文作「夫度量不可不明也，善欲不可不聽也」。

以愚者反之，

案御覽四九九引此無以字，之作是，荀子仲尼篇，說苑並同，之同是，以猶而也。

非其人告之弗聽，非其地樹之弗生，

案說苑此文作「非其地而樹之不生也，非其人而語之弗聽也」，疑此文二句當乙。

民犯上則傾，

案書鈔一三七，御覽七六八引傾並作危，藝文類聚二三，七一引作「君危」，疑傾或本作危，君字涉上下文而衍。

衣穰而提贄，（注：穰，蒿草衣。）

案說苑穰作蓑，蓑，草衣也，作穰與注不合，誤。

精氣以問事君子之道，

案疏證本精作積。

貞以幹之，（注：眞正以為幹植。）

案此注眞當是貞是誤。

效其行，

案說苑效作敎，義長。下同。

辯物第十六

季桓子穿井，獲如玉缶，其中有羊焉，

案藝文類聚九四引「玉缶」作「土缶」，國語，說苑辯物篇及疏證本同，外傳佚文（見緯略）「獲如玉缶」作「得一玉羊」，無「其中有羊焉」一句，是玉字亦不作土也。

使使問孔子，

案藝文類聚引此文作「使問仲尼」，國語同，唯問下有之字，疏證本之作於，之猶於也，此當據疏證本，補於字。

吾穿井於費而於井中得一狗，何也？

案藝文類聚引此文作「吾穿井得羊何也」，羊字乃涉下而誤，國語、說苑並作狗，可證今本不誤。

丘之所聞者羊也，

案藝文類聚引此文作「以丘之所聞非羊也」，亦有脫文，說苑作「以吾所聞非狗，乃羊也」，疑此文本作「以丘之所聞非狗，乃羊也」。

木石之怪夔蝄蜽，水之怪龍罔象，

案藝文類聚引「蝄蜽」作「魍魎」，說苑作「罔兩」，並古通。又藝文類聚九四引「罔象」作「罔象」。

獲巨骨一節專車焉，

案御覽四三引此作「獲骨焉，其節專車」，（國語同，唯無其字。）三七五引同，唯其作一，三七七引同今本，唯車下有載字。

吳子使來聘於魯，且問之孔子。

案御覽四三引此作「吳子使使問於孔子」，是此文使字當疊；之猶於也。

禹致群臣於會稽之山，

案淵海八引此作「禹會諸侯於塗山」。

防風後至，

案御覽四三，三七五，三七七，淵海引「防風」下皆有氏字，國語，疏證本同，據補。

其骨專車焉，

案淵海引專作轉；御覽三七七引骨下有節字，國語同。

山川之靈足以紀綱天下者其守為神，（注：守山川之祀者為神。）諸侯社稷之守為公侯，（注：但守社稷無山川之祀者直為公侯而已。）山川之祀者為諸侯，皆屬於王。（注：神與公侯之屬也。）

案國語無「社稷」上「諸侯」二字，及「山川之祀者為諸侯」八字，以注驗之，王見本與國語同也，今本「山川之祀者為諸侯」八字乃涉上注而衍。史記孔子世家集解引注「守山川之祀者為神」下多「謂諸侯也」四字，今本羼入正文而脫「謂」、「也」二字，當據刪補。

防風何守，

案國語「防風」下有氏字，疏證本同，是也。

注芒氏之君，守封嵎山者，

案御覽三七七引「注芒」作「枉罔」（音近相假也。

」山上有之字」，國語同，且者下有也字，疏證本亦有也字，疑並當據補。

為漆姓，

案史記漆作釐，索隱曰：「家語云『姓漆』，蓋誤，系本無漆姓。」

在虞夏商為汪芒氏，

案疏證本「虞夏」下多「為防風氏」四字。

有客曰：

案御覽三七七，七九○引此並無有字，國語，疏證本同，從校刪。

焦僥氏長三尺，短之至也；長者不過十，數之極也。

案御覽三七八引「焦僥」作「僬僥」，（焦，僬古今字。）「至也」作「極也」，（極亦至也。）三七七引十下有文字，（三九○引文作是，國語作之，疑並文字之誤。）當補。又三九○引此文下有注云：「長者十，短者三，皆數之極也」，今本脫，當補。

有隼集陳侯之庭而死。

案國語集下有於字，疏證本同，據補。

又下文稱陳侯並作「惠公」，此獨歧出，不當。

楛矢貫之石砮，

案「石砮」二字疑當乙在「貫之」之上。

惠公使人持隼如孔子館，

案文選吳季重答東阿王書注，御覽七八四引「使人持隼」作「使使以隼」，館上有之字，國語同，惟「使使」仍作「使人」。

此肅愼氏之矢，（注：肅愼氏之矢也。）

案此注乃涉正文而誤，惟亦可證今本矢字下脫也字，御覽七八四引此正有也字。文選注引此下有注云：「肅愼，北夷國名也」，當即此注之舊。

九夷百蠻，（注：九夷，東方九種，百蠻，夷狄之百種。）

案御覽一五五引「百蠻」作「八蠻」，疏證本同，疑所據本不同也。又史記集解引此注作「九夷，東方夷有九種也，百蠻，夷狄之百種」，今注有脫文，當據校補。

使各以其方賄來貢，

案史記集解此文下引有王注曰：「各以其方面所有之財賄而來貢」，今本脫，當據補。

銘其栝曰：肅慎氏貢楛矢。（注：楛，箭栝也。）

案文選注引栝作楛，（與注較合。）無「楛矢」二字，國語「貢楛矢」作「之貢矢」，義較長。

以分大姬，配胡公。

案文選注引此文上有使字，「胡公」上有虞字，國語亦有虞字。

所以無忘服也。

案史記集解此文下引有王注曰：「使無忘服，從於王也」，今本脫。

公使人求得之金櫝，如之。（注：櫝，匱也。）

案國語牘作櫝，牘無匵之義，當是櫝之假。

注：火師而火名也，龍師而龍名也。

案「火名也」下疑本有「水師而水名也」六字。

注：玉所以聘子玉

案「子玉」二字當係「于王」之誤。

若為主其先亡乎！

案左定十五年傳若作君，疏證本同，疑若乃君字之形誤。

賜不幸而言中，是賜多言。

案左傳「是賜多言」作「是使賜多言者也」，義較完。

行路之人云：魯司鐸災（注：司鐸，宮名。）及宗廟。

案文選蘇子卿詩注，王仲寶褚淵碑文注引「行路」上並有見字，（據補。）炎作火，左哀三年傳亦作火，火，炎義近。

所及者其桓，僖之廟？

案左傳此文作「其桓、僖乎」，疑此文下亦本有乎字。

豈不為亂？

案疏證本此文作「其能為亂」，豈猶其也，作不乃涉上而誤。

非汝所知，

案此文下疑本有也字。

伯率侯牧以見於王，

案左哀十三年傳率作帥，（下同。率，帥古通。）玉作王，是也。

自襄已來之改之。

案左傳此文作「自襄以來未之改也」，疏證本同，此當從訂正。

注：車士，持車者，子姓也。

案御覽五五引持作將，（持，將義近。）「姓也」下多「鉏商，名也」四字，據補，八八九引亦有「鉏商，名」三字。史記正義引此作「車士，將軍者也，子，姓，鉏商，名」，可為證。

注：若車士子鉏商非狩者，採薪西獲麟。

案御覽八八九引「若車士子」作「時實自狩」，史記正義引作「時實狩獵」，疑此文上本有「時實西狩」四字，今本脫，而御覽引誤西為自也。又史記正義引「西獲麟」作「西獲麟也」，疑是。

注：棄之郭外，將以賜虞人也。

案史記正義引此作「此云棄之於郭外，棄之於郭外，所以賜虞人也」，義較完，與上注文例亦較合，是也，惟疑「所以」當作「將以」。

使人告孔子

案史記正義引告下有於字。

有麕而角者，

案御覽引麕作麏，孔叢子記問此文作「麕身而肉角」。

孔子往觀之，

案御覽引往下有而字。

胡為來哉，胡為來哉！

案御覽五五，八八九引胡並作孰，公羊哀公十四年傳，孔叢子並同。

反袂拭面，涕泣沾衿，

案御覽八八九引反作掩，泣作泗，事文類聚後編三六引「涕泣沾衿」作「泣涕霑襟」，（沾衿同霑襟。）公羊傳衿作袍。

出非其時而害，

案御覽，事文類聚引害上並有見字，疏證本同，據補

哀公問政第十七

布在方策，

案初學記二一、書鈔一〇四（兩引）策並作冊。冊，策古通。

夫政者，猶蒲盧也。

案中庸者上有也字，無猶也，疏證本同。

修道以仁，

案中庸此文上多「修身以道」四字，義較完。

朋友也，

案治要引此文作「朋友之交也」，中庸同。

五者天下之達道，

案治要引此文下有也字，中庸同。據補。

則能成天下國家者矣，

案治要引此無者字，中庸同。

諸父兄弟不怨，

案治要引「兄弟」作「昆弟」，與上文較合，中庸疏證本同，據正。

賤財而貴德，

案治要引財作貨，中庸、疏證本同，

所以綏遠人也。

案中庸綏作柔，與上文合，是也。

舉廢邦，

案中庸邦作國，疏證本同。

民弗得而治矣！

案中庸弗作不，與下文一律。

誠者天之至道也，

案中庸此文無至字，疏證本同。

夫誠，弗勉而中，

案中庸弗作不，與下文一律。

教以敬而民貴用命，

案「教以敬」治要引作「教以敬長」，疏證本作「教之以敬」。疑本作「教之以敬長」也。上文「教之慈睦」教下亦當有以字。

宰我問於孔子曰：吾聞鬼神而不知所謂。

案吾字疑本作我，所謂師前自名也，後人不察，妄改之耳。御覽三七引「不知」下有其字，禮記祭義同，當補。

人生有氣有魂，氣者人之盛也。（注：精氣者人神之盛也。）

案此文不明，顯有脫誤。御覽引此作「人生有魂氣，有魄氣也者神之盛也」，疏證本作「人生有氣有魄，氣者人之盛也，魄者鬼之盛也」，並與下文不接續，禮記此文作「氣也者神之盛也，魄也者鬼之盛也」，以神、鬼對舉，與下文合，且驗之此注，此文亦當本有神字也。疑此文本作「人生有魂氣，有魄氣，魂氣者神之盛也，魄氣者鬼之盛也」，下文「魄氣歸土，此之謂鬼，魂氣歸天，此之謂神」即承此而言。今本及御覽引等互有脫文，亦正可互相補葺。又注神上人字，當係衍文。

夫生必死，死必歸土，此謂鬼，魂氣歸天，此謂神。

案御覽引夫作衆；二謂字上並有之字。（據補。）又疑「死必」二字下本有「魄氣」二字，今本脫。

注：二端：氣與魄也。

案此注與今本上本「人生有氣有魂」互驗，益可證上文本作「人生有魄氣，有魂氣」，而此注當作「二端，魂氣與魄氣也」。

建設朝事，（注：薦，醒時也。）燔燎羶薌，所以報魄也，（注：鬱，香草，鬱，樽也。）此教民修本反始崇愛，上下用情，禮之至也。

案此文中王注並失所坿，顯有脫文。禮記此文作「建設朝事，鄉見以蕭光，以報氣也，此教民反始也。薦黍稷，羞肝肺首心見間以俠甒，加以鬱鬯，以報魄也，教民相愛，上下用情，禮之至也」，義較完，與此文注亦較合，（惟「教民相愛」上疑當有此字，上文可照。）疏證本此文作「建設朝事，燔燎羶薌，所以報氣也；薦黍稷，羞肺肝，加以鬱鬯，所以報魄也；此教民修本反始崇愛，上下用情，禮之至也」，或乃家語之舊，唯疑「報氣」當作「報魂氣」，「報魄」下亦當有氣字，「修本」二字從禮記校刪為是。又注「薦，醒時也」當移至「薦黍稷」下，「鬱，香草，鬱，樽也」當析為二，一作「鄉，香草也」，乃「羶薌」之註脚；另一作「鬱，樽也」，蓋注「鬱鬯

24 x 25

已者。

孔子家語校證卷第五

顏回第十八

魯定公問於顏回曰：

案莊子達生篇，呂氏春秋離俗覽適威並以「定公」為「莊公」，「顏回」為「顏闔」，蓋傳聞異辭也。荀子哀公篇，外傳二，新序雜事五「顏回」並作「顏淵」，下同，是也，家語稱孔門弟子，字而不名，乃其文例也，其偶有稱名者，但依此正。

子亦聞東野畢之善御乎？

案治要引野作治，下同。莊子，呂覽並以「東野畢」為「東野稷」。

其馬將必佚，

案文選枚叔七發注引此下有也字，荀子楊注引此作「其馬將佚也」，亦有也字，外傳，新序也並作矣，也猶矣也。治要引佚作逸，新序作失，荀子同，楊注：「失讀為逸」，佚，逸古通。

定公色不悅，謂左右曰：君子固有誣人也？！

案御覽八九六引此無色字，謂上有顧字，也作耶，也猶耶也。荀子此文亦無色字，外傳同。

牧來訴之曰：東野畢之馬，佚兩驂，

案御覽引「牧來訴」作「校來報」，驂作驂，荀子牧亦作校，驂亦作驂，驂乃驂之形誤也。

召顏回，回至，

案「顏回」當作「顏淵」，「回至」亦當作「顏淵至」，荀子，外傳，新序並如此，御覽引此無下回字，當係疊「顏回」二字也。

問吾子以東野畢之御，

案御覽治要引御上並有善字，與上文合，疑當據補。

其馬將佚，

案外傳，新序佚下並有矣字，以上文驗之，此文當作「其馬將必佚也」，淵海五九引此未脫必字。

以政知之

案治要引此作「以政知之而已矣」，

昔者帝舜巧於使民，造父巧於使馬，

案御覽，淵海，治要引「造父」上並有而字，荀子同，據補。又淵海引此無帝字，荀子，外傳，新序並同，無帝字與下文較合。

舜不窮其民力，造父不窮其馬力，

案御覽，淵海引此並無二力字，「造父」上有而字，荀子並同，外傳，新序亦皆無二力字。疑並當從刪補。

是以舜無佚民，造父無佚馬。

案御覽，淵海並引「是以」作故，「造父」上有而字。據補而字。

升馬執轡，（注：馬非為車。）

案御覽引此注非作宜，疑非乃宜之誤。荀子，外傳，新序「升馬」並作「上車」，當是王注所據。

注：馬步驟馳騁，盡禮之儀也。

案御覽引此禮上有朝字。

然而猶乃求焉不已，

案御覽，淵海，治要引曰然而已下並有曰其心已二字，疑是

臣以此知之。

案御覽引此下有也字，荀子同，外傳，新序曰知之已並作曰知其佚也已，亦有也字，疑當從補。

公曰：善，誠若吾子之言也。

案御覽，治要引善下並有哉字，據補。

非但為死者而已，又有生離別者也。

案文選陸士衡豫章行詩注，御覽九一四，藝文類聚九〇，淵海五三引曰又有已皆作曰又為已，疑有字乃為

之草誤。御覽四八九，初學記一八一並引此文作「非獨哀死，又悲生離也」，與說苑辨物篇作「非獨哭死，又哭生離者」較合，蓋所據異也。又文選注、淵海引「而已」下並有矣字，據補。

回聞桓山之鳥，

案文選注引「桓山」作「完山」，說苑同。

謂其往而不返也。

案文選注、淵海引謂並作為，說苑同，謂猶為也。

父死家貧，賣子以葬。

案文選注、淵海引父並作夫，（疑是。）「以葬」作「葬之」，疑此本作「以葬之」也，說苑如此。

回竊以音類知之。

案御覽九一四引類下有而字，較長。

禮德之盛也，（注：禮宜為化。）

案說苑禮正作化，疏證本同，當係據王注改。疑作禮者，蓋化誤礼，而轉寫作禮也。

好言兵討而挫銳於邾，是智不足名也。

案御覽四四五引討作計，智作勇。

置六關，（注：傳曰：「廢六關」，非也。）

案此注所引，蓋左文二年傳之文，王氏非之，唯左傳校刊記引惠棟說，云「廢與置古字通」，

妾織蒲，（注：蒲，席也。）

案御覽引蒲作席，左傳正義引同，蒲，席義同。

三不仁

案御覽引此下有也字，下文「三不知」下亦有也字，

左傳同，據補。

祠海鳥，

案御覽引祠作祀，左傳此文作「祀爰居」，祠亦作祀。

回曰：可得聞乎？

案回當作「顏淵」。

不受其田，以避其難。

案御覽引此無「其田」二字，「以避」上多「更其國」三字。

夫臧文仲之智，

案左襄二三年傳「文仲」作「武仲」，疏證本同，是

也，上文亦作「武仲」，此不當歧出。

顏回問於君子，

案「顏回」當作「顏淵」，說見上，疏證本此文無於字。

顏回問子路，

案此「顏回」亦當作「顏淵」。藝文類聚二三引問作
謂，疏證本同，細玩文義，作謂是也。

盡慎諸焉！

案藝文類聚引盡作子，疑盡上本有子字。

君子為義之上相疾也。

案疏證本為上有於字，以下文文例驗之，有於字是。

子路初見第十九

子曰：汝何好樂？

案御覽三四九，三八九，六〇七引子並作「孔子」（是也。）無樂字，說苑建本篇亦無樂字。

而加之以學問，豈可及乎？

案御覽三四九，六〇七引此並無而、問二字，說苑同。又說苑「及乎」作「及哉」，疏證本同。

學豈益哉也？

案御覽六〇七引此作「學豈有益哉」，說苑作「學亦有益乎」，亦有有字，當據補。又疏證本「哉也」二字倒，從之。

夫仁君而無諫臣則失正，士而無教友則失聽，案疏證本「人君」作「仁君」，說苑「失聽」作「失德」。

孰不順哉！

案御覽引哉作成，說苑及疏證本並同，據正。

毀人惡仕，（注：謗毀仁者，憎怒士人。）

案說苑仕作士，疏證本同，與此注較合。

不柔自直，斬而用之，達於犀革，

案御覽三八九，六〇七八九六二，淵海九六引柔並作揉，說苑，疏證本並同，柔乃揉之假；御覽三四九，書鈔一二五（兩引）柔作扶，藝文類聚八九引作搏，搏，扶音通。

又「用之」，御覽三四九引作「用射」，（書鈔引同。）

」三八九引作「用之射」，九六二引作「為用射」，藝文類聚引作「為箭射」，淵海引作「為用」。

以此言之，何學之有，

案御覽三四九，書鈔引「之有」並作為，御覽六〇七，九六二，淵海皆引作「之為」，疑有乃為之草誤。說苑此文作「又何學為乎」，亦作為。

其入之不亦深乎？

案御覽，書鈔，淵海皆引此文作「其入不益深乎」，說苑同，疑亦乃益之聲誤。

敬而受教。

案御覽六〇七引此文作「敬受命」，疏證本作「敬受教」，並無而字，說苑作「敬受教哉」，亦無而字，疑是。

子路曰：請以言。

案初學記一八、御覽四七八引「子路曰」並作「對曰」，疑此文曰上本有對字。

不恭失禮，

案初學記引失作无，說苑作無，无，奇字無也，作失乃无字之誤。

慎此五者而矣，

案疏證本「而矣」作「而已」，初學記、御覽引並作「而已矣」，疑今本脫已字。

親友取親，

案說苑上親字作新，下文同，新，親古通。

言寡可行，其信乎！

案疏證本乎作也，以上下文例驗之，作也是。

與宓子賤偕仕；

案御覽六〇七、六二五引偕作皆，說苑同，皆與偕通。

王事若龍，（注：龍宜為聾，前後相因也。）

案聾無前後相因之意。此文及注御覽五一二引作「王事若聾」，（注：聾宜為襲，前後相積襲也。）」，六〇七引作「王事若聾」，（注：若聾宜為襲，相因襲之也。）」六二五引作「王事若聾」，（注：聾宜為襲，言前後相因襲。）」，並可證此文及注龍乃聾之誤，聾又為襲之誤也。說苑此文正作「王事若襲」，亦可佐證。

是以骨肉益疎也，

　案御覽引此無以字，以文例驗之，無以字是也。

所無者三，即謂此也，

　案御覽五一二引「謂此」二字倒。

無所亡，其有所得者三，

　案疏證本「其有」作「而有」，御覽五一二，六七五引「其有」並作而，說苑同，是也。上文文例可照。

是朋友篤也，

　案御覽五一二，六〇七，六七五引篤上並有信字。

魯無君子，則子賤焉取此？（注：如魯無君子者，此人安得而學之。）

案御覽五一二、六〇七引「則子賤焉取此」作「斯焉取斯」，（六七五引同，唯上斯字作於。）論語，說苑並同，以此注驗之，疑作「斯焉取斯」為王見本之舊。

孔子侍坐於哀公，賜之桃與黍焉。

案淵海九二引此「哀公」二字疊，韓非子外儲說左同，據補。

哀公曰：請食。

案御覽八四二引此作「哀公請用之」，韓非子同，唯無之字。

然夫黍者五穀之長，郊禮宗廟以為上盛。

案御覽八五〇引長下有也字，韓非子同，據補。又「

郊禮」，御覽八四二引作「郊社」，八五〇引作「郊祀」、「疑禮」，社二字並祀字之誤。

丘聞之，君子以賤雪貴，不聞以貴雪賤。

案御覽八五〇引「聞之」下有也字，韓非子「丘聞之」作「丘之聞也」，亦有也字。又御覽八四二，八五〇引「雪賤」下並有也字，據補。

是從上雪下，

案御覽引此文下有也字，韓非子同，據補。

陳靈公宣婬於朝，（注：靈公與卿共婬於夏姬。）

案御覽四四五，藝文類聚二二引「靈公」下並有「君臣」二字，與注較合，當補，又御覽，藝文類聚並引婬作淫，下同，古通。

泄治正諫而殺之，是與比干諫而死同。

案御覽，藝文類聚並引此文作「泄冶諫而殺之，是與比干同也」，書鈔一○○引治亦作冶，疏證本，左宣九年傳並同，是也，當從校。

比干與紂，親則諸父，

案御覽，藝文類聚引「諸父」並作「叔父」。

忠報之心，

案御覽，藝文類聚並引報作款，疑報乃款之形誤。

固必以死爭之

案藝文類聚引死上有身字。

其本志情，

案御覽引情作請。藝文類聚引此作「本其情志」。

位在大夫，
案御覽，藝文類聚並引此作「位下大夫」。
可謂損矣。
案御覽、藝文類聚引損作懷，唯疏證本作狷。
民之多辟，無自立辟。（注：僻，邪辟。）
案御覽，藝文類聚，書鈔引上辟字並作僻，與注較合
。
衣以文飾，
案御覽五七一引飾作錦，（疏證本同。）八九六引作
衣，（史記孔子世家同。）唯淵海六一引同今本。
注：容璣：舞曲。
案史記索隱引此注「舞曲」下有「名也」二字，據補

。

若致膰於大夫

案膰下疑本有俎字，下文可參。

注：膰，祭肉也。

案御覽五七一引此注肉下有名字。

又不致膰俎，

案御覽引此下多「於大夫」三字，史記同，是也，上文可照。

師以送曰：夫子非罪也。

案「師以」藝文類聚一九引作「師乙」，御覽引作「師乙」，疏證本及史記並同，蓋皆聲假也。又御覽引及史記「夫子」下並有則字吾歌可乎？

案藝文類聚、御覽引歌上並有欲字，據補。

彼婦人之請，可以死敗。（注：言婦人口請謁，足以使人死敗。）

案御覽四六五，五七二及藝文類聚引請並作謁，史記同，作謁與此注較合，且與敗為韻，是也。

又史記集解引此注「使人死敗」上有憂字，下多「故可以出走也」六字。

注：言士不遇，優游以終歲也。

案史記集解引此注士作仕，「不遇」下多「也，故且」三字。

以辭取人，則失之宰予。

案御覽四四五：事文類聚前編三九，藝文類聚二二引辭並作言，史記仲尼弟子列傳索隱引同，仲尼弟子列傳此文亦同（韓非子顯學篇作信，蓋言字之譌。）唯以上文「有文雅之辭」驗之，作辭或為家語之舊。

終日言，無遺己之憂，終日行，不遺患。

案說苑雜言篇「無遺」作「不遺」，與下文同，「己患」作「己之患」，與上文對，疑並是。

在厄第二十

孔子聖賢，

案文選李蕭遠運命論注，御覽四八六，九九八引句聖賢亡二字並倒。

藜羹不充，

案御覽九九八引藜誤蒸。荀子宥坐篇充作糂，外傳七，說苑雜言篇，史記孔子世家皆作糝，糂，古文作糝。

講絃歌不衰，

案御覽引講下有誦字，史記，疏證本並同，據補。

注：率，修也；言非兕虎而修曠野也。

案史記集解引此注二修字並作循，是也。

注：言人不信，豈以未仁故也？

案史記集解引此注信下有吾字，「故也」作乎。

注：豈以吾未智也？

案史記集解引此注也作乎。疑今本也上本有故字，上注可參。

不謂窮困而改節，

案初學記二七，藝文類聚八一，御覽五七，九八三，事文類聚後篇二九並引「謂窮困」作「為窮困」，謂猶為也。「窮困」二字據乙。

生死若命也，

案御覽九八三引「生死」二字倒，荀子，說苑並同，據乙。

晉重耳之有霸心，生於曹、衛；

案疏證本此文上多「齊小白之有霸心，生於莒」十字，荀子作「齊桓公小白霸心生於莒」，可證今本有脫文，當從疏證本校補。

能農為稼，不必能穡，良工能巧，不能為順。

案事文類聚前篇三九引二不字上皆有而字，「不必能穡」作「不能為穡」，與下文「不能為順」句法一致，史記同；疑此文「不必能」與「不能為」本皆作「而不必能為」，今本二句互有脫文。

不必其能容，

案事文類聚此文上多「統而理之」四字，「不必其能」作「而不能為」，史記同，疑此文亦本作「而不必能為容」

注：良農能蓋種之，未必能斂穫之也哉。

案史記集解引此注「良農」上有言字，蓋作善，無哉字，並較長，當據補正。

夫子之道至大，天下莫能容，

案事文類聚引「天下」上有故字，史記同，是也，上文文例可照。

吾亦使爾多財，

案事文類聚引此無「吾亦」二字，史記同。

注：宰，主財者，為汝主財，意志同也。

案史記集解引此注者下有也字，志下有之字，並據補。又「意志」作「言志」，疑意上本有言字。

其未得之，則樂甚意；

案荀子「得之」作「得也」，是也，下文文例可照。

曾子弊衣而耕於魯，

案御覽四二六引魯作野，疑作魯乃涉下而誤。

受人施者常畏人，

案御覽引此無施字，說苑立節篇同，疑是；下文文例可照。

炊之於壤屋之下，有埃墨墮飯中；

案書鈔一四四，御覽一八一，八五○皆引壤作壞，疑是，作壤者形誤。又御覽八五○引「埃墨」作「埃塵」，一八一引作「埃塵墨」，疑墨乃塵之誤，三七引此作「顏回拾甑中塵」，亦作塵，可佐證。引作「埃塵墨」者，併誤本而稱引之也。

仁人廉士窮改節乎？」孔子曰：「改節即何稱於仁廉哉！」

案御覽四二六引窮下有則字，即作則。（疑並是。）

「稱於」作「以稱」。

吾信回之為仁久矣，雖汝有云，弗以疑也。

案淵海六五引仁作人，「有云」作「有聞」，「疑也」作「疑之」。疑作仁乃涉上致誤，也上脫之字。

吾之信回也，非待今日也。

案淵海引「信回也」作「信回久矣」，待作特。疑此文「回也」下本有「久矣」二字。

入官第二十一

官獄所由生也，

案大戴禮子張問入官篇「官獄」作「獄之」，疏證本同（唯生作分。）以文例驗之，疑是，官字乃涉上而衍。

夫臨之無抗民之惡。（注：治民無抗揚之志也。）

案大戴禮惡作志，疏證本同，與此注較合，惡當是志之誤。

不用象而譽立；凡法象在內，

案大戴禮「立；凡」作「至也」，較長。

明君必寬裕以容其民，慈愛優柔之，而民自得矣。

案御覽四三三引「慈愛」下有以字，大戴禮，疏證本並同，據補。又大戴禮「明君必」作「是故」，疑此文「明君」本有「是故」二字。

說者情之導也，（注：言說者但導達其情。）

案文選劉越石答盧諶詩注引此文上有言字，與下文「言謂說和」較合，今本脫，據補。又引此注「但導」作「所以導」，情下有也字，也字當補。

善政行易而民不怨，

案大戴禮而作則，是也，下文文例可照。

法在身則民象，（注：言法度常在身則民法之。）

案以此注驗之，此文象下疑本有之字，下文「明在已則民顯之」與此對文，亦有之字，可佐證。

故儀不正則民失，

案大戴禮此文下有誓字，疏證本誓作式，與下文「表不端則百姓亂」對，疑是。

故夫女子必自擇絲麻，良工必自擇貌材，賢君必自擇左右。

案御覽八一四引「女子」作「女工」，（大戴禮作「工女」。）「良工」作「良匠」，「貌材」作「完材」，疏證本及大戴禮注引此亦作「完材」，疑作貌者，完誤皃也，皃，貌古同字。

為上者譬如緣本焉，

案書鈔二九引此文上有能字。

以身本者也。

案大戴禮身下有為字，疏證本同，據補。

以明王之功，

案疏證本此文上有「廓之」二字，與下文「篤之以累年之業」對，疑是，大戴禮此文作「今臨之明王之成功」，亦可證今本此文上有脫文。

枉而直之，使自得之，

案文選東方曼倩答客難注引此下有注云：「雖當直枉從容使自得也」。

故雖服必強，

案大戴禮此文作「故不先以身，雖行必隣也；不以道御之，雖服必彊矣」，較長，今本疑有脫文，當據此補，唯「不先以身」宜作「不以身先之」，始與上文合，而與下文句法一律。

困誓第二十二

願息於事君，

案疏證本於作而，與下文「願息而事親」句法一律。

事君之難也，焉可息哉！

案文選劉孝標辨命論注引可下有以字，疏證本同，是也，下文文例可照。

然賜請願息於妻子。

案荀子大略篇「然賜請」作「然則賜」，與上下文例較合。

然賜願息於朋友。

案荀子然下有則字，是也，據補。

有焉自望其廣則睪如也。（注：廣或為壙，睪，高貌。）

案疏證本此文自作耳，此注「良為壙」作「宜為壙」，疑並是，荀子此文廣正作壙，是王注所據也。又荀子睪作皋，睪無高之義，當是皋之誤，注同。

聞趙簡子殺竇犨鳴犢及舜華，

案此文以「竇犨鳴犢」為一人，史記孔子世家無犨字，集解云：「徐廣曰：『或作鳴鐸竇犨』」（案國語如此作。）索隱曰：「竇犨，字鳴犢，聲轉字異，或作「鳴鐸」」。是亦以「竇犨鳴犢」為一人也，史記無犨字者，但稱其字耳。唯說苑權謀篇以「澤鳴」，「犢犨」為二人（並晉人。）三國魏志劉廙傳引新序作「犢犨」（趙人。）「鐸鳴」（晉人。）孔叢子記問作「鳴犢與竇犨」，亦同說苑以為二人，未知孰是。又韠各書皆作韡，疏證本同，同字也。

子貢趍而進曰，

案史記趍作趨，說苑，新序同，（趨，趍正俗字。）唯「子貢」作「子路」，蓋傳聞異辭也。

息於鄭，作槃琴以哀之。（注：槃操，琴曲名也。）

案鄭史記作「陬鄉」，孔叢子作鄹，並音假字。又史記「作槃琴」作「作為槃操」，索隱引此琴亦作操，疏證本同，與此注較合，是也；作琴乃涉注致誤。

人與己與，不汝欺。（注：言人與己事實相通不相欺也。
）

案御覽四一三引此無下與字，與注較合。

今盡力養親，

案御覽引此作「今盡養親之道」。

何謂無孝之名乎？

案御覽引謂作為，荀子子道篇，外傳九並同，謂猶為也。

孔子曰：由，女志之。

案疏證本此文無「孔子曰」三字，御覽，荀子，外傳並略同今本，皆不長。疑上文「古之人有言」上本有「子路曰」三字，三書並脫，致不雅順，疏證本遂併「孔子曰」三字亦刪之，以強求解也。

勢不可矣。

案御覽引矣作也，荀子，外傳同，以下文驗之，作也是。

出則交賢，

案初學記一八，藝文類聚二一，御覽四〇六引交並作友，荀子，外傳同，據正。

何謂無孝名乎？

案謂或作為，說見前。荀子，外傳名上並有之字，與上文合，據補。

子路悅，援戚而舞。

案說苑雜言篇悅上有不字，援誤援。

吾聞之君不困不成王，

案說苑之作人，「人君」與下文「烈士」對文，較長。

命之夫！歌，予和汝。

案外傳六、說苑之作也，疏證本同，據正。

子路彈琴而歌，

案書鈔一一二，御覽五七一引琴並作劍，史記孔子世家索隱引同，據改。

孔子曰：不觀高崖，

案此下當依疏證本提行。

不臨深泉，

案說苑泉作淵，疑作泉乃唐人避諱改。

不觀巨海，何以知風波之患。

案文選謝惠連西陵遇風獻康樂詩注，李蕭遠運命論注引此文下有也字，然則上文二患字下亦當有也字矣。

失之者其在此乎？

案說苑在上有不字，疏證本同，與注較合，當據補。

又疑此注或乃域之壞字。

汨之之深則出泉，（注：汨，渥。）

案此文荀子堯問篇作「深泊之而得甘泉」，外傳七作「掘之得甘泉焉」，說苑作「掘之則甘泉出焉」，以下文「樹其壤則百穀滋焉」驗之，疑此文本作「汨之深則甘泉出焉」也。又疑此注渥乃淈之誤，（下當補也字，說見前。）汨、淈音義並同，外傳、說苑並誤淈為掘也。

樹其壤則百穀滋焉，

案荀子、外傳其並作之，與上文「汨之深」同，疑是

。

生則出焉，死則入焉，

案荀子，外傳，說苑出並誤立。

弘其志而無不容。（注：為人下者當弘志如地，無所不容也。）

案疏證本弘作宏，以注驗之，疑弘乃弦之壞字，弘，弦字同，並與宏通。

或人謂子貢曰，

案御覽三九六引此無人字。史記孔子世家「或人」作「鄭人或」，索隱引此作「姑布子卿謂子貢曰」與外傳九合。

河目隆顙，（注：河目，上下匡平而長。）

案御覽引「隆顙」上有而字，史記索隱引同，據補。

又文選劉孝標辨命論注引此注（臣作匡，作匡乃宋人避諱缺筆，今本他處同此。）長下有也字，當補。

其頭似堯，

案外傳頭作顙，史記同，索隱引此亦然。

然自腰已下不及禹者三寸，

案御覽三九六引此無自，者二字，史記亦無者字，已作以，已猶以也。

子貢以告，孔子欣然而歎，

案史記「以告」作「以實告孔子」，（是此文「孔子」二字當疊也。）「而歎」作「笑」。

纍然如喪家之狗，

案文選潘安仁寡婦賦注引「纍然如」作「儡乎若」，

史記作「纍纍若」，纍，儡之借字也。

注：喪家狗，主人哀荒，不見飯食，故纍然不得意。

案史記集解引此狗上有之字，「不得」上有「而」字，飯作飲，並較長。

孔子適衛，

案御覽九一七，淵海九七引適並作之，御覽四三三引同，唯之上有將字，較長。

為人賢長有勇力，以私車五乘從夫子行。

案御覽四三三引長作良，史記此文作「以私車五乘從孔子，其為人長賢有勇力」，「夫子」作「孔子」，是也，餘姑存疑。

持劒而合衆，

案文選左太沖吳都賦注引合作令，御覽及史記索隱引同今本。

以盟孔子而出之東門，

案御覽引以作乃。

聞孔子之來，喜而於郊迎之。

案疏證本此文無之、於二字。

對曰：可哉！

案史記此文無哉字。

衛之所以特晉，楚也。

案史記特作待，疏證本同。

注：公叔氏欲蒲適他國，故男子欲死之，不樂適也。

案史記集解引此注故作而，也作他。疑此文句不樂適」下本有「他國」二字。

吾之所伐者，不過四，五人矣。

案史記此文上多「婦人有保西河之志」八字，集解並云：「王肅曰：「婦人恐懼，欲保西河，無戰意也。」」，是王見家語本有類史記之文也，今本脫，據史記補。又疏證本「所伐」作「所欲伐」。

注：本與叔孫同伴者也。

案史記集解引此注「叔孫」作「公叔」，伴作畔，並是。

靈公又與夫子語，見飛鴈過而仰視之。

案御覽九一七，淵海九七並引「靈公」作「衛公」，「夫子」作「孔子」，作「孔子」是也；作「靈公」

，「衛公」並非是，上文「衛侯聞孔子之來」作「衛侯」，此不當歧出。又疏證本鴈作鴻。

色不悅，孔子乃逝。

案御覽、淵海並引「色不悅」作「色不在孔子」，義較完。

蘧伯玉賢，

案蘧書鈔九二引作璩，一〇〇及藝文類聚四〇，御覽五四九及治要引从艸，不从竹，賈誼新書，外傳九，新序雜事一，大戴禮保傳，疏證本並同，从竹乃从艸之誤。下同。

史魚驟諫而不從，

案新書，外傳，新序，大戴禮「史魚」並作「史鰌」

。又治要引而作公，疑而下本有公字。

吾在衛朝不能進蘧伯玉，

案書鈔九二，藝文類聚，御覽引並無衛字，治要引衛作公，較長。

則死無以成禮，

案書鈔引此無則字，「無以已」作「不以已」，藝文類聚，御覽，治要引並同，且不下有可字，據補正。

汝置死牖下，

案書鈔，御覽並引此作「汝其陳屍牖下已」，藝文類聚引同，唯陳仍作置，治要引牖亦作牖，牖不成字，乃牖之誤也（注同），其字據補。

於我畢矣！

案治要引此下有注云：「畢猶足也」，今本脫，據補。

靈公弔焉，怪而問焉，

案藝文類聚，御覽，治要並引「問焉」作「問之」，是也，作焉乃涉上而誤。

其子以其父言告公，

案藝文類聚，御覽引無下其字，新書，外傳，大戴禮並同，新序亦然，唯以字上有具字，疑今本誤具為其，又倒在以字下也

命之殯於客位，

案書鈔，藝文類聚，御覽引此並無之字。

古之列諫之者，

案治要引列作烈，無之字，並是也，疏證本列亦作烈。

未有若史魚死而屍諫，

案御覽一〇〇引死上有之字。

不可謂直乎？

案書鈔、藝文類聚引此無不字；御覽九二、一〇〇及治要引「不可」二字並倒，較長。

五帝德第二十五

昔者吾聞諸榮伊曰，

案大戴禮五帝德吾作予，予，宰我名也，師前自名，作予是。

禹、湯、文、武、周公，不可勝以觀也。（注：言禹湯已下不可勝觀。）

案疏證本觀上無以字，與注較合。

黃帝者少昊之子，

案大戴禮此文下有也字，據補。

幼齊叡莊，敦敏誠信，長聰明。

案大戴禮此文作「幼而慧齊，長而敦敏，成而聰明」，疏證本「幼齊叡莊」作「哲叡齊莊」，以上文「生

而神靈，弱而能言」二句句法驗之，從大戴禮作較長

。

撫萬民，度四方，（注：商度四方，而無安定。）

案此注無當乃撫之壞字，唯「而撫安定」亦不辭，疑

本作「而安撫萬民」；與「商度四方」句法一律。

治民以順天地之紀，

案疏證本此文上多「命風后力牧常先大鴻以」十字。

播時五穀，（注：時，是。）

案大戴禮「播時」二字倒，是時假為蒔也，與此注異

。

財物以生民民賴其力，

案大戴禮此文作「材物生而民得其利」，不疊民字，

24×25

此文民字亦不當疊。

五帝用說，三王有度，

案大戴禮說作記，有作用。

汝欲一日徧聞遠古之說，

案疏證本「遠古」作「往古」。

顓頊，黃帝之孫，昌意之子。

案文選班孟堅幽通賦注，張平子思玄賦注引「顓頊」下有者字，子下有也字，大戴禮亦有也字，者，也二字並當補，上文文例可照。

淵而有謀，

案大戴禮此文作「洪淵以有謀」，疏證本作「靜淵之有謀」，之乃以之誤，下文文例可照，疑此文本作「

靜淵以有謀」。

依鬼神而制義，

案大戴禮而作以，與上下文文例較合。

莫不底屬。

案大戴禮「底屬」作「祗礪」。

玄枵之孫，喬極之子

案大戴禮「玄枵」作「元囂」，喬作蟜，（並聲假。

（子下有也字，也字當補。

取地之財而節用焉，撫教萬民而誨利之，

案大戴禮「節用焉」作「節用之」，「誨利」二字倒

，疑並是。

歷日月之生朔而迎送之，明鬼神而敬事之，

案大戴禮歷作曆，無「之生朔」三字，疏證本歷亦作曆，「鬼神」下有「之義」二字。

高辛之子，曰陶唐，

案大戴禮子下有也字。（據補。）「陶唐」作「放勳」。

舜時而仕，趨視四時，務元民始之。（注：務先民事以為始也。）

案大戴禮此文作「舉舜，彭祖而仕之四時先民治之」，疏證本「元民」亦作「先民」，與注較合，此文元當是先之壞字。

喬牛之孫，瞽瞍之子也。

案大戴禮喬作蟜，瞍字从目不从耳，疏證本亦从目，是也。

曰有虞。

案大戴禮此文作「曰重華」。

躬己而已。

案大戴禮躬作恭。

鮌之子也，曰夏后。

案大戴禮鮌作鯀，疏證本同，鮌同鯀。又大戴禮「夏后」作「文命」。

履四時，

案大戴禮履作履，疏證本同。

不足以戒，敬承矣！

案大戴禮「以戒」作「誡也」，承作「聞命」，·誡當是誠之誤，戒、誠古通。

則於滅明改矣！

案大戴禮矣作之，疏證本矣上有之字，與下文文例較合，據補。

則於宰我改之矣！

案大戴禮「宰我」作「予邪」，稱予較是，疑「宰我」本作「宰予」。

則我子張改之矣！

案大戴禮「子張」作「師邪」，稱師較是。

孔子家語校證卷第六

五帝第二十四

水火金木土，

案御覽一七引此作「木金水火土」，七六引作「木金火水及土」。

注：莫敢不成。

案御覽一七引此注作「莫不成也」，也字據補。

注：佐生物者，而讖緯皆為之名字，亦為妖怪妄言。

案御覽引「佐生物者」作「佐天理物者也」，「讖緯」作說，「妄言」作「而妄也」。

易代而改號，

案文選潘安仁為賈謐作贈陸機詩注、御覽一七、七六、淵海一引並無而字。

亦象其議，

案文選注，御覽引此文下並有也字，據補。

注：其次以生之行轉相承。

案御覽一七引「以生」作「相生」，淵海引「生之行」作「所行之次」，承下有也字。（也字當補。）疑與今本並非，蓋此注乃襲下文「其次則以所生之行轉相承也」為說也；此注脫文當據是訂補。

故其為明王者，

案文選張平子思玄賦注、御覽一七、七三引為上並有生字，疏證本同，當據補。

黃帝配土，少皞配金，顓頊配水。

24×25

案御覽一七引「黃帝配土」四字在「顓頊配水」下，淵海引同今本。

木，東方

案御覽引此文下有也字，據補。

此五行之主，

案御覽引「五行」上有則字，主下有也字，文選注引同，唯則作即。

五行之官名，

案御覽引此文下有也字，並引有注云：「言但主五行之官名，安得同名為帝」，今本並脫，當據補。

實能金木及水

案御覽引此作「實能理金木水火土」。

各以其所能，業爲官職，

案御覽引此作「各以所能，業其官職」。

不得用帝，

案御覽引此文下有也字，據補。

注：五祀，上公之神。

案御覽引此注下有耳字。

堯以火德王，色尚黃，

案御覽三七引此文下多「黃色之土也」五字，藝文類聚八〇引黃作赤。

明不可與等。

案御覽五三二引等下有也字，據補。

執轡第二十五

子曰：以德以法。

案初學記二二，御覽三五八，六二五，六三五，七四六及治要引「子曰」，並作「孔子曰」，是也，此家語文例，今本有作子或作夫子者，並非是，其有未及校改者，皆當據此訂正。

執其轡策而已，

案初學記，御覽三五八，七四六及治要引此文下有矣字，據補。御覽六三五引矣作乎，矣猶乎也。

古者天子以內史為左右手，

案大戴禮盛德「內史」下有「太史」二字，疑較長；內史，太史恰為左右手也。

故御天下數百年而不失，

案御覽六三五引此文下有也字，據補。

善御馬，正銜勒，

案初學記二二，御覽三五八，六二五及治要引馬下並有者字，大戴禮同，據補。

策不舉而極千里；

案治要引此下有注云：「極，至也」，據補。

善御民，壹其德法，

案初學記，御覽及治要引民下有者字，與上文「善御馬者」同句例，大戴禮同，是也。

以均齊民力，

案初學記，御覽三五八，六二五及治要引並無以字。

刑不用而天下治，

案初學記，御覽三五八引治作理，下有矣字，治作理者，當是唐人避高宗諱改，治要引作「化治」，大戴禮亦作治，可證今本不誤。

注：天地以有為德。

案治要引「有為」二字倒。

其政美其民而眾稱之，（注：其民為眾所稱舉也。）

案此文及注並不可通，大戴禮此文作「民善其德，必稱其人」，疑此文本作「其政美而其人眾稱之」，唐人諱民作人，後世又改人為民，偶不審此文，遂誤人作民也，注同。

其不制也，可必矣！

案淵海五四及治要並引作「甚不可制也，必矣」，
無德法而刑，
案治要引刑下有辟字，與上文應合，當補。
治國而無德法，則民無脩，
案治要引「治國」上有凡字，（據補。）「民無脩」作「民無所法修」，大戴禮作「民心無所法循」，疑今本此文脫「所法」二字，修同脩，蓋循之誤也，下同。
今人言惡者，
案文選陳孔璋為袁紹檄豫州注引言上有之字，大戴禮同，據補。上文「今人言五帝三王者」言字上亦當援此例補之字。

其法不聽，其德不厚，

案上文有「其法盛，其德厚」二句，與此對文，是此文聽乃盛字之誤也，唯上文二句大戴禮作「其法誠德，其德誠厚」，此二句作「法誠不德，其德誠薄」，然則此文聽乃德之誤，而上文盛字乃「誠德」二字字壞誤合者也。

民惡其殘虐，

案文選注引此作「民怨其虐」。

德法則御民之本。

案大戴禮此文下有也字，據補。

注：治官，所以成道。

案書鈔五一引此注作「太宰，治官，所以治道者也」

。「太宰」當作「冢宰」，今本脫，當補，「成道」
下亦當據補「者也」二字，下同。

注：教官，所以成德。
案依上例，此注當作「司徒，教官，所以成德者也」
。

注：祀官，所以成仁。
案御覽二。三引祀作礼，是也，說見後。又依上例，
此注當作「宗伯，礼官，所以成仁者也」。
注：治官，所以成聖，聖通征伐，所以通天下也。
案御覽引此注作「政官，所以成聖，聖通宣政，所以
平通天下」，上文冢宰已是治官，此不當重出，作「
政官」疑較是。疑此注本作「司馬，政官，所以成聖

24×25

者也；聖通征伐，所以平通天下也」。

注：刑官，所以成義。

案此注當援上例訂正作「司寇，刑官，所以成義者也」。

注：事官，所以成禮，禮非事不立也。

案此注亦當訂正作「司空，事官，所以成禮者也；禮非事不立也」。

（司會）均仁以為納，

案「司會」二字今本刻同注文，當依大戴禮及疏證本刻如正文。大戴禮納作軜，作納者借字。

可赴急疾。

案治要引此作「可以趣急疾」，有以字與上文句法一律。

天子以内史為左右手，

案大戴禮「内史」下有「太史」二字，說見前。

已而與三公為執六官，

案此文治要引無而，為二字，大戴禮作「天子三公合以執六官」。

均五教，齊五法，

案大戴禮教作政，與法對文，是也，下文「法政不一」，「飭法與政」亦並以政，法對文，可證。

故亦唯其所引，無不如志。

案「唯其所引」大戴禮作「唯其所引而之」，上文「唯其所之」同，疑今本此文與上文並本作「唯其所引而之之已。

注：德教成，以之仁則國和，禮之用和為貴，則國安。

案「以之仁則國和」乃正文誤刻如注，又羼入此注者、當刪，「禮之用和為貴」則為下文「以之仁則國和」之注，當移至該句下。下文「以之仁則國和」一文乃上承「宗伯之官以成聖」者，彼注曰：「祀官所以成仁」，御覽二○三引祀作礼，今此又曰「禮之用和為貴」，是祀乃礼之誤，礼，禮古文。

以之禮則國安，（注：事物以禮，則國定也。）

案上文「以之德則國安」，此又曰「國安」，重出，以注驗之，安當係定之誤，大戴禮正作定，可證。

以之義則國義，（注：義，平也。刑罰當罪則國平。）

案義無平之義，大戴禮「國義」作「國成」，成，平可互訓，作成是也，此涉上義字而衍。注義亦當作成。又此此當乙在「以之禮則國定」上，蓋此句乃上承「司寇之官以成義」一文者，上文「司寇之官以成義」一句在「司宮之官以成禮」上，可照，大戴禮此文亦在「以之禮」句上，可佐證。

此御政之術。

案大戴禮術作「體也」。疑術下本有也字。

官屬不理，

案御覽二０六引理作治，作理當是唐後改。

注：飭，謂整攝人也。

案御覽二０六、二０七、二０八、二０九、二一八引此注並無「人也」二字，疑人乃之字之誤，「之也」並虛字，類書稱引每略之。

地而不殖，

案御覽二〇七引而作宜，大戴禮同，而當是宜之誤。

姦邪不勝曰不義，不義則飭司寇。

案大戴禮「不義」皆作「不成」，與上文「以之義則國成」應，疑是。

或不及數百里，其所謂進退緩急異也。、

案文選傅武仲舞賦注引謂作為，大戴禮此文「百里」下有者字，「所謂」作「所以為」，並是也，下文文例可照。

德不盛則飭法與政，咸德而不衰。（注：法與政皆合於德則不殺。）

案此文義不明。大戴禮此文作「德不盛則飾政法政而德不衰」，恐亦有誤。疑此文本作「德薄則飭法，法與政咸合於德則不衰」，「合於」二字據注酌補，「不衰」上則字依文例及注正，致「德不盛」作「德薄」者，上文「德薄者亂也」，大戴禮作「德不盛者亂也」，蓋作「德不盛」大戴禮之文，作「德薄」始為家語之舊也。

以孟春論之德，

案大戴禮論下有吏字，疏證本同，當據補。

治國之要。

案大戴禮此文下有也字，據補。

24×25

鳥獸昆蟲，各有奇耦，

案御覽三六一引耦作偶，大戴禮易本命同，以下文「偶以從奇」驗之，作耦乃家語之舊也。

唯達德者能原其本焉。

案御覽引德上有道字，大戴禮同，據補。

三如九，

案此文御覽引作「三三為九」，大戴禮作「三三而九」，疏證本作「三三如九」，而，如古通，並猶為也；三字當疊。

日數十，

案淮南子此文下有「日主人」三字，義較完。

八九七十二，偶以從奇，

案淮南子「七十二」下有「二主偶」句，亦較完。

辰為月，

案大戴禮為作主，與上下文例較合。

六九五十四，四主時，時主豕，故豕四月而生。（注：音不過五，故五為音。）

案此注與正文無涉。御覽引此下多「五九四十五，五為音，音主猿，故猿五月而生」十七字，大戴禮同（唯猿作猨。），疑家語「四月而生」下本有解「四主時」之注，今本與「五九四十五」十七字併脫矣。

風為蟲，故蟲八月而生。

案御覽引為作主，生作化，大戴禮為亦作主，「而生」作「化也」，可證御覽所引較今本是。

鳥魚生陰而屬於陽，

案御覽引生下有於字，大戴禮同，當補。又淮南子而作陰。

故立冬則燕雀入海化為蛤，

案御覽燕作鷰，入下有於字，大戴禮同（燕、鷰同字，於字當補。）唯化下有而字，疑是。

介鱗夏食而冬蟄，

案淮南子曰介鱗已下有者字，是也，下文文例可照。

晝生者類父，夜生者似母。

案御覽三六一引晝作日，曰似母已作曰類母已，大戴禮似亦作類。

敢問其然乎？

案御覽引然上有皆字。

吾昔聞老聃亦如汝之言，

案御覽引聞下有諸字，汝作子；有諸字較長。

蜯蛤龜珠，與日月而盛虛。（注：月盛則蜯蛤之屬滿，月虧則虛。）

案御覽三六引蜯作蚌（同字。），無日，而二字，盛作盈，大戴禮並同，疑盛乃盈之誤，注同，日，而二字當刪，注文可照。

堅土之人剛，弱土之人柔，墟土之人大，沙土之人細，息土之人美，⿰土毛土之人醜。（注：⿰土毛，耗字也。息土細緻，⿰土毛土麤疏者也。）

案御覽三六○引此文及注，悉合今本，（三八二及初學記一九引圫逕作耗。）唯三六引此文作「堅土之人剛，弱土之人肥，虛土之人妙，實土之人細，息土之人美，磽土之人醜」，三七八引柔亦作肥，是所據本不一下。大戴禮此文略同今本，唯「堅土之人剛，弱土之人柔」作「堅土之人肥」，顯有脫文。

食肉者勇毅而捍，

案初學記二六引此作「夫食肉者勇悍」，疑今本捍乃悍之誤。

食氣者神明而壽，食穀者智惠而巧，

案大戴禮此二句倒，較長。

羽蟲三百有六十，

案御覽三六〇，九二九引此無有字，大戴禮同；唯文選班孟堅典引注兩引此並有有字，疑今本有有字是也。

此乾巛之美也，殊形異類之數，

案大戴禮此文作「此乾坤之美類，禽獸萬物之數也」，是也字當移在數字下也。

必順理以奉天地之性，

案必字疑涉上衍。

孔子曰：然，各其所能。（注：孔子曰：然，子貢治世不待世事，世事之急，然亦各其所能也。）

案疏證本各下有言字，當據補，注同。又此注疑別有脫誤。

本命解第二十六

注：分於道，謂始得為人，故下句云「性命之始」。

案文選楊子雲長楊賦注，劉孝標辯命論注並引此注無「謂」字，「人」下有「也」字，御覽三六○引同，且「云性命之始」五字作「曰命者性之始也」，並較長，當據正。

注：人各受陰陽以剛柔之性。

案文選曹大家東征賦注，何平叔景福殿賦注及御覽引此注並無「以」字，據刪。

人始生而有不具者五焉，

案御覽引「有」字在「五」字上，較長。

及生三月而微煦，（注：煦，睛人也。）

案御覽引此注作「煦，曉轉也」，與今本不合，煦，省作昫，與曉義通，然無轉義；大戴禮此文作「三月而徹昫」，注：「昫，精也，轉視貌」，與御覽引此注較合，疑此「徹煦」乃「徹昫」之誤。此注亦當據御覽引訂正。

三年顋合，然後能言。

案御覽引此文上多「朞而生臏，然後能行」八字，與上「不能行」應，大戴禮同，是也，當據補。

八歲而齔，

案御覽引齔作齓（同字。），此文下多「十有六而化」五字，與下「十有四而化」對文，是也，當據補。

注：陽奇數，陰偶數。

案御覽引此作「陽數奇，陰數偶」。

24×25

是則可以生民矣，

案疏證本民作人，疑作民乃唐以後人誤改。

男子窮天數也極。

案御覽引此作「男女窮天數也」，疏證本作「男女窮天數之極」。

㛰禮而殺於此。

案御覽五四一引此作「婚禮殺於此焉」，㛰同婚，焉字當補，六一八引此作「婚禮殺焉」，亦有焉字。

審其倫而明其別，

案疏證本倫誤能；大戴禮倫作論，（無上其字。），古字通用。

所以效匹夫之聽也。（注：聽宜為德。）

案大戴禮聽作德，與下文「所以效匹婦之德也」合，是也，此注得之。疏證本此文逕改作德矣。

無閫外之非儀也。（注：閫，門限，婦人以自專，無閫外之威儀。）

案淵海八一引此作「無閫外之非義者也」。此注不知所云，疑有脫誤。

女有五不取（注：逆家子也，亂家子也，世有刑人子也，世有惡疾子也，喪父長子也，此五者皆不取也矣。）；逆家子者（注：謂其逆德。），亂世子者（注：謂其亂倫。），世有刑人子者（注：謂其棄於人也。），有惡疾子者（注：謂其棄於天也。），喪父長子（注：謂其無受命也。）。

案大戴禮此似注小字皆刻如正文，是今本此文小字，皆本為正文而誤刊者。又大戴禮「有惡疾子者」上有世字（父作婦。），疏證本「喪父長子」下有者字，並是，當據補。

婦有七出三不去，七出者（注：不順父母出，無子出，淫僻出，惡疾出，姑疾出，多口舌出，竊盜出。）；不順父母出者（注：謂其逆德也。），無子者（注：謂其絕世也。），淫僻者（注：謂其亂族也。），嫉妬者（注：謂其亂家也。），惡疾者（注：謂其不可供粢盛也。），多口舌者（注：謂其離親也。），竊盜者（注：謂其反義也。）。

案御覽五二一引此全文作「婦有七出三不去，七出者

：不順父母，无子，淫僻，嫉妬，惡疾，多口舌，竊
盜。不順父母者為其逆德也，无子者為其絕世也，淫
僻者為其亂族也，嫉妬者為其亂家也，惡疾者為其不
可供粢盛也，多口舌者為其離親也，竊盜者為其反義
也」，大戴禮略同，是今本此文小字刻如注文者皆乃
正文誤刊也；又間有錯亂焉：「姑疾出」當作「嫉妬
出」而乙在「惡疾出」一句上；「無子者」，「淫僻
者」，「嫉妬者」，「惡疾者」，「多口舌者」，「
竊盜者」諸者字上並當補出字，以與上文互應；至於
謂作為者，謂猶為也。
有所取無所歸（注：一也。），與共更三年之喪（注：二
也。）先貧賤後富貴（注：三也。）

案御覽引此歸，喪，貴下並有也字。疑此文小字刻如注文者，亦本為正文而誤刊也。

凡此聖人所以順男女之際，

案御覽引順作慎，順，慎古通。

故喪禮有舉焉。

案大戴禮此文作「故以四舉」，與上文「其義四時也」應，較長，疑今本舉上本有四字。

故為父母斬衰三年，

案此節論服制，父母分舉，此文合言，與下文牴牾，禮記喪服四制此文無母字，疑是。或疑母乃服之誤。

門外之治義揜恩，

案大戴禮，禮記揜並作斷。

義之大也。

案大戴禮，禮記大下並有者字。

故為君亦服衰三年；

案大戴禮服下有斬字。

齊衰不補，墳墓不修，除服之日，鼓素琴示民有終也。

案大戴禮齊作苴，修作坯（禮記齊亦作苴，修作培，培本字作堷，與坯形，聲並近，義亦可通。），「除服」二字倒。

天無二日

案禮記此文下多「土無二王」四字，較長。

以治之。

案此文大戴禮作「以治之也」，疏證本作「以一治之」，禮記同，疑本作「以一治之也」。
身自執事行者，面垢而已。
案大戴禮「執事」下多「而後事」三字（禮記有「而後」二字，無事字。）與上文文例較合，義亦較完，當據補。
此以權制者也。
案大戴禮此上有凡字，是也，上文文例可照。
哀之殺也，聖人因殺以制節也。
案大戴禮哀作恩，二殺字並誤作散。

論禮第二十七

孔子閒居，

案禮記仲尼燕居篇此文作「仲尼燕居」，「仲尼」作「孔子」者家語文例也；今本或僅作子者，如下文「子謂敬而不中禮」，「子曰給奪慈仁」，「子曰禮乎」，「子曰然」，「子曰郊社之禮」，「子曰禮者即事之治也」，「子曰慎聽之」，「子曰古之人」等諸子字，並當作「孔子」。他處倣此。

敢問將何以為此中禮者？

案禮記「中禮者」作「中者也」，疏證本同。

子曰：禮乎！

案（子當作「孔子」，說見上。）禮記「禮乎」下有禮字，疑是。

子曰：然。子貢問：何也？

案（子當作「孔子」，說見上。）上文已言「子貢退」，是子貢不能復問於此，禮記此文無「子貢問何也」五字，而多「然則何如」四字，為言游再問之辭，疏證本同，較長。

射饗之禮所以仁鄉黨也；

案禮記饗作鄉，疑是，作饗乃涉下致誤。

明乎郊社之義，禘嘗之禮，

案上文「郊社之禮」，禮記作「郊社之義」，與此文合，然依文例言，上文作「郊社之禮」是也，疑禮記禮作義，乃涉此文而誤；疏證本此文義作禮，是又泥於上文而妄改，不可為據。又禮記「禘嘗」二字倒，上文同。

是故居家有禮，故長幼辨。

案禮記「居家」上有「以之」二字，（疏證本同。），家作處，並是也，下文可照。

物得其時，

案禮記物作味，下同。

百官得其禮，

案禮記此文作「官得其體」，以下文「百官失其體」驗之，禮乃體之誤。

是故以其居處，

案禮記「以其」作「以之」，疏證本同，是也，當據正。

如此則無以祖洽四海。（注：無禮則無以為衆法，無以合聚衆。）

案禮記「四海」作「於衆也」，以此注驗之，此文或亦本作「於衆也」。

兩軍相見，

案禮記軍作君，疏證本同，作軍當係聲誤。

鑾和中采齊。（注：采薺，樂名，所以為和鑾之節。）

案禮記此文作「和鸞中采齊」，以注驗之，今本此文「鑾和」二字當乙。

無禮不動，

案禮記禮作理，細玩文義，作理為是。

於德薄，於禮虛，

案禮記「於德薄」作「薄於德」，較長。

古之人與！上古之人也，

案禮記此文無上字，是也，下文「古之人也」亦無上字，可照，上文「古之人與」亦無上字，可資旁證。

何如斯可謂民之父母？

案禮記此文下有矣字，下文「此之謂民之父母」下亦有矣字。

言則美矣，大矣；言盡於此而已？

案禮記「大矣」下有「盛矣」二字，「而已」下有乎字，乎字據補。

無聲之樂，所願必從；

案文選沈休文鍾山詩應西陽教注，王仲宣從軍詩注引必並作志。

子夏曰：何謂三無私。

案禮記曰何謂巳上有曰敢問巳二字，與上文諸問文例較合。

孔子家語校證卷第七

觀鄉射第二十八

修身而發而不失正鵠者，

案禮記射義「修身」作「循聲」，發字疊，疏證本同，疑並是。

則將安能以求飲？

案禮記此文作「則彼將安能以中」，以下文驗之，「求飲」疑本作「求中」。

發彼有的

案疏證本的誤酌。

求所中以辭爵。（注：飲彼則己不飲，故曰以辭爵也。）

案禮記此文作「求中以辭爵也」，有也字，以注驗之，也字當補。又疏證本「所中」二字倒，較長。

所以養老，

案禮記老下有也字，與上下文例較合。

求中以辭爵，

案禮記此文下有者字。

士使之射而弗能，則辭以病，懸弧之義。

案禮記郊特牲義下有也字，疏證本同，據補。

出列延謂射之者，

案此文御覽二四八引作「出延射者」，禮記射義作「出延射」。

注：子路為司馬，故射至使子路出延射。

案御覽引「至使子路出延射」作「至於子路，使出延射」，義較完。

又使公罔之裘，序點揚觶而語，

案禮記此下多「公罔之裘揚觶而語」八字，以下文驗之，是也，當據補。

序點揚觶而語曰，

案禮記「序點」下有又字。

蓋僅有存焉。

案禮記僅作廑（同字。），焉作者，疑焉字上（或下）本有者字。

眾賓從之，

案禮記鄉飲酒義從上有自字，荀子樂論篇自作皆，皆字每壞作自，此亦疑然，今本脫，據補。

而衆賓自入，

案荀子自作皆，疑是。

繁及介升則省矣。

案禮記此文無「升則」二字，荀子同，唯繁作煩，義通。

而受爵坐祭，

案荀子，禮記此文並無而，爵二字。

立飲不酢而降殺之義辯矣。

案荀子降作隆，禮記降下有隆字。

主人獻賓，（注：記曰：「主人獻之已，於義不得為賓也」下句「笙入三終，主又獻之已是也。）

案荀子，禮記此文賓並作之，驗之王注，知作賓乃家語之舊也。又此注引下文「主又獻之」，主字下當補人字。

合樂三闋，

案荀子、禮記闋並作終，與上文文例較合。

工告樂備而遂出。

案荀子，禮記此文並無而字。

知其能和樂而不流。

案荀子，禮記此文下並有也字。

賓少長以齒，

案荀子，禮記此文並無賓字。

知其能弟長而無遺矣。

案荀子矣作也，與上下文例較合。

脩爵無筭，

案荀子，禮記筭並作數，義同。

主人迎送，

案荀子，禮記迎並作拜，較長。

貴賤既明，降殺既辨，

案荀子，禮記此文並作「貴賤明，隆殺辨」。

郊問第二十九

上帝之牛角繭栗，

案疏證本無栗字。

掃地而祭，

案禮記郊特牲此文校刊記曰：「毛本掃作埽，石經同，衛氏集說同」，今本下文掃亦作埽，埽，掃正俗字。

所以誠百官也。

案禮記誠作戒（疏證本同，音假。），此文下多「大廟之命，戒百姓也」八字。

夫子皮弁以聽報，

案禮記報上有祭字。

被袞象天，

案禮記象上有以字。

五刑解第三十

凡夫之姦邪竊盜、靡法妄行者，

案大戴禮盛德篇夫作民（疑是。），靡作歷。

不足生於無度，

案句不足以下疑本有者字，下文文例可照。

無度則小者偷盜，

案大戴禮盜作墮，疏證本偷作竊。

雖有姦邪賊盜，靡法妄行之獄，

案大戴禮賊作竊，（靡亦作歷。），驗之上文，作竊是也。

不孝者生於不仁，不仁者生於喪祭之禮，明喪祭之禮，所以教仁愛也。

案大戴禮「不仁」並作「不仁愛」，與下文「所以教仁愛也」合，是也。又大戴禮明作「不明」，屬上讀，疑是，今本此文脫不字，致明字屬下讀而不可通，今據補。

人子饋養之道。

案大戴禮道下有也字。

殺上者生於不義，

案大戴禮殺作弒（下同。），「不義」作「義不明」，與上文「喪祭之禮不明」句法一律，疑是。

民莫不尊上而敬長。

案大戴禮長上有矣字，是也，上文文例可照。

鬭變者生於相陵，

案大戴禮變作辨，陵上有侵字，下並同。

禮聘享者所以別男女，

案文選顏延年秋胡詩注引禮上有昏字，大戴禮作昏，疏證本作婚，昏，昏，婚並同，今作婚；今本脫，據補。

生於嗜慾不節，

案大戴禮「不節」上有「好惡」二字，以下文「所以徽民之嗜慾而明好惡」驗之，疑此文本作「生於嗜慾不節，好惡不明」，今本及大戴禮並有脫誤。

順天之道，

案大戴禮順作愼（古通。），上有以字，據補。又疑道下本有也字。

罪及其身，

案御覽六四一引及作止，作止是也，作及涉上而誤。

冉有問於孔子曰，

案疏證本脫此下一節。

不可以治於禮乎

案治要引此無於字。

所以屬之以廉耻之節也。

案治要引屬作厲，疑作屬者乃形誤字。

簠簋不飭，

案治要引飭作飾，古通。

帷幕不修，

案治要引幕作薄。

注：不稱移其職，

案治要引此注作「不務其職」，疑今本移乃務之誤。

則白冠釐纓，

案初學記二六，御覽六八四及治要引釐並作氂。

君不使人捽而刑殺；

案治要引「刑殺」下有「之也」二字，是也，上文文例可照。

刑政第三十一

其次以政焉導民，以刑禁之，刑不刑也。

案治要引此無「焉」及「刑不刑也」五字，以上文文例驗之，無「焉」字是也；又疑「以刑禁之」上本有「而」字。

顯五刑必即天倫，

案禮記王制「顯」作「凡制」，義較長

尤罰麗於事，

案禮記尤作郵，尤、郵古通。

必原父子之情，

案治要引情作親，禮記同，據正。

正其忠愛，

案治要引正作致，禮記同，據正。

注：有意無其誠者，不論以為罪也。

案治要引有下有其字，據補。

疑則赦之；

案治要引此作「衆疑赦之」，禮記同，疑此疑字上本有衆字。

皆以小大之比成也，

案治要引無此文。禮記此文作「必察小大之比以成之」，疑此「成之」亦本作「以成之也」。

大夫弗養也；士遇之塗，以弗與之言。

案治要引此弗作不，無以字，言下有有也字；疑此文本作「大夫弗養之也；士遇之塗，亦弗與之言也」。

不及與政，弗欲生之也。

案治要引不作弗，（與上下文例較合。），「生之」下有故字，據補。

獄之成，成何官？

案「何官」上疑脫於字，下文「成獄，成於史」可證。

乃告大司寇聽之，

案治要引告下有於字，「大司寇」三字疊，禮記同，（疏證本亦疊「大司寇」三字。），並是也，據補。又疑「聽之」上本有既字，上文「正既聽之」文例可證。

乃奉於王，

案治要引奉作奏，疑是，禮記此文作「告於王」，作告可旁證此文作奏為是。

注：外朝法：

案治要引法上有之字，據補。

注：三公位。

案治要引位下有焉字，是也，此注上文文例可照。

然後乃以獄之成疑於王，

案治要引疑作報，疑是，禮記作告，可旁證。

王三宥之以聽命，而制刑焉；

案治要引此作曰王以三宥之法聽之，而後制刑焉已，今本而下脫後字，禮記曰而後已作曰然後已，可證後字當補。

仲弓曰：其禁何禁？、

案治要引此作「仲弓曰古之禁何禁乎」，義較完。

巧言破律，

案治要引巧作析，禮記同。

遁名改作，（注：變言與物名也。）

案治要引遁作亂（禮記同。），引注作「變易官與物名」。

執左道與亂政者殺。（注：左道，亂也。）

案治要引與作以（禮記同。與猶以也。），引注作「左道，邪道」。

注：淫，逆也，惑亂人之聲。

案治要引此作「淫逸惑亂之聲」，是此注逆乃逸之誤，也字當刪。

注：非所常見。

案治要引非下有人字，據補。

設伎奇器以蕩上心者殺。（注：怪異之伎可以眩曜人心之器，蕩，動。）

案治要引伎上有奇字；禮記及疏證本並同，以注驗之，此文伎上本有奇字也。又禮記、疏證本伎並作技，伎、技古通。治要引此注眩作眩，動下有也字，並是，當據補正。

言詐而辯，

案治要引此作行言偽而辨也，禮記同，辨、辯古通，疏證本作變。

注：順其非而滑澤。

24 × 25

案治要引澤下有之字

此四誅者，不以聽。

案治要引「四誅者」下多「不待時」三字。

注：不聽棘林之下。

案治要引此作「不聽於棘林之下也」。

其禁盡於此而已？

案「而已」下疑本有乎字。

珪璋璧琮不粥於市；

案禮記此文倒在上文「命服命車」上，「珪璋璧琮」作「圭璧金璋」。

兵車旍旗不粥於市；

案禮記此文作「兵車不中度，不粥於市」，而倒在「

用器不中度，不粥於市」下。

犧牲秬鬯不粥於市；戎器兵車不粥於市；

案禮記此文無「秬鬯」，「兵車」四字。

廣狹不中度，

案禮記廣字上有幅字。

文錦珠玉之器，雕飾靡麗，

案禮記「文錦」二字倒，「之器」作「成器」，無「雕飾靡麗」四字。

菓實不時，

案禮記此文作「五穀不時，果實未熟」。

五木不中伐，

案禮記此文無五字，疑此五字乃上文「五穀」字脫漏於此者。

鳥獸魚鼈，

案禮記鳥作禽。

禮運第三十二

既賓事畢，

案禮記禮運此文無既字。

夫子何嘆也？

案禮記「夫子」作「君子」。

昔大道之行，

案禮記行下有也字，下文「大道之行」下禮記亦有也字。

而有記焉！

案禮記記作志，記，志古通。

老有所終，壯有所用，

案禮記老字上有使字，「所用」下多「幼有所長」四字。

矜寡孤疾，

案禮記此文作「矜寡孤獨廢疾者」。

貨惡其棄於地，

案禮記此文上多「男有分，女有歸」六字，地下有也字。

力惡其不出於身，不必為人

案禮記身下有也字，人作己。

是以姦謀閉而不興，

案禮記此文作「是故謀閉而不興」。

貨則為己，力則為人，

案禮記此文作「貨力為己」；此作「力則為人」與上

文「力惡其不出於身也，不必為人」應合，是家語與禮記不盡合也。

大人世及以為常，

案禮記常作禮；疏證本「大人」作「大夫」，疑作「大夫」是也。

禹，湯，文，武，成王，周公由此而選。（注：言用禮義為之選也。）

案禮記此文上多「禮義以為紀，以正君臣，以篤父子，以睦兄弟，以和夫婦，以設制度，以立田里，以賢勇知，以功為己，故謀用是作而兵由此起」四十七字（最末十字有注云：「十字當在『貨力為己』下，『大人世及』上」。），與此注較合。又「而選」禮記作「其選也」，選下也字據補。

未有不謹於禮，

案禮記此文上多「此六君子者」五字，下多「者也」二字。

如有不由禮而在位者則以為殃。

案禮記此文作「如有不由此者在執者去衆以為殃」，此文下多「是謂小康」四字。

列其鬼神，鄉射冠婚，

案禮記此文上多「故失之者死，得之者生，詩曰：『相鼠有體，人而無禮，人而無禮，胡不遄死』！是故夫禮必本於天，殽於地」三十八字，「列其」作「列於」。

則天下國家可得以禮正矣！

案禮記則作故，以作而（以猶而也。），無禮字。

幽，厲傷也，

案禮記也作之。

夫魯之郊及禘皆非禮，周公其已衰矣！

案禮記夫作矣，屬上讀，（無及，皆，已三字。），

禮下有也字。

杞之郊也禹，宋之郊也契，

案禮記禹，契下並有也字，

諸侯祭社稷宗廟，

案禮記無「宗廟」二字。

是謂大嘉，

案禮記嘉作假。

以衰嘗入朝，

案禮記嘗作裳，疏證本同，疑古通。

是為亂國。

案禮記為作謂，為猶謂也，唯以文例覘之，作謂為是。

是謂臣與君共國。

案禮記此文作「是謂君與臣同國」

大夫有采以處其子孫，

案禮記同此，校刊記曰：「古本，足利本采下有地字，案地字正義亦有」。

天子適諸侯，必舍其宗廟而不禮籍入。

案禮記「天子」上有故字，宗作祖，不下有以字，有以字較長。

諸侯非問疾弔喪而入諸臣之家，

案禮記「諸侯」作「諸臣」，疑誤。

列仁義，

案禮記列作別。

法無常而禮無別，禮無別則士不仕，

案禮記二別字並作列，仕作事，仕、事古通。

必本之天效以降命，

案禮記「本之天效」作「本於天殽」。

命降於社之謂教地，

案禮記教作殽。

夫君者明人則有過，故養人則不足，

案禮記夫作故，無者及養上故字，疑無養上故字是也。

故百姓明君以自治，

案禮記「明君」作「則君」。

國有患君死社稷為之義，大夫死宗廟為之變，

案禮記此文（上有故字。）二為字並作謂，為猶謂也。

凡聖人能以天下為一家，以中國為一人，非意之。

案禮記（凡作故。）能作耐，能，耐古通。御覽四〇一引「一人」下有者字，「非意之」下多「所為也」三字，並當據補。

從於其義，

案禮記從作辟。

然後為之。

案御覽引為上有乃字，禮記乃作能。乃，能一聲之轉。今據補乃字。

五行之秀，

案禮記此文下有「氣也」二字。

地秉陰，載於山川，

案禮記載作竅，疏證本同。

和四氣而後月生，（注：和四時四氣而後月生焉。）

案禮記此文脫「四氣」二字，生下有也字，以注驗之，此文當補焉字。

共相竭也，

案共禮記作迭，疏證本作其。

五行四氣還相為本，

案禮記「四氣」作「四時」。

五聲五律十二管，

案禮記「五律」作「六律」。

十二衣還為主

案禮記主作質。

故情可睹，

案禮記睹从目，疏證本同，此从日當係誤刊。又禮記

校刊記云：「考文古本情上有人字」。

故業可別，

案禮記別作列。

禮義以為器，故事行有考；人情以為田，四靈以為畜，

案禮記「人情以為田」下多「故人以為奧也」六字，「四靈以為畜」下多「故飲食有由也」六字，疏證本同，是也，今本脫，當據補，唯刪奧，由二字下也字為是，上文文例可照。

魚鮪不諗，（注：諗，潛藏也。）

案禮記諗作淰，疏證本同。

瘞繒宣祝嘏，設制度，祝嘏辭說，

案禮記「宣祝嘏」下有「辭說」二字，無「祝嘏辭說」四字。

職有序；

案禮記此文上多「事有職」三字。

先王患禮之不達於下，故饗帝於郊，

案禮記「於下」下有也字，饗作祭。

而百神受職；禮行於社，而百貨可極；

案禮記職，極下並有焉字，是也，下文文例可照。

故郊社宗廟，

案禮記故下有自字，宗作祖。

義之脩而禮之藏。

案禮記此文下有也字。

其居於人也曰養。

案禮記此文（無於字。）下多「其行之以貨力辭讓飲食冠昏喪祭射御朝聘，故禮義也者人之大端也」二十八字。

筋骸之束者；所以養生送死，事鬼神之大端；所以達天道，順人情之大竇；

案禮記者作也，端，竇下並有也字，並較長。

聖人脩義之柄，

案禮記「聖人」作「聖王」，與下文「人情者聖王之田也」較合。

耕之而弗種；

案禮記此文無之字，疏證本同，是也，下文文例可照。

為而不講於學，

案禮記為下有義字（疏證本同。），講下有之字，蓋此句乃上承「為禮而不本於義」，下啓「講之以學」也。

講之以學而不合以仁，猶耨而不穫；

案禮記「不合」下有之字，與下文「合之以仁」合，是也；又「不穫」作「弗穫」，亦較合上下文文例。

猶食而不肥，

案禮記「不肥」作「弗食」，不作弗是也。

順者所以養生送死，

案禮記順作「大順」，與上文「是謂大順」應，疑是。

夫禮之不同，不豐殺，

案禮記殺上有不字，疏證本同，據補。

鳳凰麒麟皆在郊棷！

案禮記棷作棷，疏證本同，（古通。），唯無皆字。

先王能循禮以達義，

案禮記循作修，疑是

孔子家語校證卷第八

冠頌第三十三

冠於阼者以著代也。（注：阼，主人之階，以明其代父。）

案御覽一四七引者作階，以作「所以」，疑並是。又引此注階作位，父下有也字，也字當補。

醮於客位，加其有成，

案文選沈休文冬節後至丞相第詣世子車中詩注引成下有也字，儀禮士冠記，禮記郊特牲及冠義「加其有成也」作「加有成也」，亦有也字，當據補。

注：冠於階若不體則醮用酒於客位。

案御覽引此注階上有作字，（據補。），體作醴，無醮字。

三加彌尊，導喻其志。（注：喻其志，使加彌尊，宜敬成。）

案儀禮，禮記郊特牲「其志」下有也字，無導字。御覽引注「敬成」作「敬戒」。

其禮無變，

案御覽引無作不。

以裸享之禮以將之，

案疏證本裸誤冠。左傳禮下無以字，是也，下文文例可照。

以金石之樂節之，

案疏證本樂下據上文「以裸享之禮以將之」增以字，

誤矣；左傳同今本，唯此文下多曰以先君之祧處之云云七字。

天子未冠即位，長亦冠也？

案御覽五四○引也作乎，疏證本同，也猶乎也。

人君，治成人之事者也。

案御覽五四○引（治下衍為字。）者下有也字，一四七引同，據補。

子曰：然則諸侯之冠異天子與？

案御覽五四○引然字疊，一四七引異下有於字，疑此文本作曰孔子曰：然。然則諸侯之冠異於天子與云云，曰然則云云以下乃孟懿子設問之辭。

注：怪天子無冠禮也諸侯之冠，故問之。

案御覽一四七引如作而，「之冠」下多「世子之冠」四字。如，而古通用。

已人君無所殊也。（注：諸侯亦人君，與天子無異。）

案御覽一四七，五四○並引已作與，與此注較合。

今邾君之冠非禮也？

案御覽五四○引也作乎，同。

成王年十有三而嗣立，

案御覽引三作二。

冠成王而朝於祖，

案御覽引祖下有廟字，據補。

亦有君也。

案疏證本有作為，疑有乃為之草誤。

祝王達而未幼。

案御覽引此文作「祝王辭達而勿多也」，大戴禮公冠、說苑修文篇「未幼」亦作「勿多也」，疏證本幼作多，是幼乃多之誤也，今本此文據御覽引補正。

遠於年，（注：壽長。）

案此文大戴禮作「達於年」，說苑作「遠於佞」，說苑與此注不合，而今本此文又不甚可解，疑此文本作「遠於佞，達於年」，今本字脫誤合也。

服袞職，

案御覽引服作「乃心」，疑此文服上本有乃字，御覽引心字乃涉上文志字从心而誤。

永永無極，

案御覽引「永永」作「烝烝」。

北其醴也，

案北疑乃比之誤。

玄端與皮弁，

案大戴禮此文上有公字，說苑公字下更有「始加」二字，義較完。

異朝服素畢，

案此文大戴禮作「皆韠朝服素韠」，說苑「皆韠」作「皆必」，疑是，作韠者乃音近且涉下「素韠」字致誤也，而今本此文異乃畢之壞字，疑本亦作必，（上據補皆字。）；畢，假為韠。

皆天子自為三，

案大戴禮三作主，疏證本同，是三乃主之壞字也。又疑曰天子已乃曰元子已之誤。

饗食賓也皆同。

案大戴禮、說苑此文無食字，疑此文食字乃涉饗之所从而衍。

始冠必加緇布之冠，

案儀禮士冠記，禮記郊特牲此文並無曰必加已二字，疏證本同。

示不忘古。

案疏證本此文作曰不忘本也已，疑古乃本之形誤，也字據補。

吾未之聞。

案儀禮，禮記闈下有也字。

冠而幣之可也。

案儀禮，禮記幣並作敝，疏證本作弊。

三王共皮弁素綫，

案儀禮，禮記綫並作績，疑作綫乃涉下句委貌已致誤。

廟制第三十四

非古禮之所及，吾弗知。

案疑此文及下脫也字，知下脫焉字。

乃為親疏貴賤多少之數，

案禮記祭法無「貴賤」二字。

三昭三穆，與太祖之廟七，太祖。

案禮記王制七上有而字，無下「太祖」二字，以下文文例驗之，有而字是也，下「太祖」二字當作「曰太祖廟」。

或其考祖之有功德，其廟可也。

案疑「功德」下本有者字，又細玩文義，疊「考祖之有功德者」七字或較長。

如汝所聞也。

案疏證本聞作問，與上文子羔問曰正應合。

辯樂解第三十五

有閒曰：孔子有所謬然思焉，有所睪然高望而遠眺。

案御覽五七七引無孔字，謬作繆，睪誤皐；疏證本無曰字，謬亦作繆；史記孔子世家無「孔子」二字，「謬然思」作「繆然深思」，（睪作怡，「遠眺」作「遠志」。），「高望而遠眺」句下有焉字，細玩文義，此乃師襄子美孔子鼓琴之辭，御覽引無孔字是也，謬，繆古通，與穆同，思上據補深字，以與下「高望」，「遠眺」對，眺下據補焉字。

注：謬然，深思貌；黮，黑貌；頎，長貌。

案御覽引此三貌字下並有也字，是也，今本注文每脫語已之詞，如也字等，說已見前，其有未及細訂者，並當據此例補。

且迨得其為人矣，迨黮而黑，（注：黮，黑貌。）

案御覽引迨作殆，疏證本同，迨，殆之假。文選江文通別賦注黮作黯，史記同，索隱引此注作「黯，黑貌」，是作黯乃家語之舊也。

頎然長，

案外傳、史記此文並作「幾然而長」，史記索隱云：「家語無此四字」，證知家語此文本不與史記同也。

曠如望羊

案御覽引曠下有然字。史記曠作眼。

注：曠，用志廣遠，望羊，遠視也。

案御覽引曠下有然字，「廣遠」作「曠遠也」（有也字，是。），「望羊」上多「望遠也」三字，史記集解引「遠視也」作「望羊視也」，並不可讀。

其孰能為此？

案史記此文下有也字。

師襄子避席葉拱而對曰：（注：葉拱，兩手薄其心也。）

案御覽引葉作攝，引注同。

君子聖人也，

案御覽引此無子字，疑是。

奏中聲以為節，

案說苑修文篇「以為節」作「為中節」，

北者殺伐之城，

案御覽五七七引城作域，說苑，疏證本並同，是城乃域之誤也。又御覽引域下有也字，據補。
君子之音，溫柔居中以養生育之氣，
案御覽引柔作和，說苑同，唯養作象，疑並是也，下
文曰溫和之動也，曰以象殺伐之氣也二語可證。
憂愁之感不加于心也，暴厲之動不在于體也，
案御覽引曰不在也作曰不存也，無二也字，說苑並同
，以下文文例驗之，疑並是也。
乃所謂治安之風也。
案御覽引曰乃所謂也作曰乃始以為也，以下文驗之，
此本作曰乃所以為也也，
亢麗微末以象殺伐之氣，
案御覽、淵海七八引麗作厲，氣作義，說苑曰亢麗也

作「湫厲」，可證此文麗乃厲之聲誤。

中和之感不載於心，溫和之動不存于體」：

案說苑「不載於」作「不加乎」，疑此文本作「不加于」，與上文「憂愁之感不加于心」同句法。

乃所以為亂之風。

案御覽引「亂之風」作「亂亡之風也」，淵海引，說苑，疏證本亂下亦皆有亡字，當據補。風下亦當補也字，上文文例可照。

南風之薰兮，可以解吾民之慍兮；

案文選左太沖魏都賦注，御覽五九二引此文下並有王注云：「薰，風至之貌也」，（文選任彥昇奉答勑示七夕詩啓注引同，唯脫之字。），據補。

阜吾民之財兮。（注：得其時，阜，盛也。）

案御覽引此注「得其時」上有「則」字，疑「則」乃「財」之誤。

積德含和，而終以帝，

案說苑帝作興，與上文「其興也勃焉」較合。

荒淫暴亂，而終以亡。

案說苑亡作滅。

由今也匹夫之徒，曾無意于先王之制，而習亡國之聲，

案說苑「由今」二字倒（較順。），「之徒」下多「布衣之醜也」五字，曾作既，「而習」作「而有」，

疑有下脫習字。

豈能保六七尺之體哉？

案說苑無六字，體作身。

24×25

夫武之備誡以久，何也？

案禮記樂記誡作戒，「以久」作「已久」，並古通用，唯以下文文例驗之，作已是也。

病疾不得其衆。

案禮記無疾字，衆下有也字，也字據補，此文疾疑乃後人小注羼入者

恐不逮事。

案禮記事下有也字，據補。

非武坐。

案禮記坐下有也字，據補。

唯丘聞諸萇弘若非，吾子之言是也。

案禮記丘下有之字，「若非」作「亦若」，疏證本亦

作「亦若」，疑是，此文「若非」涉下「若非有司」而誤；亦若，亦然也。

若非有司失其傳，則武王之志荒矣！

案禮記此文倒在上文「有司失其傳也」下。

所以盛威於中國。

案禮記「中國」下有也字，據補。

所以事蚤濟。

案此文下據禮記補也字。

今汝獨未聞牧野之語乎？

案禮記今作且。

封殷之後於宋，

案禮記「封殷」作「投殷」、殷乃殷之誤刻。

既濟河西，

案禮記西上有而字。

車甲則釁之而藏之諸府庫，以示弗復用。

案禮記此文作「車甲衅而藏之府庫，而弗復用」，疑此文二之字並涉上衍，「以示弗復用」作「而弗復用」，與上文文例較合。

命之曰鞬櫜。

案禮記鞬作建，鄭注：「建讀為鍵」，鍵亦鞬之假也。

而虎賁之士脫劍。

案禮記「脫劍」作「說劍也」，脫，說古通，也字當補，上文文例可照。

配明堂而民知孝焉。

案禮記「配」作「祀乎」。

耕藉然後民知所以敬親，

案禮記「民」作「諸侯」，無「親」字。

六者天下之大教也。

案禮記「六」作「五」，（然所稱舉皆不足其數，疑有脫文。

）

夫武之遲久，

案禮記「夫」上有「則」字，義較完。

問玉第六十六

敢問君子貴玉而賤珉，何也？

案荀子法行篇「貴玉」上多「之所以」三字，珉下有者字，禮記聘義亦有者字。

為玉之寡而珉多歟？

案荀子，禮記珉下並有之字，是也，下文亦作「珉之多」，可照。

非為玉之寡故貴之，珉之多故賤之。

案禮記「玉之寡故貴之」倒在「賤之」下，「貴之」，「賤之」下並有也字，也字據補。

君子比德於玉。

案禮記玉下有焉字，荀子此文作「玉者君子比德焉」

、亦有焉字，據補。

焉終則詘然，樂矣；

案禮記「樂矣」作「樂也」，是也，上下文例可照。

潔靜精微，

案禮記經解「潔靜」作「絜淨」，古通。

詩之失愚，（注：敦厚。）

案此注當作「敦厚之失」，下文王注文例可參。

則深於禮者；

案禮記者下有也字，疏證本也作矣，作矣是也，上下文例可照。

失其文德，協此四國，此文王之德也。

案外傳五協作洽，「文王」作「大王」，禮記孔子閒

24×25

居亦作曰大王乙，且兩書此文並倒下文曰三代之德也乙下。

凡三代之王必先其令問，

案禮記問作聞，疏證本同，外傳作名，可證問乃聞之誤。

令問不已。

案外傳，禮記問並作聞，是也。

師乎，吾語汝。

案禮記仲尼燕居曰師乎乙下有前字。

爾以必行綴兆

案治要引以字下有為字，禮記，疏證本並同，當據補。

言而可履，禮也；

案治要引履作屨，禮記、疏證本同，作屨者俗體。

以躬已南面，

案治要引躬作恭，疏證本同，是也，作躬聲誤。

萬民順伏，

案此文治要引作「萬國順服」，禮記作「萬物服」，伏，服古字通用。

夫禮之所以興，衆之所以治也；禮所以廢，衆之所以亂也。

案治要引興，廢二字上無以字，禮記同，（唯治，亂二字上亦皆無以字。）

行則並隨，

案禮記此文作「行則有隨」，疑此文則下當補有字，上下文例可照。

列而無次序，則亂於著矣。（注：著，所立之位也。）

案此文禮記作「立而無序，則亂于位也」，以上文章法驗之，疑此本作「立而無列序，則亂於著位矣」。注著下疑亦脫位字。

昔者明王聖人辯貴賤長幼，

案治要引「聖人」作「聖主」，辯作辨（古通。），禮記「聖人」作「聖帝」。

正男女內外，

案治要引「內外」二字倒，禮記同。

序親疏遠近，

案治要引近作邇，義同。

屈節解第三十七

君子之行已，

案文選潘安仁射雉賦注，左太沖招隱詩注引此文下並有也字，當據補。

聞齊國田常將欲為亂，（注：專齊，有無君之心也。）

案以注驗之，疑此文下有脫文，今暫臆補曰以專齊已三字。

因欲移其兵以伐魯。

案史記仲尼弟子列傳因作故，無欲字，無欲字是也，下文曰兵甲已加魯矣已，是已移其兵以伐魯矣，不得謂欲。

魯，父母之國，不可不救，不忍視其受敵。

宋史記「魯，父母之國」作「夫魯，墳墓所處，父母之國」。又此文不甚雅順，疑有誤。

夫憂在內者攻彊，

宋史記此文上多「臣聞之」三字，無夫字。

是則大臣不聽令。

宋史記此文作「大臣有不聽者也」，疑此文下當據補也字。

戰勝以驕主，

宋史記此文上多「今君破魯以廣齊」七字，義較完。

注：鮑，晏等率師，若破國則益尊者也。

宋史記集解引此注率作帥（古通。），「益尊者也」作「臣尊矣」。

王者不滅國，

案史記此文上多「臣聞之」三字。

今以齊國而私千乘之魯，

案史記「齊國」作「萬乘之齊」，義較長。

與吾爭強，

案史記吾作吳，是也，此聲誤。

誅暴齊以服晉，

案史記「晉」作「彊晉」，以與「暴齊」對，較長。

智者不疑。

案史記此文下有也字，據補。

然吳常困越，

案史記吳作吾，常作嘗，常、嘗古通；作吾較長，蓋此乃吳王自謂之詞。

子待我先越而後乃可。

案史記先作伐，疑此文先下本有伐字。

王方以存亡繼絕之名，

案史記「之名」作「為名」。

勇而不避難，

案史記「勇而」作「大勇者」，疏證本而亦作者，疑是。

諸侯必相率而朝，霸業盛矣！

案史記朝下有吳字，盛作成。

臣請見越君，

案史記見上有東字（較長。），君作王。

此則實害越而名從諸侯以伐齊。

案史記害作空，「伐齊」作「伐也」，疑害乃空之誤，「伐齊」脫也字。

徒我伐越而後可。

案史記「而後可」作「乃可」，兩未長，上文「待我先越然後乃可」，先下脫伐字，而此文伐上脫先是，可互相補訂，又「而後可」亦當應合上文作「然後乃可」。

三者舉事之患矣。

案史記患上有大字，疏證本同，據補。

申胥以諫死，（注：申胥，伍子胥也。）

案史記「申胥」作「子胥」，索隱云：「王劭按家語

，越絕書並無此五字，是時子胥未死也，然則此五字
及注為後人據史記增者也。
王誠能發卒佐之以邀（注：邀激其志。）射其志，
案史記此文上有令字，邀作徼，無射字，集解引此注
作曰激射其志也，疑此注本作曰邀射其志也，邀，徼
古通，作激乃徼之誤也；此文射字，疑乃涉注衍，據
刪。
屈節求其達者也。
案疏證本求上有以字，據補。
彼戰不勝，王之福；若勝則必以兵臨晉，
案史記福下有矣字，（據補，矣猶也也。），若作戰
，疑若下本有戰字，與上文曰戰不勝也對。

24×25

共攻之，其弱吳必矣。

案史記共上有令字，無其字，並較長。

而王制其弊焉。

案史記弊作敝（古通。），無焉字，此文下多「此滅吳必矣」五字，有此五字義較完。

五日，越使大夫文種，

案史記「五日」上有後字，於義較長。

越悉境內之士三千人，

案文選司馬長卿子虛賦注引悉下有起字，史記同，當據補。

宓子賤者仕於魯為單父宰，

案藝文類聚七四，御覽六二五，七四七引魯上皆無於，字。呂氏春秋審應覽，賈誼新書宓作虙。「單父」作「亶父」，淮南子道應訓亦作亶父，音假。

恐魯君聽讒言，

案藝文類聚、御覽七四七引「聽讒言」作「聽用讒人」，治要引言亦作人，呂氏春秋同，據正。

使己不得行其政；

案呂氏春秋「行其政」作「行其術也」，也字據補。

故請君之近史二人，

案藝文類聚、御覽六二五、七四七、淵海三五、六。引史皆作吏，呂氏春秋同，史、吏古通用字；下同。

宓子戒其邑吏，

案淵海六○引「宓子」下有賤字，呂氏春秋同，疑是

，蓋此書文例稱孔門弟子皆以其字，此亦宜然；下同

。

輒掣其肘，

案呂氏春秋掣下有挫字，是也，說見下。

二史患之，

案藝文類聚，御覽，治要引之皆作焉，據正。

宓子曰：子之書甚不善，

案御覽引「宓子」作「子賤」；呂氏春秋作「宓子賤」，是也，今本「宓子」下脫賤字，此又一證。

使臣書而掣肘，

案藝文類聚，御覽七四七引「掣肘」作「掣挫臣肘」，六二五引肘上亦有臣字，呂氏春秋此文作「使臣書而

時掣挃臣之肘」，疑今本掣下脫「挃臣」二字，上文「掣甚肘」掣字下，亦當據此補挃字。

此臣所以去之而來也。

案御覽六二五引臣下有之字。

意者以此為諫乎？

案藝文類聚，治要引「以此」上有甚字，當據補，御覽七四五引「以此」作「以甚此」，顯為「甚以此」之誤。

公寤，太息而歎，

案藝文類聚引寤作悟，御覽六二五、七四七及治要引作寤，悟、寤古通，作寤誤矣。

此寡人之不肖，

案御覽六二五，治要引「不肖」下有「也」字，呂氏春秋同，當補。

寡人亂宓子之政而責其善者非矣；

案藝文類聚，御覽六二五，七四七，淵海三五及治要皆引非作數，呂氏春秋「非矣」作「必數有之矣」，證知作數是也，疑作非乃草誤。

徵二史寡人無以知其過，徵夫子寡人無以自寤。

案御覽六二五，治要引二「寡人」上皆有「則」字，（據補。）「過」上無「其」字，「無以自寤」作「無由自寤」，文選何平叔景福殿賦注引作「無由自悟也」，以，由同義，悟，寤古通。

道由單父，單父之老請曰：

案：「單父之老」，藝文類聚八五引作「單父父老」，御覽八三八，淵海五三（兩引），事文類聚後編二二引作「父老」，無「單父」二字，疑乃疊文偶脫也，今本之乃父之誤。

請放民出，皆獲傳郭之麥，

案：藝文類聚，御覽，淵海，事文類聚引「出皆」作「皆使出」，據補正。

且不資於寇。

案：藝文類聚，御覽，淵海引此並無於字，新書同，據刪。

以告者而子不聽，

案：藝文類聚引以作有，無者字，新書「以告」上有「

闕「或」二字，亦無「者」字。

若使不耕者穫，是使民樂有寇；

案藝文類聚、御覽、淵海，事文類聚引「穫」上有「得」字，「寇」下有「也」字，新書亦有「也」字；「得」、「也」二字皆當補。

若使民有自取之心，其創必數世不息。

案藝文類聚引此無「若」字，御覽、淵海同，唯「創」作「瘡」，瘡，創古通。

巫馬期遠觀政焉。

案御覽八三三引「遠」作「往」，呂氏春秋、淮南子「遠觀政」作「往觀化」，證知今本「遠」乃「往」之聲誤。

魚之大者名為鱒，吾大夫愛之；其小者名為鱦，（注：鱒，宜為鱣，新序作鱨，鮑，魚之懷任之者也。）吾大夫欲長之，是以得二者輙舍之。

案御覽引「名為鰆」作「名曰鱄」，引此注鰆亦作鱄，鮑作「鱦者」，「懷任」下無之字，鱄乃鰆之誤引，而鮑當作鱦始與本文合也。

宓子之德至，

案御覽引至下有矣字，呂氏春秋，淮南子同，據補。

若有嚴刑於旁，

案御覽引旁作「一方」，下有也字，也字據補，「一方」疑乃旁之壞字誤折為二字者，呂氏春秋作旁，淮南子作側，可證今本作旁不誤。

宓子行此術於單父也。

案御覽引行上有志字，呂氏春秋，淮南子志作必，疑志乃「之必」二字誤合者。

孔子之舊，

案御覽五一三引舊下有人字，禮記檀弓下作「故人」，故，舊同義，人字當補。

其母死，

案御覽引母作「叔母」；御覽引此後，下有注云：「禮記亦載，稱原壤之母也」，是家語此文不同於禮記，而自作「叔母」也。

夫子將助之以沐槨，

案御覽引「沐槨」作木。

無友不如己者，

案御覽引無作毋，論語同。

況故舊乎非友也。

案：御覽引「故舊」二字倒，此文下引有注曰：「同志乃為友，故友非舊友。」

及為擲，

案：御覽引為下有之字。

佯不闚以過之。

案：御覽引佯作陽，佯，陽正假字。

失其與矣，

案：御覽引與作舉，與假為舉也。

親者不失其為親也，故者不失其為故也。

案：御覽引引二不字並作未。

孔子家語校證卷第九

七十二弟子解第三十八

三十一早死。

案文選劉孝標辯命論注引此文作「三十二而早死」，史記仲尼弟子列傳索隱引作「三十二而死」（下引王肅說云：「此久遠之書，年數錯誤，未可詳也」，是此文下本有王注說顏回年數之文，今本脫。），是一乃二之壞字，而字據補。

自吾有回，門人日益親。

案史記此文無日字，公羊傳正義引此作「自予得回也，門人加親也」；史記集解引此下有注云：「顏回為孔子胥附之友，能使門人日親孔子」

有惡疾，

案淵海五四引此文上有而字。

伯牛之宗族，

案史記索隱引此文下多「少孔子二十九歲」七字，大戴禮衛將軍文子補注言古家語亦云然，據補。

宰予，字子我，魯人，有口才著名。

案以此節文例驗之，「魯人」二字當乙在「字子我」之上。御覽四六〇引「著名」上多「以語言」三字，據補。

冉求，字子有，仲弓之族，

案大戴禮補注言古家語謂冉求少孔子二十九歲，今酌補「少孔子二十九歲」七字於「仲弓之族」之下。

端木賜，字子貢，衛人，有口才著名。

案「衛人」二字亦當乙在「字子貢」上；「著名」上援上條之例補「以語言」三字。

以政事著名。

案文選李蕭遠運命論注引此文下多「性多謙退」四字，疑當補在此文上。

仲由，弁人，字子路，

案史記弁作卞，索隱云：「家語：『仲由，一字季路』，亦云卞人也」，弁、卞音古通，疑此文「字子路」下本有「一字季路」四字。

言偃，魯人，

案史記魯作吳，索隱：「家語云：『魯人』」，是家語本不與史記同也。

卜商，衛人，無以尚之，

案文選卜子商毛詩序鄭氏箋注引「卜商」下多「字子夏」三字，書鈔一〇一引同，疑三字當補在「衛人」下。又文選枚乘七發注引「無以尚之」上多「好論精微，時人」六字，據補。

讀史志曰問諸晉史，

案書鈔，淵海引曰作者，疏證本同，是也。

衛以子夏為聖。

案書鈔引衛下有人字，聖下有也字，並當補。

而諮國政焉。

案文選李蕭遠運命論注引諮作咨，下有問字，咨，諮古通，問字據補。

有容貌資質，

案文選潘安仁夏侯常侍誄注引貌作體。

曾參，南武城人，

案御覽四一二引南作者，五一一引此無南字，疑並誤。

齊嘗聘欲與為卿，

案御覽四一二引此無「嘗聘」二字，與作以，以，與同。

而為人殺。

案御覽引此下有也字，據補。

以藜烝不熟，

案「以藜烝」御覽四一二引作「為藜蒸」，五一一引作「蒸藜」（淵海三九引同。），五二一引作「以炊藜蒸」，九九八引作「為藜羹」，事文類聚後編一五引作「以蒸梨」，白虎通，疏證本並作「以梨蒸」，各書紛如，不知孰正。

遂出之，終身不取妻。

案御覽四一二，五一一引出作遣，取作娶，淵海五一二引亦作娶，娶，取古通，出，遣義近。

其子元請焉；

案淵海，御覽引無元字。

高宗以後妻殺孝己，尹吉甫以後妻放伯奇，吾上不及高宗，中不比吉甫，庸容知其得免於非乎？

24×25

案御覽五一一引「妻殺」作「婦出」，故作嫉，庸作容，淵海五二引同，唯「妻殺」二字同今本。（庸、容古音相近。）文選馬季長笛賦注引「不比」同上文作「不及」，御覽四一二引中作下。

字子羽，少孔子四十九歲，

案史記「四十九」作「三十九」。

有君子之姿。

案書鈔三七引此同今本，唯下有孔廣陶校語云：「家語弟子解三十八姿作資」，是孔見本與此本異也，疑作姿為是。

然其為人公正無思，

案御覽四二九引「公正」下有而字。

以諾為名，

案：書鈔引諾誤諾。

少孔子四十歲，

案：史記「四十」作「三十」。

長不過六尺，

案：史記此文作「長不盈五尺」，

仕為武城宰。

案：初學記一九、御覽三八二引此作「仕為郯宰」。

字子賤，少孔子四十九歲。

案：史記同今本，索隱曰：「家語：『少孔子三十歲』，是唐人所見本作『三十』，作『四十九』者，疑乃

後人據史記改」。

少孔子四十六歲。

案史記「四十六」作「三十六」。

有若，魯人，字子有，少孔子三十六歲。

案史記「三十六」作「十三」，正義曰：「家語云：『魯人，字有，少孔子三十三歲』，不同」，今本作「三十六」，又與正義引不同。

清淨守節，

案文選李蕭遠運命論注「清淨」作「清約」。

公冶長，魯人，字子長。

案史記「魯人」作「齊人」，索隱曰：「家語：『魯人，名萇』」，是家語本不與史記合也

南宮韜，

案史記韜作括，索隱曰：「家語作『南宮縚』」，疏證本韜亦作縚，據正。

公析哀，齊人，字季況，

案史記「公析哀」作「公晳哀」，索隱云：「家語作『公晳克』」，析、晳音同，疑克作哀乃後人據史記改。又史記「季況」作「季次」。

未嘗屈節人臣，孔子特歎貴之。

案史記索隱曰：「家語云：『未嘗屈節為人臣，故孔子特賞歎之』」，疏證本貴亦作賞，疑是，「人臣」上據補為字。

曾點，曾參父，字子晳。

案史記此文作「曾蒧，字晳」。

顏由，顏回父，字季路。

案史記此文作「顏無繇，字路」，索隱云：「家語：『顏由，字路，回之父也』」，又不與今本同。

孔子始教學于闕里而受學，

案史記索隱引此教下無學字，「受學」下有焉字，並較長。

漆雕開，蔡人，字子若，

案史記「字子若」作「字子開」，正義引此同今本，疑「子開」又字也

秦商，魯人，字不慈，

案史記正義引「不慈」作「丕茲」，疏證本同，下注云：「今本作『不茲』」，字並不與今本同，蓋音假

也。

顏刻，魯人，字子驕。

案御覽七七二引「子驕」作「子僑」，史記同今本，唯「顏刻」作「顏高」，索隱云：「家語：『名產』，今本作刻」。

衛靈公與夫人南子同車出，

案文選司馬子長報任少卿書注引此文上多「居衛月餘」四字，據補。

令宦者雍梁參乘，使孔子為次乘，

案文選注引「雍梁」作「雍渠」，御覽四九一同，是梁乃渠之誤也。

未見好德如好色者也。

案文選注引此文下多「於是恥之，去衛過曹」八字，據補。

司馬黎耕，

案史記此文作「司馬耕」。

已而果雨，

案御覽七○二引已作既，義同。

少孔子三十九歲。

案史記「三十九」作「二十九」。

冉儒，魯人，字子魚；

案疏證本「子魚」作「子魯」，史記同，集解：「騆案魯一作曾」，疑魚乃魯之壞字，作曾則為魯之誤也。

顏辛，字子柳，

案史記辛作幸。

伯虔，字楷，

案疏證本「字楷」作「字子晳」，史記作「字子析」，正義曰：「家語云：『子晳』」，證知今本楷乃晳之形誤，上又脫子字。又史記考證云：「虔，家語作處」，作處乃俗虔字之誤，今本作虔，俗虔字。

公孫寵，

案疏證本寵作龍。

曹卹，少孔子五十歲。

案史記「曹卹」下多「字子循」三字。

字子期，少孔子五十歲。

案史記索隱云：「家語：『少孔子五十四歲』」，與今本不同。史記考證曰：「朱彝尊云：『魯峻石壁畫像云：少孔子五十歲』」。

與孔琁年相比，

案史記索隱引琁作璇。

奚蒧，字子偕。

案史記此文作「奚容蒧，字子晳」，疏證本偕亦作晳，是偕乃晳之誤也，曾參父曾點，史記作「曾蒧」，字子晳，可為旁證。

公祖茲，

案史記此名作「公祖句茲」。

廉潔，字子曹。

案史記此文作「康絜，字子庸」，疏證本曹字作庸，疑曹乃庸之誤。

公西與，字子上。

案史記此文作「公西輿如，字子上」，索隱曰：「家語載亦同此」，是唐人所見本不同今本也。唯疏證本與作輿，然則與乃輿之誤，下如字當補。

宰父黑，字子黑。

案史記宰作罕，「子黑」作「子索」，集解：「駰案家語曰：「罕父黑，字索」」，是今本宰乃罕之誤，「子黑」乃涉名而誤。

公西減，字子尚。

案史記此文作「公西葴，字子上」，索隱曰：「家語

24×25

作「子尚」已，上，尚古通。

穰駟赤，字子從。

案疏證本穰作壤，史記同，且從作徒，徒、從形近，不知孰正。

薛邦，字子從。

案史記此文作「鄭國，字子從」已，正義曰：「家語云「薛邦，字徒」已，史記作國者避高祖諱，薛字與鄭字誤耳已。疏證本從亦作徒，是從乃徒之誤也。

石處，字里之。

案疏證本石作后，史記同，唯「里之」已作「子里」已，疑石乃后之壞字。

左郢，字子行

案史記此文作「左人郢，字行」。

狄黑，字哲之。

案疏證本哲作晳，史記同，（唯無之字。），疑是。

商澤，字子秀。

案史記不載其字，集解云：「駰案家語曰：『字子季』」，疑季乃秀之誤。

榮祈，字子祺。

案史記祈作旂，然則「字子祺」當作「字子旗」矣，疑史記非。

原桃，字子籍。

案疏證本桃作忼，史記此文作「原亢籍」，疑桃予忼之誤。史記考證云：「亢，家語作忼」，可證，忼，亢音通。

公肩，字子仲。

案疏證本肩下有定字，史記此文作「公堅定，字子中」，中，仲古通，肩，堅聲假，今本肩下當據補定字。

漆雕從，字子文。

案史記此文作「漆雕徒父」，父乃漆雕徒之字也；父，文；徒，從，從形並近，未知孰者為正。

燕級，字子思。

案疏證本級从人作伋，史記同，疑是也，孔子孫孔伋亦字子思，可為旁證。

公夏守，字子乘。

案史記守作首。

石子蜀，

案史記子作作。

邽選，字子斂。

案史記此文作「邽巽，字子斂」，索隱云：「家語作「選，字子斂」，文翁圖作「國選」，蓋亦避漢諱改之，劉氏作「邽巽」，邽音圭，所見各異」；漢諱邦不諱邽，文翁圖蓋誤邽為邦，故諱之也，今本歛乃斂之誤，選、巽音通。

施之常，字子常。

案史記「子常」作「子恒」，常、恒古通。

申績，字子周。

案疏證本績作續，陳士珂案云：「今本作績」；史記此文作「申棠，字周」，棠字陳氏又案云：「今本作黨」。

樂欣，

案史記欣作欬。

孔弗，字子蔑。（注：孔子兄弟。）

案史記弗作忠，集解云：「駰案家語云：『忠字子蔑，孔子兄之子』」，是弗本作忠也，「孔子兄弟」當作「孔子兄之子」而刻如正文，今本誤刊為細字，非也，疏證本正刻如正文，可證。

懸成，字子橫。

案疏證本懸作縣，史記同，（古通。）唯橫作祺。

顏相，字子襄。

案史記相誤祖。

右件夫子七十二人弟子，

案此書共列七十五人，而謂為七十二弟子，不知所云

。又人字疑衍。

24×25

本姓解第三十九

微子啓，帝乙之元子，紂之庶兄。

案史記宋微子世家啓作開，元作首，（並同義字。）「帝乙」上有「者殷」二字，「庶兄」下有也字，疑並當據補。

微，國名，子，爵。

案名，爵下疑本並有也字。

乃命微子於殷後，

案史記於作代，疏證本同，疑是。又史記此文下多「奉其先祀」四字。

作微子之命由之

案史記由作申，疏證本同，是由乃申之壞字也。

與國於宋，

　案史記此文無與字。疑與乃興之誤。

賢其弟曰仲思，名衍，或名泄嗣。

　案賢字疑當乙在「其弟」下。史記索隱引「或名」作「一名」。

至于稽乃稱公焉。

　案史記索隱引此文作「至于稽乃稱宋公也」。

宋公生丁公申，

　案「宋公」下疑有稽字。

申公生緡公共

　案疏證本申下無公字，是也，下文文例可照，且申乃丁公之名，不可稱公。又史記緡作滑，疏證本同。

襄公熙，熙生弗父何及厲公方祀，

案史記襄作煬，云：「湣公共卒，弟煬公熙立，煬公即位，湣公子鮒祀殺煬公而自立，是為厲公」，然則「方祀」或作「鮒祀」，實為厲公，乃襄公熙兄湣公共之子，非襄公所出也。唯據史記孔子世家索隱引家語云：「宗襄公生弗父何，以讓弟厲公」，則厲公又與襄公同為湣公之子矣；世系待考；（疑此「及厲公」本作「以讓弟厲公」。）。

又左昭七年傳「襄公熙」作「佀公熙」，校刊記云：「毛本佀作泯，是也，泯與杜注閔同，今本家語作「襄公」，大誤」，左傳正義曰：「家語本姓篇云：「宗泯公熙生弗父何」」，是襄當正作泯也，字或作湣，詩商頌那正義引世本：「宋湣公生弗父何」，以熙為宋湣公，又與史記以共為湣公清矣。

弗父何生宋父周，周生世子勝，勝生正考甫，

案詩正義引世本此文作「弗甫何生宋公，宋公生正考甫」，與今本異，左傳正義、史記索隱引並同今本。

考甫生孔父嘉，

案詩正義引世本「考甫」上有正字，疏證本同，當補。

木金父生睪夷，睪夷生防叔，

案世本「睪夷」並作「祈父」，左傳正義引睪作皐，左傳同，校刊記云：「浦鏜正誤：『皐作睪』」，疑皐、睪古音可通假。

避華氏之禍而奔魯」，方叔生伯夏，

案史記索隱引避作畏，禍作逼，左傳正義引避作辟，禍作偪，辟，避古通，疑偪，逼並為禍之形誤。又二引「方叔」並作「防叔」，而倒在「避華氏之禍」上，並較長。（「方叔」上文亦作「防叔」，此不當岐出。）

曰：雖有九女，是無子。

案疏證本此文無曰字，是作而，文較雅順，唯疑乃陳士珂所臆改也。御覽五四一引此文作「叔梁紇娶於魯施氏，生九女，無男，叔梁紇曰：雖有九女，是無子也」，史記索隱正義引並略同，今本脫「曰」上十七字，及「無子」下也字，當據補。

陬大夫雖父祖為士，

案御覽引陬作鄹，音假。

然其先聖王之裔，

案御覽引此作「然先聖之裔也」，也字據補。

其人身長十尺，

案御覽引十作九。

懼不時有勇，

案事文類聚後集一四引勇作男，疏證本同，疑是；又

疑「不時」本作「不得」。

故名丘，字仲尼。

案疏證本字上有而字，據補。

娶于宋之并官氏，

案御覽九二六引并作开，氏下有女字，疏證本并作亓，當乃开之壞字；女字據補。

魚之生也，

案御覽引此作「伯魚生三日」，今本魚上脫伯字。

魯昭公以鯉魚賜孔子，榮君之貺，

案御覽引「孔子」二字疊，（是也。）貺作賜。

因以名曰；

案御覽引此作「因名子曰」。

魚年五十，

案魚上疑當補伯字。

齊太史子與，

案文選陸士衡皇太子宴玄圃宣猷堂有令賦詩注引此作

「齊大夫子輿」，盧子諒贈劉琨詩注引作「齊大夫高」，蔡伯喈郭有道碑注，王仲宣褚淵碑注引「太史」亦並作「大夫」，據校正。

淵海之為大；

案文選盧子諒贈劉琨詩注引大下有也字，據補。

自吾志，

案疏證本志下有也字，據補。

終記解第四十

孔子蚤晨作，

案禮記檀弓上無晨字，疏證本無蚤字。

逍遙於門，

案禮記「逍遙」作「消搖」，釋文云：「又作逍遙」，音假也。

喆人其萎乎？

案文選顏延年赭白馬賦注引：「禮記曰：『哲人其萎乎』，家語為委，萎與委古字通」，是今本萎本作委也，喆，俗哲字。

梁木其壞，吾將安杖，喆人其萎，吾將安放。

案禮記此文（脫「吾將安枝」四字。）萎下有則字，驗之上文，二吾字上並當補則字，萎當作委。

賜，汝來何遲？

案禮記此文下有也字，據補。

予疇昔夢坐奠於兩楹之間，（注：疇昔，猶近昨夜。）

案禮記此文倒在下文「夫明王不興」上，「疇昔」下有「之夜」二字，以注驗之，有「之夜」二字是也。

則猶在阼；

案禮記此文下有也字，據補。

則與賓主夾之；

案禮記即作則，「夾之」下有也字，作則與上下文例較合，也字據補。

則猶賓之；

24×25

案禮記此文下有也字，據補。

而丘也，即殷人。

案禮記此文作「而丘也，殷人也」，疏證本同，疑今本人下脫也字。

余逮將死。

案禮記此文作「予殆將死也」，也猶矣字，據補。

時年七十二矣。

案疏證本二作三。

昊天不弔，不慭遺一老。（注：弔，善也；慭，願且；一老，孔子也。）

案史記孔子世家昊作旻，慭作憖，左哀十六年傳慭作憗，疏證本作憖，作憖是正字，慭、憗、憗並是俗體。又史記集解引此注「願且」作「且也」，「孔子」上有謂字。

門人所以服夫子者，

案書鈔九三、御覽五四七引「門人」下有疑字，禮記、疏證本並同，當補。

夫子之喪顏同也，

案御覽引「顏同」作「顏淵」，禮記同，疑是。

如喪父而無服，

案書鈔、御覽引如作若，禮記同，以下文驗之，作若是也。

出有所之則由經，

案御覽引由作猶，（通用。），書鈔「由經」作「不經也」，與今本而孔廣陶未有校語，是孔見本作「不經也」也。經下也字據補，疑作「不經」乃涉下文而誤。

公西掌殯葬焉，

案書鈔九三（三引），御覽五四五，五五一引「公西」下有赤字，禮記同，當補。

哈以踈米三貝，（注：踈，硬米。）

案書鈔引踈作疏，（疏證本同。）「三貝」作「二貝」，御覽五四五引踈作疏，貝誤具，踈與疏同。又御覽引此注作「疏米，硬米也」，是也，今本脫字據此補。

柏棺五寸，

案書鈔、御覽五四五、五五一引棺作槨，作棺乃涉上致誤。

飭廟置翣，

案御覽五四五引「飭廟」作「飾桐廧」，禮記作「飾棺牆」，飭，飾古通。

注：披，樞行夾引棺者；崇，崇牙，旌旗飾；綢練，以旌之杜於葬乘車所建也；踈練廣克長尋曰旐也。

案御覽引此注作「披，柩行夾引棺者也；崇，牙旌旗飾也；綢練，旌旗之扛葬乘車所建也；旌旗之旒緇廣充幅長尋曰旐」，是今本誤柩為樞，誤扛為杜，誤「旒緇」為「踈練」，誤充為克也。又崇字不當疊，者，飾二字下並當補也字。

24×25

兼用三王禮，

案書鈔，御覽引王下有之字，據補。

葬於魯城北泗水上，藏入地不及泉，

案書鈔引此無水，入二字，史記孔子世家此文亦無水字。

行心喪之禮，

案書鈔引此下有也字，據補。

子貢謂之曰：

案禮記「子貢」作「子夏」，蓋傳聞異辭。

昔夫子言之曰：見吾封若夏屋者，

案禮記昔下有者字，「見吾」二字倒（當乙。），封下多「之若堂者矣，見若坊者矣，見若覆」十三字，

「夏屋」上無若字，者有矣字，矣字當補。

見若斧矣，從若斧者也。

案禮記矣上有者字（當補。），「者也」作「者哉」，也猶哉也。

馬鬣封之謂也。

案禮記鬣作鬛。

或留或去，

案事文類聚前編二三引此作「或去或留」。

魯人處於墓如家者，自有餘家。

案史記如作而，「餘家」作「餘室」。如讀為而。

正論解第四十一

招虞人以旌，

案左昭二十年傳旌作弓。

旌以招大夫，

案左傳旌作旃。

齊國師伐魯，（注：國師，齊卿。）

案御覽三〇八引「國師」作「國書」，並引此注云：「書，齊卿也」，左哀十一年傳云：「國書、高無丕帥師伐我」，因疑此文或本作「齊國書帥師伐魯」，今本脫「書帥」二字，注因之而誤。

非不能也，

案御覽引此上多「季氏曰：須也弱（注：須，遲名；

弱，幼也。），有子曰：「能用命矣。」及齊師，戰於郊，未踰溝（注：前有溝，衆不肯踰也。），樊遲曰：「等二十五（及注二條共十四字。），左傳同，唯「季氏」作「季孫」，「未」作「不」；茲暫據御覽引補。

不信子」；（注：言季孫德不素著，為民所信也。）

案御覽引此文下有也字，（左傳同，）據補。又引注「為民」上有不字，亦當補。

注：與衆要信，三刻而踰蒲也。

案御覽引此注蒲作溝，是也，作蒲乃溝之誤。

注：在軍能却敵，合於義。

案御覽引此注「在軍」作「左軍」，是也。

季孫謂冉有曰：

案御覽引謂作問，較長。

即學之孔子也。

案御覽引之作於，疑今本之下脫於字。

大聖無不該，文武並用兼通；

案文選李蕭遠運命論注引此作曰大聖兼該，文武並通已，御覽引同，唯通作用。

必事孔子而學禮。

案左昭七年傳禮下有焉字。

夫子之在此，猶燕子巢于幕也。

案御覽四五八引曰在此已下有也字，曰燕子已作曰燕之已，幕下無也字，左襄二十九年傳同，唯曰幕也已作曰幕上已，曰在此已下據補也字，子乃之之聲誤。

克己服義，

案御覽引服作復，疑作服乃聲誤。

可謂善改矣！

案御覽引「善改」上有「善識」二字，據補。疏證本改下有過字。

自詒伊戚，

案左宣二年傳戚作感，校刊記曰：「惠棟云：「王肅曰：此邶風雄雉之詩。（發案：今本無此注，當補。）」」，案今詩感作阻，惟小明詩作感，而上句又異，王子雍或見三家之詩以為衞詩；伊段玉裁校本作繄」。

陳亡周之大德，

案左傳亡作忘，疏證本同，古通。

未獲命，（注：未得晉平陳之成命。）

案左傳命上有成字，以注驗之，是也。

其誘其裹，（注：裹，善也。）

案左傳裹作衷。

知其罪，校首於我，

案左傳此文上有陳字，校作授，疏證校亦作授，疑校乃授之形誤。

其辭順。

案左傳此文下多句犯順不祥，乃受之已七字，義較完。

晉為鄭伯入陳，

案左傳「鄭伯」二字倒，疏證本同，據乙。

小子慎哉！

案左傳此文作「慎辭哉」，疑今本慎下亦本有辭字。

注：子革，煞丹。

案左傳杜注：「子革，鄭然丹」，疑此注煞乃然之誤。

曰：臣又乃嘗聞焉；

案疑此文曰乃且字之誤。

將過行天下，

案此文左傳作「周行天下」，疑此文過乃週之誤。

祭公謀父作祈昭，（注：昭宜為招。）

案左傳昭正作招，下多「之詩」二字

臣聞其詩焉而弗知，若問遠焉，其焉能知。

案左傳聞作問，（疏證本同。），「弗知」下有也字，「能知」下有之字，據補。

數曰則固不能勝其情

案左傳此文作「數曰不能自克」，疏證本勝上有自字，當補，「自勝」猶左傳之「自克」也。

注：子叔孫婼

案此注疑本作「叔孫子婼」。

問罪於叔向。

案左傳罪上有其字，較長。

以置直辭也。

案左傳置作買，疑作置乃涉下「直辭」而誤。

或曰義，（注：或左傳作咸。）

案左傳或作滅，疏證本同，王注言左傳作咸，疑乃滅之壞字。又左傳此文下有也字，據補。

其所否者，吾則改之，

案左傳此文下多「是吾師也」四字。義較完。

吾以是觀之，

案左傳此文無吾字，疑吾乃涉下而衍。

齊侯，及盟，

案左昭十三年傳「齊侯」作「齊服也」，較長。

以列尊卑，貢周之制也。

案左傳此文作「以列列尊貢周之制也」，疏證本同。

卑而貢重者甸服，

24 × 25

案左傳此文下有也字。

鄭伯，男南也。（注：南，左輔作男，古字作南，亦多有作此南，逵言之，猶言公侯也。）

案左昭十三年傳此文無南字（疏證本同。），校刊記曰：「正義引賈逵云：「男當作南，謂南面之君也」；又周語曰：「鄭伯南也」」，以此注驗之，今本本無男字也。又注「左輔」當是「左傳」。

君子之於樂者，

案左傳於作求，者下有也字，疑此文本有求字，也字據補。

慢則亂於猛，

案疏證本於上有之字，左傳同，唯於作以，與下文「

民殘則施之以寬」文例較合，據補正。

以綏四方，施之以寬。

案左傳寬下有也，疏證本同，是也，下文文例、可照。

古之遺愛。

案左傳愛下有也字，據補。

昔舅死於虎，

案禮記檀弓下此文作「然。昔者吾舅死於虎」，義較完。

苛政猛於暴虎，

案禮記「暴虎」作「虎也」，疑今本虎下脫也字。

分祁氏及羊舌氏之田苗櫟滅，

案左昭二十八年傳此文無「苗櫟滅」三字，疏證本同

24×25

，是也。

及其子成，

案疏證本成作戌。

又將賈辛曰：

案疏證本將作謂，疑是。

可謂美矣！

案左傳美作義，疏證本同，與下文「魏子之舉也義」合，是。

著范宣子所為刑書。

案左昭二十九年傳書下有焉字，據補。

注：經緯，猶織以成文也。

案文選干令升晉紀總論注引文作之，疑文乃之之誤。

銘在鼎矣，（注：民將棄神而徵於書，不復載奉上也。）

案左傳銘作民，疏證本同，作民與此注較合，是也。

卜曰：河神為祟。

案說苑君道篇，外傳三卜下有之字！（當據補。），祟作崇，左傳，疏證本亦作崇，疑崇，崇並祟之誤。

鳥則擇木，

案史記孔子世家則作能，與下文句木豈能擇鳥乎句對，疑是。

亦訪衛國之難也。

案疏證本訪作防。

用之則成名。

案史記此文（無則字。）倒在上文句播之百姓句上。

24×25

以幣迎孔子曰：

案「孔子」二字當疊。

齊陳恒弒其簡公，

案疏證本其下有君字，左哀十四年傳同，據補。

吾不敢不告也。

案左傳此文作「故不敢不言」，疑今本吾本亦作故，涉上文誤也。

高宗三年不言，言乃雍，（注：尚書云：言乃雍和。）

案御覽一四六引「高宗」下有「諒闇」二字，引此注雍字疊，疑並是。

注：軒，懸闕，一向也，

案左、成二傳正義引向作面。

君之所司，

案左傳此文下有也字。

不可止也。

案左傳此文下有已字。

紡績不解。

案文選陶潛田居詩注引解作懈，解、懈古通。

男女紡績，

案文選陸士衡文賦注紡作效，國語同，疑作紡乃涉上而誤。

爾又在仕，

案國語仕上有下字，疏證本同，據補。

況有怠墮，

案國語墮作惰，疏證本同，疑作墮誤。

注：齊慶尅通於夫人，鮑牽知之，以告匡武子。

案左成十七年傳尅作克，此注下文又別出克字，克，尅，尅並可互通。又左傳匡作國，下同。

注：閔子子固需公以會於諸侯，高鮑去守，還將及至，閉門而牽客。

案左傳此文作「國子相靈公以會，高鮑處守，及還將至，閉門而索客」，是今本需乃靈之誤，牽乃索之誤，「還將及至」當作「及還將至」也，餘疑未能決。

今鮑疾子食於淫亂之朝，

案左傳疾作莊，疏證本同，是疾乃莊之誤也。

使訪孔子，子曰：丘弗識也，冉有三發卒曰：

案左傳「冉有」二字倒在使字下，訪下有諸字，國語同，較長。又「子曰」當作「孔子曰」。

若之何子之不言？、

案左傳言下有也字，據補。

求，汝來，汝不聞乎？、

案國語無上汝字。

量其無有，

案國語「無有」二字倒，疏證本同，據乙。

於是鰥寡孤疾，老者畢旅之出，（注：於畢旅之役，則鰥寡孤疾或有所共，無畢事則止之。）

案國語「老者」作有，以注驗之，疑王所見本「老者」本作「者有」也。

出獲禾秉，缶米芻藁，不是過。

案國語此文作「出稷禾，秉芻，缶米，不是過也」，較長。

注：十六斗曰康也。

案國語韋注康作庚。

先王以為之足。

案國語無之字，疑「為之」二字當乙。

君子之行必度於禮，

案左哀十一年傳必作也，疑今本必上本有也字。

若是甚已丘亦足矣。

案左傳此文作「如是則以丘亦足矣」，疑此文甚乃則之壞字。

且子孫若以行之而取法，
案國語，疏證本孫上有季字，左傳同，（當補。），
唯曰若以行之而取法已作曰若欲行而法已，驗之下文
，疑此文以乃欲之誤。
夫子之極言子產之惠也，
案書鈔三九，御覽四七七，六二五引曰之極已作亟，
疑極，亟正假字。
愛民謂之德教，何翅施惠哉？
案文選王仲宣公讌詩注，書鈔及御覽六二五引曰之謂
已二字倒，（當從乙。），又文選注引此無施字，御
覽引施作於，疑施乃於之誤。
以所乘之輿濟冬涉者，是愛教也。

案御覽四七七引輿作車，變下有而字，二二五引同，唯「冬涉」作「徒涉」。而字據補。

哀公問於孔子曰：

案治要引「哀公」作「定公」。

使隆敬於高年，何也？

案治要引「何也」作「可乎」。

君之及此言，

案治要引此下有也字，據補。

豈唯魯哉？

案治要引此文作「豈惟魯而已哉」，「而已」二字據補。

年者貴於天下久矣，

案治要引「年者」作「年之」，禮記祭義同，此文作
者乃涉上而誤。

是故朝廷同爵而尚齒，
案治要而作則，據改。

八十則不仕朝，
案禮記仕作俟，疏證本同，疑仕乃侍之壞字，俟，侍
古通。

班白者不以其任於道路，
案禮記此文上多「見老者則車徒避」七字，治要引此
同，且引有注云：「見老者在道，車與步皆避之也」
。今本並脫，當補。
又禮記「其任」下有行字，治要引此同，據補。

注：任，負也。
案治要引負作擔。
頒禽隆之長者，
案治要引之作諸，禮記同，據校。
循於軍旅，
案治要引循作修，禮記作脩，循，脩之誤也，修，脩古通。
衆感以義死之，而弗敢犯。
案治要引感作同，犯下有也字，禮記亦有也字，據補。
注：東益之宅。
案治要引此作曰東益，東益宅也已，今本脫誤，當據

補正。

身之不祥；

案御覽一八〇，治要引「不祥」有也字，新序雜事五同，是也，當補；下文同。

擇賢而仕不肖，

案御覽，治要引擇並作釋，新序同，是也。

天下不祥，

案御覽此文作「天下之不祥也」，是也。

不祥有五而東益不與焉。

案治要引「不祥」上有故字，「東益」上有而字，御覽引亦有而字，並據補。

24×25

孔子家語校證卷第十

曲禮子貢問第四十二

死不如朽之速愈。

案疏證本速字倒在朽字上，禮記檀弓上同，唯愈下有也字，疑並是，下文「喪不若速貧之愈」文例可照。

得罪於定公奔衛，

案御覽四七二，八三六引奔上有而字，據補。

衛侯請復之，

案御覽四七二引此文上多「暮年」二字，據補。

喪不若速貧之愈。（注：喪，失位也。）

案御覽八三六引愈下有也字，（禮記同，是也。），引注失作亡。

驟如孔氏而後循禮施散焉。

案御覽引此文作「驟如孔子而後備禮受教焉」，較長，疑今本循，散各為備，教之誤。

景公問於孔子曰：如之何？

案御覽八七九，藝文類聚一〇〇引「如之何」上並有旱字，當補。

馳道不修，

案御覽引修誤備。

祈以幣玉，

案藝文類聚一〇〇引此作「所以敝淫」，所當是祈之誤，淫字誤合幣所从之巾與玉者也。

祭祀不懸，（注：不作樂也。）

案御覽引此注「不作樂」上多「不懸」二字，據補。

此賢君自貶以救民之禮也。

案藝文類聚、御覽引此字下有則字。據補。

故夜居外，

案禮記居下有於字，是也，與下文「晝居於內」句法一律。

山節藻梲，

案禮記雜記下「山節」下有而字，是也，上文文例可照。

昔臧文仲安知禮？

案昔字疑涉上文衍。

老婦之所祭，

案禮記禮器此文下有也字，據補。

其君在焉者，

案疏證本在作死。

覘之反言於晉侯，

案疏證本之作者，是也，今本此文涉上誤。

雖非晉國，其天下孰能當之！

案禮記檀弓下此文作「雖微晉國而已，天下其孰能當之」，較長，疑今本「晉國」本有「而已」二字，其字當乙在「天下」下。

射之，弊一人

案禮記弊作斃，疏證本同，今本下文亦同作斃，是此弊乃斃之誤也。

司徒敬之卒，

案御覽五四五引之作子，疏證本同，禮記之上有子字，疑是。

璩伯玉請曰：衛鄙俗，

案御覽引（璩作蘧。）「請曰」作「謂孔子曰」，衛下有國字，疑並是。

掘中霤而浴，（注：室中。）

案御覽引注「室中」上有「中霤」二字，據補。

毀竈而綴足，襲於牀，

案御覽引而作以（禮記檀弓上同。），襲下有屍字，而猶以也，屍字據補。

毀宗而躐行也；（注：胡不復有事於此也；綴足，不欲令僻戾長；毀宗廟而出行，神位在廟門之外也。）

案御覽引此注胡作明，「僻戾長」作「其僻戾也」，「宗廟」下多「之門西」三字，神下有之字，疑胡乃明之形誤，長下疑本有也字。

又疑今本此文宗下脫廟字，此注可參。禮記蹣作躐。

公叔務人遇人入保負杖而息。（注：見先避入齊師，將入保，疲倦加杖頸上，兩手掖之休息者也。）

案禮記檀弓下「務人」作「禺人」，「遇人入保負杖而息」作「遇負杖入保者息」，疑務，禺音近相假也，遇下人字乃涉上行，息下當有者字，此注亦可佐證。又此注「休息」上疑本有而字。

季氏不經，孔子投經而不拜，

24×25

案左哀十二年傳「不經」作「不絕」，「投經而不拜」作「放經而拜」，是今本拜上不字乃涉上衍也。

愛而無，

案國語無下有私字，疏證本，當補。

孔子兄之女，

案女下疑本有也字。

頹乎其順，

案禮記檀弓上此文下有也字，是也，下文文例可照。

吾從其至也。

案禮記也作者，較長。

夫子何善爾？

案禮記此文下有「也？曰」二字，「曰」字屬下讀，疏證本亦有曰字，據補。

而難繼也。

案禮記繼上有為字，與下文「為可繼也」對，是也。

斂手足形，

案禮記同此，校刊記云：「案正義云：「斂其頭首及足，形體不露」，是正義本經文當作首，今作手與疏標經句合，與疏說經義不合。盧文弨云：「首足見上篇，此疏內亦以頭首為言，知手字誤，秦校作首，是也」」。

於其返也，其長子死於贏博之間。

案御覽五一八引死下有葬字，禮記檀弓下同，說苑修文篇此文下多「因葬焉」三字，是亦葬於贏博之間也

24×25

，死下當補葬字。

其壙掩坎深不至於泉，

案御覽引此作「其坎深不至泉」，說苑同，唯坎作穿。

其高可時隱也。

案御覽引此無時字，禮記、說苑同。

若竈氣則無所不之，則無所不之。

案禮記、說苑二「無所不之」皆作「無不知也」，無下則字，無下則字是也，今本涉上衍。

季子之禮其合矣！

案說苑之作於，禮記之下於字。

稱家之有無焉。

案禮記檀弓上無作亡，與下文一律，是也。

夫喪亡，與其哀不足而禮有餘，

案禮記（「喪亡」作「喪禮」。）「有餘」下有也字；是也，下文文例可照。

祭祀，與其敬不足而禮有餘，

案禮記「有餘」下有也字，據補。

師，吾哭之寢，朋友，吾哭之寢門之外，所知，吾哭之諸野。

案禮記二寢字上之字並作諸，「諸野」上無之字，是也，上文文例可照。

行道之人皆弗忍。

案禮記此文下有也字，據補。

24×25

雖百世婚姻不得通，

案禮記大傳此文下有者字，較長。

猶百姓不廢其親，

案疏證本猶作欲，疑猶下本有欲字。

曲禮子夏問第四十三

過於朝市，

案禮記檀弓上「朝市」二字倒。

請問從昆弟之仇如之何。

案禮記從上有居字，是也。上文文例可照。

子夏問三年之喪，

案禮記曾子問「三年」上有「曰」字，較長。

金革之事無避，禮與？

案禮記「無避」下有「也者」二字，下文同。

夏后氏之喪三年，既殯而致仕；

案禮記「三年」二字倒在「之喪」上；仕作事，與下文一律，是也。

公以三年之喪從利者，

案禮記公作今，利上有其字，公疑乃今之誤。

子夏問於孔子曰：記云：

案疏證本「子夏」誤「子貢」。

抗世子之法於伯禽，

案禮記文王世子此文無之字，與下文合。又治要引抗作抗，抗乃抗之誤，下文同，並當據改。

欲王之知父子，君臣之道，

案下文「使成王知父子，君臣，長幼之義」乃承此而言，是此文欲下本有「使成」二字，「君臣」下本有「長幼」二字也，治要引王上有成字，可參證。

使成王知父子，君臣，長幼之義焉。

案治要引此文上多「使之與成王居」六字，禮記同！

當據補。

唯世子齒於學之謂也。

案禮記「世子」下多「而已，其」三字。

此將君我而與我齒讓，

案禮記此文無此字，疏證本此作子，下同。

其一曰：

案禮記一作二，疏證本同，是也。

有臣在則禮然而眾知君臣之義矣！

案禮記臣作君，然字疊，疏證本並同，是也，上下文

例可照。

世子之謂。

案禮記此文下有也字，據補。

聞之曰：為人臣者，

案禮記此文以下至「周公優為」一段倒在上文「知為人子」上。

周公優為也。

案禮記也作之，疑也上本有之字。

飲食衎爾，

案御覽五四六引衎作侃。

敢問伯母之喪如之何？

案御覽引「伯母」作「伯叔母」，驗之下文，疑「伯母」下本有「叔母」二字。又疑「敢問」下當據補「居」字。

由文矣哉！（注：言如禮文意。）

案御覽引此文，禮記雜記下同，據訂。又御覽引此注作「言知禮之意也」，是今本如、文各為知、之二字之誤，也字當補。

三年之喪，子則盡其情矣！

案子字疑衍。

則祭之沐為齊潔也，非為飾也。

案御覽三九五引「則祭之」作「且祭曰」，疑則乃且之誤。疏證本飾作飭。

客死無所殯矣，夫子曰：於我乎殯。

案矣當作而，上文文例可照。禮記檀弓上「於我」上有死字，與上文「生於我乎館」對，是也。

惡有之，惡有之，

案疏證本此文作「惡有有之」。

吾食祭，作而辭曰：

案禮記雜記下無食字，是也，此文涉上衍。

吾飡，而作辭曰：疏食，

案禮記「而作」二字倒，疏證本同，是也，上文文例可照。又禮記「疏食」下有也字。

桓公使為之，

案禮記此文下有服字，疏證本同，是也。

子貢問諸父母喪，

案文選陸士衡弔魏武帝文注引「父母」下有之字，較長。

顏色稱情，戚容稱服，

案文選注引二稱字下並有其字，禮記同，當補。

則存乎書策已。

案禮記已作矣，疏證本作也，疑已上本有也字。

殷人既定而弔於壙，

案禮記定作封，鄭注：「封當為窆」，是此文定乃窆之形誤也，疏證本正作窆，可為確證。

喪之至也，反而之矣。

案禮記喪作哀，疑是。

死人卒事也。

案疏證本人下有之字，據補。

昔者魯孝公少喪其母，

案禮記「孝公」作「昭公」，下同。

其慈母良，

案禮記其作有，較長，疑作其乃涉上文而誤。

遂練以喪慈母，

案禮記練下有冠字，與上文「天子喪慈母，練冠以燕居」應，是也。

所於識之喪，

案疏證本「所於」二字倒，是也，從校乙。

魯大夫練而杖禮也？

案荀子子道篇杖作牀。

吾以為夫子無所不知，

案荀子為字倒在「夫子」下，較長。

子路曰：止，

案荀子「子路」下多「由問魯大夫練而牀，禮耶？夫子曰：「吾不知也」，子貢曰」二十字，疏證本同，唯牀作杖，耶作與，以上文驗之，耶當作也，今本當依疏證本補。

齊晏桓子卒，平仲麤衰，

案此節疏證本倒在上文「子路問」一節上。

又左襄十七年傳「平仲」作「晏嬰」，疏證本同。

晏平仲可謂能遠害矣！

案左傳正義引「遠害矣」作「避害也」。

愻辭以避咎，

案晏子春秋內篇雜上愻作遜，左傳正義引作孫，並古通假字。又左傳正義引避作辟。

食粥，居傍廬，

案左傳，晏子春秋粥作鬻，傍作倚，疏證本並同，粥，鬻同字；傍疑本亦作依。

將以君之璵璠斂，贈以珠玉，

案書鈔九二引君上有奉字，贈作賵，奉字據補，賵當作賵，今本誤為贈。

送而以寶玉，

案御覽五五○引送下有曰死人已二字，淵海五二引曰送而已作曰葬人已，初學記一四，事文類聚前編五五引而並作死，並可證今本送下有脫文，說文：曰賵，送死者已，因疑此文送下當據御覽引補曰死人已二字，「送死人」正所以承上文「賵以珠玉」也。

琴張與宗友，

案疏證本宗下有魯字，是也，宗魯，人名。

吾將以事周子，

案左傳「事周」二字倒，疏證本同，據乙。

君不食姦，

案左傳君下有子字，疏證本同，據乙。

郕人子革卒，哭之呼滅，（注：舊說以滅為子蒲名。）

案禮記檀弓上「子革」作「子蒲」，疏證本同，以注覘之，疑是也。又禮記「哭之」作「哭者」，疑此文本作「哭之者」。

今吾子早夭，

案御覽四八七，淵海八一引殀作夭，國語同，夭，殀古通。

注：揮涕，不哭，流涕以手揮之。

案此注文選王仲宣七哀詩注引作曰揮涕不哭，揮涕，以手揮之也已，陸士衡赴洛詩注引作曰揮涕者淚以手揮之已蔡伯喈陳太丘碑文注引作曰揮涕，涕流以手揮之也已。

父文氏之婦，

案國語曰公文已作曰公父已，疏證本同，疑文乃父之誤。

剖情損禮，

案損淵海引作析，疏證本作捐。

他日又問，

案御覽五六一引此文下多「孔子曰：始死則羔裘元冠者易之而已，女何疑焉」十九字，疏證本同（唯始誤如，元作玄，則下有矣字。），是也，今本誤脫在「孔子之母既喪」一節下，當移於此。

墓而不墳，

案自此以下至「過禫而成笙歌」一百三十八字疏證本倒在「孔子之母既喪」一節下，是也，今本誤脫於此，當移。

曾點曰：吾之何謂也？

案疏證本吾作答，疑是。

曾子曰：其不然矣！

案禮記檀弓上曰其不然矣已四字疊，唯矣作乎。

古之人胡為而死其親也？

案禮記也作乎，疏證本同，也猶乎也。

凡為盟器者知喪道也，

案疏證本此文下多曰備物而不可用也，是故竹不成用而瓦不成膝，琴瑟張而不平，竽笙備而不和，有鐘鼓而無簨簴，其曰盟器，神明之也。哀哉！死者而用生者之器，不殆於用殉也已六十一字，禮記同，今本誤脫在曰孔子之母既喪已一節下，當從疏證本正。

夫子始死則矣羔裘玄冠者易之而已汝何疑焉？

案此文乃上曰季桓子死已一節之錯簡。又曰夫子已當據御覽五六一引作曰孔子曰已。

順死者之孝心，

案禮記檀弓下此文下多「也，其哀離其室也」七字。

至於祖者廟，

案禮記「祖者廟」作「祖考之廟」，疏證本者亦作考，是也，今本誤考為者，又脫之字。

曲禮公西赤第四十四

終身不仕，死則藏之以士禮，

案以下文「老而致仕者，死則從其列」覘之，此文「不仕」疑本有者字。

仲子亦猶行古人之道。

案禮記檀弓上「古人之道」作「古之道也」，今本道下據補也字。

捨其孫腯立其弟衍。

案禮記立上有而字，是也，上文文例可照。

子游以聞諸孔子，

案禮記聞作問，疏證本同，疑是。

離之有以聞焉。

案疏證本闡作閒，閒，離義近，是也，作闡乃閒之誤。

有備物而不可用，

案此文「備物」以下至「而用殉也」六十一字乃「原思言於曾子」節之文誤脫在此者，而「原思言於曾子」節下「墓而不墳」以下一百三十八字，又為此文之誤脫者，當互移。

又此文有疑乃古之誤，與「墓而不墳」連屬為文也，禮記檀弓上「墓而不墳」上有「古也」二字，疏證本同，唯無也字，可證。

孔子曰：今丘也，東西南北之人也。

案禮記，疏證本無「孔子曰」三字，疑是。

為偶者不仁，

案禮記偶作偊，同義。

濟濟漆漆焉。今夫。

案疏證本「漆漆」作「漆漆」，「今夫」下多「子之祭，無濟濟漆漆何也？孔子曰：「濟濟者，容也，遠也，漆漆者，自反容以遠若容以自反，夫何神明之及交必如此，則何濟濟漆漆之有，反饋樂成，進則燕俎，序其禮樂，備其百官，於是君子致其濟濟漆漆焉，夫言豈一端而已哉，亦各有所當也」」九十二字，禮記祭義同（當據補。），唯「漆漆者自反」作「漆漆者，容也，自反也」（疑是。），「容以自反」下有也字，「進則燕俎」作「薦其薦俎」，「夫言」上多

「夫何恍惚之有乎」七字。

終日不足，繼以燭，

案禮記禮器繼下有之字，疏證本同，當據補。

有司跛倚以臨，

案禮記此下文有祭字，疏證本作事，今本有脫文，據補事字。

孰為士也，而不知禮？

案禮記「孰為士也」作「誰謂由也」，禮有乎字，乎字據補，孰，誰同，為，謂同，疏證本「為士」亦作「謂由」，是此文士乃由之壞字也。又疏證本此文上多「以此觀之」四字，據補。

孔子家語輯佚

孔子曰：公甫之婦，動中得趣。（文選張平子東京賦注）

孔子曰：君惠臣忠。（文選曹子建贈丁儀王粲詩注）

蕭朱結綬。（文選江文通詣建平王上書注）

宰予為臨淄大夫，與田常之亂，夷三族也。（文選陳孔璋為袁紹檄豫州注）

。

孔子曰：舜起布衣而終以帝也。（文選班叔皮王命論注。）

孔子南遊於楚，至阿谷之隧，使子貢奉觴從女子乞飲。（御覽）

八一．五

葉公好龍，窗壁皆畫龍形，眞龍為降，葉公見之喪魄。（御覽）

九一．五

孔子適衛，衛將軍文子問曰：今齊之以刑而猶弗勝，何禮之齊也？孔子云：禮避之於御，則轡也。御覽三五八。

仲由字路，少孔子九歲。子路性鄙，好勇力，志抗直，冠雄雞，佩假豚，陵暴孔子，孔子設禮稍誘之，子路後服。

子路曰：君子尚勇乎？孔子曰：君子義以為上；君子好勇而無義則亂，小人好勇而無義則盜。御覽四三三。

子路曰：損之有道乎？孔子曰：高而能下，滿而能虛，富而能儉，貴而能卑，智而能愚，勇而能怯，辯而能訥，博而能淺，明而能闇，是謂損而不極，能行此道，唯至德者及之，易曰：不損而益之，自損而終益，故也。御覽四五九。

端木賜駟馬連騎以從原憲，居蓬蒿之中，并日而食，子貢曰：甚矣！子之病矣。御覽四八四。淵海五八引作「子貢結駟連騎以造原憲，衣冠敝，子貢憊矣。文選潘安仁閑居賦注引作「原憲衣弊衣冠，衎然有自得之志矣。陶淵明始作鎮軍參軍經曲阿詩注引作「原憲衣冠弊，并曰而食，衎然有得之志也。」

季桓子將祭，齊三日而二日鐘鼓之音不絕，冉有問於孔子，子曰：孝子之祭也，散齊七日，慎思其事，致齊三日而一用精之一也。而用猶恐不敬，而二日伐鼓，何居焉？」御覽五三〇。

墨子葬法：棺三寸，足以朽骨，衣三領，足以朽肉，掘地之深，下無漏氣發洩於上，壟之以明其所止也。御覽五五一。

諸侯皮弁以告朔于太廟，卒朔然後服之以視朝，御覽六八六。書鈔一二七引曰卒朔已作曰平旦已。初學記二六亦引有此文。

子思子曰：管仲，續錦也，雖惡而登朝；子產，練絲也，雖美而不專。御覽八一五。

子路極溺者，其人拜之以牛，子路受之，孔子曰：魯人必極溺矣。御覽八九九。

仰順天道，俯協地理。書鈔二九。

古之善鼓琴者有匏巴、師文、師襄。書鈔一六。

初相識，至白頭不相知。事文類聚前編二三。

齊景公問晏子曰：為人何患？曰：患社鼠出竊於外，入託於社，灌之恐壞墻，薰之恐燒本，今君之左右出則買君以效私，入則託君以避害，此社鼠之患也。事文類聚後編四一。又見淵海五十。

自叔梁紇始出妻，及伯魚亦出妻，子思又出妻，故稱孔氏三世出妻。事文類聚後編十五引此下有「家語後序」四字，是家語本有後序，而今佚矣。今本後序乃明黃魯直所為。

商瞿年老無子，其母為取室，孔子曰：無憂，瞿年四十後當有五丈夫，已而果然。事文類聚後編七。

楚靈王聞群公子之死，自投於車下曰：人之愛其子，亦如子乎？侍者曰：甚焉！小人老而無子，知擠於溝壑矣。事文類聚後編七。

梁鱣年三十未有子，欲出其妻，商瞿曰：吾恐子晚生耳，未必妻之過，鱣從之，二年而有之。事文類聚後編七。又見淵海七二。

目擊而道存。事文類聚後編一九。

顏回望吳門馬，見一疋練，孔子曰：馬也。事文類聚後編三八。

大秦國以瑠璃為牆。魯恭王欲壞孔子舊宅，於壁中得古文經傳。淵海八。案此文不類家語本文，疑亦出於佚後序。

黔婁先生死，被短露足，孔子及門見之，謂其妻曰：斜而覆足之。其妻曰：寧使正之不足，不可斜之有餘。淵海四六。又見御覽七〇七。

譬若載轄之車以臨千仞之谷，欲其不顛覆，難也。淵海五二。

口舌者患禍之宮，亡滅之府也。淵海五八。

朝覲之禮，喪祭之禮，鄉飲酒之禮，婚姻之禮，三皇五帝之所化民者如此。淵海七七。

孔子家語知見本錄目

鄭再發

1957

（未發表）

年前從王師叔岷習校讎之學，嘗據四部叢刊影明翻宋本孔子家語爲底本，輔以湖北叢書本．陳士珂孔子家語疏證，旁蒐古註、類書，參覈經史典籍，成孔子家語校證一稿。比勘訂正近兩千條；而憾未眞能讎校異本也。且依刊行先後登錄所聞見家語版本及其藏家；以備他日之需。

孔子家語十卷，魏王肅註

王肅，字子庸；郯人。父朗。年十八從宋忠讀太玄而更爲之解。黃初中，爲散騎黃門侍郎。太和三年，拜散騎常侍。正始元年，出爲廣平太守公事；徵還，拜議郎；頃之，爲侍中，遷太常，後遷中領軍加散騎常侍。甘露元年薨；門生縗絰者以百數。追贈衛將軍，謚曰景侯。初肅善馬賈之學而不好鄭氏。采會異同，爲尚書、詩、論語、三禮、左氏解，及撰定父朗所作易傳，皆列於學官。其所論駁朝廷典制、郊祀、宗廟喪紀輕重，凡百餘篇。時樂安孫叔然授學鄭玄之門人，稱東洲大儒，徵爲祕書監，不就。肅集聖證論以譏短玄；叔然駁而釋之。而肅自挳第二十二世孫孔猛得此書，所論多與肅合乃爲之註，以明相與孔氏無違也；又作周易春秋例、毛詩、禮記、春秋三傳、國語、爾雅諸註；另著書十餘篇。

明嘉靖三十三年甲寅吳郡黃周賢等仿宋刊本。分裝十冊。

藏臺北國立中央圖書館。

另有一冊裝，一部；有朱校。藏臺北國立中央圖書館。

明隆慶六年徐祚錫刊本。四冊裝。每半葉（即每頁）九行，行十六字。篇章次序何孟春氏。前有漢集家語序（即所謂孔安國後序），附陸治案語、孔安國傳略、考證凡例、孔子家語題辭（明王鏊撰）、刻家語題辭（陸治撰）、魏註家語序（即）王肅家語序、附引通考陳埴說；後有徐祚錫跋文。

余所據涵芬樓四部叢刊本末卷曲禮子夏問第四十三「季桓子死」章中，自「孔子曰始死則羔裘」以下十九字錯置於「原思言於曾子曰」章，而「原思言於曾子曰」章自「備物而不可用」以下六十一字錯置於「曲禮公西赤問第四十四」「孔子之母既喪」章；又「孔子之母既喪」章「墓而不墳」以下一百三十字錯置於「季桓子死」章。凡此三處錯簡此本皆不竄亂。是其佳勝處。

此本北京人文科學研究所、臺北中央研究院歷史語言研究所各有一部。

日本慶長年間伏見版。分裝四冊，存日本大阪府立圖書館。該館善本書目云：「慶長第四龍集己亥（案：相當於明萬曆二十七年）仲夏吉辰，前學校三要野納於城南，伏見書焉；慈演刊之。」日本桂湖村漢籍解題曰：「觀日本國『現在書目』已有收錄可察知其穿來在隋唐交通之際；慶長四年德川家康始翻刻之。」

明萬曆新安吳勉學刊本。有附圖；六冊裝。藏臺北國立中央圖書館。

明萬曆長洲刊本。十二冊裝。藏臺北國立中央圖書館。

日本元和（案：相當於明萬曆、天啓間）刊古活字本。五冊。藏日本內閣文庫。

明毛氏汲古閣本。二冊。有「百尺樓」、「仲笛」、「鱸續」、「免牀」諸印。藏江蘇省立國學圖書館。

蓋即毛晉舊藏宋大字本。

毛晉跋舊藏宋大字本。跋云：「吳興賈人持一編售余；猶是蜀本大字宋版，亟付（奇十刀）（厥十刀）；惜二卷十六葉以前皆已蠹蝕，未得爲完書。」

瞿鏞鐵琴銅劍樓藏書目著有影宋鈔本。孔子家語云：「汲古毛氏得一宋本，闕開卷首至卷二凡十六葉，因參用通行本，故註字脫落顛倒。」葉德輝〔自＋邑〕園讀書志因謂「取宋本校之，其改易行款猶爲小；乃不通假借、妄改舊文；如改德爲得、翟爲狄、〔僭日＋心〕爲慫、機爲几之類，全書無一字之存留，可謂謬甚。王肅註亦多刪省篡奪。全書不具舉，舉其首篇數條言之。」

案四部叢刊、四部備要本（並影黃周賢本）及日本風月宗智本，刪省王註亦如葉說，然獨一卷十六葉前爲然十七葉後則與劉世珩仿刻毛氏舊藏大字本無異。

毛氏又云：崇禎丙子秋「南都應試而旋汲泉於惠山之下；偶登酒家蔣氏樓頭，見殘書三冊，亦大字本宋槧王註，洽氏前半部，驚喜購歸，倩善書者用宣紙補抄，遂無遺憾。」

疑毛氏出得賈人本與黃周賢翻宋本爲一系；酒家本雖亦大字宋版，似非蜀本。且其王註詳於賈人本；毛氏不察，已爲同版；僅補兩本首尾所缺失者而已。

日本寬永十五年（案當我明崇禎十一年）風月宗智重刊上官國材宅本。有二、三、五裝三種。臺灣中央研究院歷史語言研究所、臺北國立中央圖書館、臺灣大學中文系圖書館、日本嘉靜堂文庫及今澤黑本植氏各有珍藏，葉德輝亦嘗從日僧得一部，〔自＋邑〕讀書志云：「每半葉九行；行十八字。前序目後有『上官國材宅刊』一行，末葉有『寬永十五年戊寅仲夏吉日二條通觀音町風月宗智刊行』二行；審其版式行〔木＋九〕，似北宋時私宅本，風月宗智又翻雕耳。註文與太宰純註本同，猶是太宰註以前舊本，固是中原古本也。」

前所舉各種錯簡，此本無一竄亂；惜缺「孔子有母之喪」、「顏回死」、「原思言於曾子曰」三章。

明刊九行二十字本。二冊。臺北國立中央圖書館、中央研究院史語所各藏一部，僅有白文，無註；前有漢集家語序、孔安國傳略、魏註家語序。次第依何孟春氏。

又有明翻本，四冊有「天倫元明」、「鳳陽郡人」、「陵山」、「元明甫」、「元明」、「朱倫之印」諸印。存江蘇省立國學圖書館。疑即黃周賢翻刻本。

另有明刊本，四冊。存北京人文科學研究所。不知何版。

明刊永懷堂本。兩冊。明金蟠等校。藏日本內閣文庫。

明刊清修永懷堂本。明金蟠等校。藏日本內閣文庫。

明刊唐宋叢書本零本。四冊；內附薛據編家語一卷，明錢受益校。藏日本內閣文庫。

清乾隆四十七年刊本。兩冊。存江南省立國學圖書館。

清光緒中同文書局石印影寫北宋本。五冊。存江蘇省立國學圖書館。

清光緒中同文書局石印影寫北宋本。四冊。存日本靜嘉堂文庫。

〔自十邑〕園讀書志云：「毛藏宋本光緒中葉猶在蕭敬孚明經穆家。當時同文書局有石印本，即從此出。」

清光緒崇文書局刊本。收在子書百家第一、二冊。臺大中文系圖書館、江蘇國學圖書館並藏有之。次第依何孟春氏。每半葉十二行，行二十四字，僅有白文，無註及序跋等。前舉三處錯簡意味錯亂。

清光緒二十四年貴池劉世珩玉海堂用汲古閣舊藏宋蜀大字本景刊本。收為玉海堂景宋叢書之一。毛扆云：「先軍當年出得此書也，缺一卷十六葉以前。崇禎丙子秋從錫山酒家見殘書幾冊，乃其覆瓿之餘也葉係宋槧；自八卷至十，已供酒二之用；而前半尚全。喜而購歸，請善書者互為補治，儼然雙璧矣；後酒家本為錢宗柏所奪，亦燼於絳雲之火，而此本獨存。」劉世珩記曰：「宋本孔子家語十卷：每半葉九行；行十七字。字大悅目。蘇長公所謂蜀大字本也。為虞山毛氏舊藏；汲古閣同時得兩宋本，歸絳雲慶。並曾景刻流傳，近亦罕見；一即此本。宋刻之存於今者，止有此本；是亦天壤閣之球璧耳。」一則謂酒家本曾有流傳；一則謂其毀於燼火。語焉不詳，姑錄以存疑。

毛扆既補足賈人本，又借得小字宋本參校，以證此本之善。陳子準傳錄毛扆參校本曰：「朱筆從北宋，墨筆從南宋」，是毛扆校本已刊行也。錢曾讀書敏求記收有此本，云：「從東坡居士所藏宋槧本繕寫；流傳俗本註中脫誤孔多，幾不堪讀。余昔藏南宋刻，亦不如此本之佳也。」然（自＋邑）園讀書記云：「相傳毛所傳宋本上有東坡居士印，瑗字闕筆；此宋孝宗皇子時諱名。即此可證其非北宋刻，東坡印亦僞作也。」其說是否，尚待考證。此本後歸桐城蕭穆；葉德輝嘗於是見之。

劉世珩記曰：「此書鄉先生桐城蕭敬敷穆藏之有年。歲丙申質吾戚宗，得番銀四百；吾愛之甚；越歲，如直償之，乃歸齋中。」蕭文云：「直此賙戚族，以白米四石畀之，易得是書。事在咸豐六年丙辰夏。」此蓋即（自＋邑）園讀書記所謂（蕭穆）後以書歸湖州陸存齋觀察心源，得番餅銀四百元者。台灣拔托書局即此本。缺序，劉氏從汲古閣本補入。日本東方文化學院京都研究所、臺灣中央研究院歷史語言研究所並藏有之。

民國八年仲冬掃葉山房三校重印百子全書本。即翻崇文書局子書百家全書本。全書都爲一冊。每半葉十六行，行三十六字。臺灣大學中文系存有一部。

涵芬樓影印江南圖書館藏明翻宋本。即四部叢刊本，今通行善本也。有四冊或三冊裝兩種。每半葉九行，行十六字。有王肅序及吳郡黃魯曾后序；卷十末有「歲甲寅端陽望，吳時用書、黃周賢金賢刻」二行；「道光甲午孟冬耕蘭氏校」一行。劉世珩曰：「天祿琳瑯後目有宋本十卷，云序末載『甲寅歲端易吳時用書、黃周賢刊』；按明嘉靖王敦祥刻野客叢書亦署黃周賢名，其爲明刻無疑。」

中華書局據汲古閣校排明翻宋本。二冊裝。每半葉十三行，行二十六字。較涵芬樓本少「道光甲午孟冬耕蘭氏校」一行，餘同。臺灣世界書局印本亦據之。

此外又有所謂「通行本」，四冊，藏江蘇省立國學圖書館。

又有清刊汲古閣本，二冊，存日本靜嘉堂文庫。

又日本內閣文庫有毛晉校清覆明刊本，四冊；疑與此同。

又有四卷本，見書目答問答問補正，云：「乃今通行本；李氏重刊汲古閣本；未見於藏嘉書目中。」

嘉靖己亥湯克寬南京刊藍印本。三卷。明儒誤以為宋本，實乃王廣謀所刪節者。見下文「家語句解」條下。

日本漢文大系排印本。不知據何本排印。

家語考；宋王柏撰

案：王柏，宋人；字會之；師愈孫。少慕諸葛亮為人，自號長嘯，後更魯齋。工詩善畫；從何基游，質實堅苦，著述甚富，有讀書記、書疑、詩疑、魯齋集、研幾圖等書。卒謚文憲。

此書我未經眼。經義考引此，云：「四十四篇之家語乃王肅自取左傳、國語、荀、孟、二戴記割裂織成之；孔衍之序義王肅自為也。」

標題句解孔子家語，二卷，元王廣謀句解

案：王廣謀元史不傳；元志（錢大昕補）云「字景猷」。

明王鏊震澤長語云：「余少讀家語；後閱他書，有云『事見家語者』，無之，訝焉，而莫知所謂。一日，閱漢書藝文志載家語二十七卷，顏師古註云：『非今所有家語也』，乃知家語本有不同。徧索舊本不可得。一日至書市，有家語曰王註者；閱之，則今本所無多見焉，乃知今本為近士妄庸索刪削也。何孟春註家語，字云未見王肅本，而卷篇盈於句解本，云：『未必非廣謀之庸妄，有所刪除而致然。』」明時完本家語已不可多得，王句解本雖不全，竟成珍本。上列孫克寬三卷本蓋屬此系。刊本有：

元刊本，三冊。藏臺北國立中央圖書館。

元泰定一年崇文書塾新刊本，析為六卷，附素王記事一卷。都為一冊。藏臺北國立中央圖書館。

明刊黑口本，五冊。藏臺北國立中央圖書館。

孔子家語雋，五卷，首一卷，明張鼐註釋

案：明有兩張鼐：一歷城人，字用和，成化十一年進士，授襄陵知縣，累擢右僉都御史，巡撫遼東；以忤劉瑾，斥爲民。瑾誅，復官，而鼐已前卒矣。學者稱柏山先生。另一爲松江華亭人，自世調，萬曆進士，官至南京吏部右侍郎，兼詹事府詹事；有吳淞甲乙倭變志，餲堂考故。不知孰是，兩存待考。

或題「新鍥侗初張先生註釋」，不知是據句解本而析分爲五卷，抑或據何註本而合併。

版本有：

明萬曆年間書林蕭世熙刊本，六冊。

日本江戶影明蕭世熙刊血本，三冊。藏日本內閣文庫。

孔子家語，八卷，明何孟春補註

案：何孟春字子元，郴州人。弘治六年進士；師李東陽。學問該博。屢遷右副都御史，巡撫雲南，討平十八寨叛蠻。嘉靖初爲禮部侍郎。大禮議起，孟春上疏力爭；又偕百官伏階號泣。奪俸調南京工部；引疾歸。卒諡文簡。孟春所居有泉，用燕去來時盈涸得名；遂稱燕泉先生。有何文簡疏議、餘冬序錄、何燕泉詩等。

此書八卷，較句解本多五卷；且何孟春自云未見王肅本；今此補註，疑乃據句解本。參以明俗本增益而成。篇章卷次，多出自訂。明人黃魯曾跋涵芬樓本云：「近何氏孟春所註則卷雖盈於前本（指句解本），而文多不齊」，蓋即謂此也。而後世刊王肅本者，每誤依何註本編次。

版本有：

明正德一六序永明書院刊本，四冊。藏日本內閣文庫；臺北國立中央圖書館亦存一部。

另有六冊裝。亦藏臺北國立中央圖書館。

清盧文弨校刻本；見書目問答補正。

孔子家語正印，三卷，首一卷，明顧錫疇

案：顧錫疇，崑山人，字九疇；第萬曆四十七年進士；授檢討。天啓中與魏忠賢不協，削籍；崇禎時起用，又與馬士不協，去。後寓溫州江心寺，爲總兵賀君堯所害；有綱鑑正史約、秦漢鴻文傳世。此書題曰「鼎〔金＋哻－口〕二翰林校正句解評釋」，又僅三卷，疑亦疑所據亦王廣謀本。

版本有：

明天啓三序刊，三冊。藏日本內閣文庫。

孔子家語衡，二卷，首一卷，明周宗建

案：周宗建，吳江人，字季侯；萬曆四十一年進士；天啓初魏忠賢、客氏亂政。宗建首疏劾之；忠賢矯旨削籍，下獄死。崇禎初，諡忠毅。

版本有：

明萬曆劉大易刊本，合爲一冊，題爲「新刊註釋孔子家語衡」。似亦據王氏句解本者。藏日本內閣文庫。

孔子家語憲，四卷，首一卷，明陳際泰

案：陳際泰，臨川人，字大士。父流寓汀州武平。家貧；父使治田事。年十歲，於外家藥籠中見詩經，攜回田所讀之，畢生不忘。及返臨川，與艾南英輩以時文名天下。舉崇禎進士，年已六十有八。旋授行人。卒，有易經說意、周易翼簡捷解、五經讀、四書讀。

此書刪節甚多。從相魯第一至好生第十爲卷一；觀周第十一至本命解第二十六爲卷二；論禮第二十七至公西赤第四十四爲卷三；卷四則集會典祀儀、正壇儀、四配儀、廿哲儀、東廡儀、西廡儀六篇而成。首一卷，著陳際泰家語憲敘目錄後有先聖圖像等十四圖、素王事實（錄自《孔氏祖庭廣記》）、先聖歷聘記年。序中云：「每觀都人士童而習之，輒謂家語平平無奇。豈知中有所記載，悉孔氏當年家政；毋論禮樂車書、昭然素王大法；而其言若行，異蹟彬彬，俱垂不朽。」

版本有：

明末本，一冊。每半葉九行，行二十一字。每篇第一行以下均低一格；篇內分章。亦另起行；上畫一圈，以資醒目。藏北京人文科學研究所、中央研究院史語所。

另有四冊裝。藏日本內閣文庫。

孔子家語，五卷，首一卷，題明鄒德溥註

案：鄒德溥，字汝光；安福人。萬曆十一年進士。歷司馬局洗馬。早負盛名。以居錦衣千戶霍文炳故居，發其藏金，爲東廠劾罷。有易會、春秋匡解、學庸宗釋、雪山草傳世。

版本有：

明萬曆劉氏喬山堂刊本，五冊。題曰新鍥臺閣清僞補註孔子家語，則亦據王氏句解本者。書藏日本內閣文庫。

孔聖家語，五卷，題唐顏師古註，明張溥訂定

案：新唐書云顏師古字籀；而舊唐書則作顏籀字師古；雍州萬年人。之推孫。少博覽，精訓詁，善屬文。受詔於祕書省考訂五經文字，多所釐正。又撰五禮，爲太子承乾註漢書。時謂顏師古爲班孟堅忠臣。又註急就章，一大行。終祕書監弘文館學士；卒謚戴。永徽中表玉所註匡謬正僞八篇，考據極精密。

明張溥，字天和，太倉人。與同郡張采同學齊名；號婁東二張。崇禎間溥集郡中名士，相與復古學，名爲復社。及登進士，郊遊日廣；執政惡之；里人陸文聞詣闕訐溥，嚴旨窮究不已；溥死而事猶不息；詔徵其遺書，先後三千餘卷；有詩經註疏大全合纂、春秋三書、歷代史論二編、漢魏六朝一百三家集傳世。

顏師古嘗於漢志孔子家語下註云「非今所有家語」。而明人王鏊等誤以王註句解本爲師古所謂「今所有家語」；更以爲師古曾註家語。此書其比也。

版本有：

清刊本，都爲一卷。題曰新刻張天如大史註孔聖家語。藏日本內閣庫。

孔子家語粹言，明陳繼儒輯

案：陳繼儒，松江華亭人。字仲醇，號眉公，又號麋公。幼穎異；長與董其昌齊名。隱居崑山之陽；後築室東佘山，杜門著述；工詩善文，短翰小詞，皆極風致。書法蘇米，兼能繪事，名重一時。又博文強識；經史諸子、術伎、稗官，與二氏家言，靡不較覈。卒年八十二；有眉公集。書後古今粹言第一冊註曰輯。似輯遺文者。

版本有：

明刊，收入古今粹言第一冊。藏江蘇省立國學圖書館。

孔子家語圖，十一卷，名錢塘吳嘉謨編

案吳嘉謨名使不傳。此書有萬曆刊本。

十一卷當是十卷本加卷首一卷。疑乃明刻諸本中，除毛晉汲古閣本、黃周賢刊本外，唯一完璧。

版本有：

明萬曆己丑武林吳氏刊本，八冊裝。藏臺北國立中央圖書館。

另有六冊裝者。藏臺北國立中央圖書館。

萬曆間書林金碧泉刊本，六冊。藏臺北國立中央圖書館。

明覆萬曆刊本，六冊。藏日本內閣文庫。

又有：

明萬曆刊，四冊。藏日本內閣文庫。

明刊，四冊。藏日本內閣文庫，江蘇省立圖書館亦得一部。

孔聖家語，四卷，首一卷，題明楊守謹註

案楊守謹明史無傳。不知何時人。

刊本有：

明萬曆刊本，二冊。藏日本內閣文庫、靖嘉堂文庫。題「鼎刻楊先生，註釋家語」。僅五卷，似亦依據王氏句解本者。

家語正義，十卷，清姜兆錫撰

案姜兆錫，字上均，丹陽人。康熙庚午舉人；乾隆初薦充三禮飭簒修官；卒年八十。著有禮記章義；論者謂其精審在陳澔集說之上。又有大戴禮翼刪、九經補註、詩禮述蘊、周易本義述蘊、周易蘊義圖考、家語孔叢子正義等。

此書或仿十三經正義，為王肅家語註作疏者。

清文獻通考云：「毛晉汲古閣家語刊本，篇目次第悉仍王肅之舊，兆錫好為變古，篇目次第悉從葛鼐之本。」然則兆錫本、葛鼐本，皆王廣謀本也。

葛鼐或即張鼐。

版本有：

清雍正十一年刊本，附孔叢子正義五卷，合成五冊。存日本內閣文庫。

另有校印本一種十三冊。易藏內閣文庫中

家語證譌，十一卷，清范家相撰

案清范家相，會稽人；字左南，號蘅州。乾隆十九年進士；官柳州知府。著有精景淥詩鈔、三家詩拾遺、詩藩等。

此書清儒絕少稱引；文獻通考、續文獻通考亦不錄。葉德輝謂其成書四庫全書前；四庫雖未錄，然提要頗采其說。

版本有：

江式聚珍本，收在文學山房叢書第八十九至九十四冊中。存江蘇省國立圖書館。

光緒二十六年會稽徐氏刻鑄學齋叢書本。見書目答問補正。藏家書目未之見也。

家語疏證，六卷，清孫志祖撰

案孫志祖，字貽穀，號約齋；仁和人。乾隆三十一年進士。乞病歸，肆力於古籍，談經訓必本先儒，有失即糾正之。著讀書勝錄七卷，考論經子雜家，折衷精審；又著文選考異、文選李註補正、文選理學權輿補；重訂謝承後漢書補逸五卷；風俗通逸文及六韜逸文各一卷。嘉慶七年卒於家。

志祖校書，先擇善本，用別本參校同異；疑則闕之，裨益學者。此書破王肅之僞，考證視提要詳實；葉德輝云：「殆即本題要推衍而成。」孫星衍曰：「星衍嘗作六天辨、五廟之祧辨，又擬馬昭叔然難王申鄭之說爲一卷而未竟，得見侍御家語疏證，爲之心折。」書中篇目仍從何孟春編次而拼成六卷。

版本有：

孫志祖自刊本，存東方文化研究所。

乾隆刊本，六冊，有清丁宴手跋並批。疑亦孫志祖自刊本一系。藏北京人文科學研究所。

光緒間會稽章壽康刻弍訓堂叢書本，二冊。藏江蘇省立國學圖書館。每半葉十一行；行二十一字。前有陳鱣及梁玉繩記；後有錢馥題辭。

日本嘉靜堂文庫、臺大中文系都有藏存。

仿行校經房叢書本，見書目問答補正，曰「即章本」。

新舊刊配本，三冊裝。藏江蘇省立國學圖書館。

孔子家語疏證，十卷，清陳士珂撰

有陳士珂族人陳詩序，云：「夫事必兩證而後是非明。小顏既未見安國舊本，即安知今北之非是乎？且余觀周末漢初諸子，其稱述孔子之言，類多彼此互見、損益成文；至有問答之詞，主名各別，如南華重言之比；而溢美溢惡，時時有之，然其書並行至於今不並行至於今不廢；何獨于是編而疑之也？余嘗據本書爲綱，而互見於他書者仍用大字書以附其後，名之曰疏證，將使學者參考而諦視之。」〔自+邑〕園讀書志謂陳氏繼孫氏後，更易爲之，不過一反其說而已；評曰：「（陳士珂）家語爲諸書所本，強詞奪理，殆亦毛奇齡古文尚書冤詞之流。」

陳士珂並列異文，無一字案語，較孫志祖謹嚴；搜索亦較孫志祖完備。兩人意圖相反；孫旨在證家語之僞，而陳意在證家語之眞；都有未達。

案：陳士珂，湖北蘄水人；乾隆四十二年舉人。

版本有：

清光緒辛卯三餘草堂刊本，收在湖北叢書第四十四至五十一冊，藏江蘇省立國學圖書館、臺大中文系圖書館。每半葉十一行，行二十字。篇目編次仍王肅本之舊。僅刊白文，但經陳士珂校改而無案語，三處錯簡亦未竄亂。卷一下有「湖北叢書用蘄水陳事家藏本」字樣一行。前有陳詩序；云：「屬爲之序，以次刊行焉。」

又日本嘉靜堂文庫藏湖北叢書，有陳氏孔子家語疏證六卷。

孔子家語　日本冢田大峰

分裝六冊。見日本儒學書籍目錄。

孔子家語考，日本西島蘭溪

見日本儒學書籍目錄。

讀孔子家語，不分卷，撰人缺

日本文政年間（當清嘉慶、道光間）寫本。藏靜嘉堂文庫。

孔子家語諺解，十卷，日本高田彪撰

刊於日本寬政（當清乾嘉之交）間，分裝十冊。藏靜嘉堂文庫。

增註孔子家語，十卷，爲王肅註，日本太宰純增註

案：（自十邑）園讀書志曰：「昔從都門得太宰純增註本，前有元文元年云據（日本）某博士家所傳王肅註全本。取校王本，註文簡古。」元文當乾隆初年。既曰增註，恐有刪節；後得風月宗智本；校對之，註文相同。

版本有：

日本寬保二年（相當於清乾隆七年）刊本，五冊。藏靜嘉堂文庫。

補註孔子家語，十卷，魏王肅註，日本岡白駒補註

有日本寬保元年（當清乾隆六年）京師風月堂刊本，五冊裝。藏臺北國立中央圖書館。

標箋孔子家語，十卷，爲王肅註，日本太宰純增註，千葉玄之標箋

有寬政元年（當清乾隆五十四年）刊本，五冊裝。藏靜嘉堂文庫。

以上註孔子家語者共二十四家，共一百四十八卷。

今本孔子家語流傳未古；向歆父子以前諸儒均未見。漢書．藝文志載「孔子家語二十七卷」，不著撰人。唐顏師古以爲「非今所有家語」；隋書．藝文志載「孔子家語二十一卷，王肅解」，始著王肅之名；而今本家語亦於是始見於著錄。王肅家語序自稱從孔子二十二世孫孔猛得其先人書，其說如可信，則此書即孔衍奏中所謂其祖孔安國所撰次者。孔安國家語後序述家語成書甚詳，馬昭云：「家語，王肅所增加，非鄭（玄）所見。」馬昭去王肅未遠，所言未可輕廢。唐儒解經，於家語每有致疑。如詩經召南．摽有梅篇正義云：「家語未可盡信」；大雅．緜篇正義云：「家語言多不經，未可據信」；禮記郊特牲正義云：「先儒以家語之文，王肅私定，非孔子正旨。」舊唐志收孔子家語十卷，逕謂王肅撰。自是聚訟。約言之，有主家語爲孔氏當時書者：王肅、孔衍、孔安國外，朱熹亦主此說。朱子語錄云：「家語只是王肅編古錄雜記；其書雖多疵，然非肅所作」，又云：「家語雖記得不純，卻是當時書。」他如明王鏊震澤長語：「家語出諸弟子，固有不同；漢初則紊之；戴聖又紊之；近世庸妄又紊之。經三紊亂，孔氏之舊存者幾何。」陳際泰：「家語所記載，悉孔氏當年家政。」陳士珂做家語疏證辯家語之眞，而世人反見家語之僞。

有主王肅據古本增刪而成者：早如馬昭已有是說。後世黃震黃氏日抄曰：「有竟疑是書爲漢人僞託；此又不然；然盡信爲聖人，則亦泥古太甚。」清錢馥跋孫志祖家語疏證，云：「肅傳是書時，二十七卷具在也；若判然不同，則肅之書必不能行；即行矣，二十七卷者亦不致於泯沒也。惟增多十七篇，而二十七卷即在其中矣，故此傳而古本逸耳；例之古文尚書，當不謬也，況有馬昭言爲據乎！」沈欽韓漢書疏證從之。日人武內義雄先秦經籍考從而申說之曰：「王肅曾見古家語，今之家語非全僞傳者；刪去荀子及說禮之文，其餘大體爲古家語文。肅當是改改篇次，加私定者也。此說陳嘗駁辯之，以爲尚書乃漢世大儒所素習，肅固不敢竄改，惟於增多之處併爲僞孔傳以逞其私；未可以古文尚書例之也。」

有以家語爲全出肅手者：宋王柏曰：「四十四篇之家語乃王肅自取左傳、國語、荀、孟、二戴記割裂織成之；明何孟春、清范家相並宗此說；四庫提要頗採摘之。」

又有學者以爲未必果出於肅，疑是王肅之生徒所爲，託名於王肅。

家語既割裂古書而織成，「考鏡源流、辨章學術」者遂難定其門類。漢志以下，崇文書目、文獻通考、讀書敏求記、(自十邑)園讀書志，皆以家語入經部論語類下；而直齋書錄解題、續通考、清通考、續清通考、子書百家全書，及清人補撰元、遼、清三藝文志乃至於今日藏書家則歸之於子部儒家；書目答問則置之史部古史類後；日人桂湖(屯十邑)漢籍解題則又以爲當入史部傳記類；而明楊士奇文淵閣書目則入之於經部性理之屬。(元志有家語女眞字，入經部譯語類。)分類不一，亦猶其正僞之辯。

家語卷數，著錄亦參差：漢志載二十卷，既非王肅本，不論。肅本始見於隋志，錄二十一卷。唐志以下之著錄僅十卷，崇文書目著孔子家語十卷，下有註，云：「孔子二十二世孫孔猛所傳；即肅所依託也。今本二十一卷。」既曰「今本二十一卷」，何以僅著錄十卷？疑其所謂今本，蓋即顏師古所云「今所有家語」也。然則二十一卷之「今本」顏師古猶得見之；其亡當在顏師古之後、唐志著錄之前；時十卷本已通行矣。其後十卷本又經省併顛倒。其間亦略有痕跡可尋。

毛晉拔宋大字本云：「孔氏家語雖不列於六經，然志藝文者每敘於論語之後，實經部之要典也；乃一譌於勝國王氏，謬在割裂；再譌於包山陸氏，謬在倒置。」

考包山陸氏，明吳縣人，明隆慶六年徐氏刊本有陸氏案語，或亦嘗刻家語。隆慶徐刊本篇目倒置，而於考證敘例中明謂「依何孟春氏篇次」；是毛所謂「謬於陸氏」者，或另有所指。

十卷王肅本之外、割裂倒置者可分四類：有王廣謀刪省者；有何孟春據王氏節本參二三異本補成八卷者，有十卷而從何氏次第倒置者，有據王氏刪節本而依何氏次第倒置者，俱見上文不贅。

乙、單篇論文

古文虛詞一：否定詞

先秦否定詞很不少；常見的分兩系。一系中古早期讀明母，有「莫、無、毋、勿、微、未」等；一系讀幫母，有「不、否、弗、非」等。粗略地說，聲母m-的「無、微」用在-NP, -S；「毋、勿、未」用在-VP；「莫」是否定代詞，也用在-VP，絕不用於VP-。聲母p-的「非」用在-NP；「不、弗」用在-VP；「否」自成一個VP，或當VP_2用在VP_1後構成（$+VP_1/-VP_2$）正負問句。實情卻非如此三兩句說得清楚。

我們且列表查看這些字的聲韻調：

	上古之部	魚部陰聲	魚入	微陰	微入	註
p-	**不/-VP**					否定一般以及「此後」
	否/VP-			非/-NP, -S	弗/-V	
m-		**無/-NP, -VP** 毋/-VP	莫/-VP	微/-NP, -S	勿/-V	「莫」前得有一先行名詞
				未/-VP		否定「此前」

表中單獨的V表不帶賓語；VP可有賓語；S表語句或謂語。

「莫」前得有一先行名詞，如《荀子》「在天者莫明於日月」，是個否定代詞；跟不定代詞「或」一樣只當主語。我以為「莫」是「或」的否定；「無或」合音成為「莫」。

「不」上古入之部；中古有尤韻平、上、去三讀之外，又有入聲物韻一讀。想來這個否定詞經常不帶邏輯重音，字調遂因語調而游移；參照「不」又通「丕」，似乎本是個平聲字。其物韻一讀，與「弗」同音義，詳下。

然則上古「不、無、非、微」等常見否定詞都讀平聲。其中「不」字是否定副詞，「無」是存在動詞「有」的反義詞。「非、微」是「惟」（「是」也；甲骨文作叀）的否定；這三個字上古都在微部。「非NP」與「非惟NP」兩式語法結構不同，語意亦異。「非」是「不惟」合音弱化。「VP否」是「VP不VP」問句的簡縮形式，回答時可單獨說「否」，否則要用「不VP」；顯然短式的「否」來自強式「不VP」的弱化，其音韻現象是幫系字讀成非系字。至於「微」字，疑是「無惟」弱音的合音，也是幫系字讀成非系字，「微管仲」即是「（如果）不是（有個）管仲」；這種虛擬語氣用法見下文。

「弗、勿」韻尾都是-t，語法條件又一致，該可有共同的解說。「neg-V」後頭不可能又帶代詞賓語，因爲V前一有否定詞，代詞賓語就得提前爲「不NV」或「無NV」。指代詞中「之」字最常見。「之」上古讀端母，弱化後與「不」合音則爲「弗」，與「無」合音則爲「勿」（「無NV」句式詳下）。「不之V」的「之」弱化，或爲「弗V」，或爲「不V」；這個「不V」的「不」，讀平聲或讀同入聲「弗」，似皆無不可。

當副詞否定動詞的「不、無、未」三個字上表都寫作黑體，各自出現條件沒那麼瑣細，該是上古漢語裡最基本的否定詞。

我認爲上古漢語動詞的否定詞帶時相(aspect)，分「已然」（「不」）與「將然」（「未」）；也帶語氣(mood)，分「直陳」(indicative)與「虛擬」(subjunctive)。在VP前「不、無/毋」的區別在此。

「無/毋/勿」都否定VP；傳統說「毋」是「止詞」，給人的印象是它專用於命令與勸阻。這大致不錯；但我們要把「止詞」的含義稍微擴大，包括命令、希冀等，例如《論語》「毋意、毋必、毋固、毋我」表希冀，並非指令。命令、勸阻、希冀的事項都未成事實，可通歸「虛擬」。又如《論語》「食無求飽，居無求安」、「願無伐善、無施勞」、「己所不欲，勿施於人」，說的都是意圖或願望；「三年無改於父之道」，說的是制止於未然。這些同樣都是虛擬。「毋」與「無」如有不同，實不過語氣的輕重稍異，前者斷然，後者平直，無須套用英文語法說上古否定分imperative與subjunctive。兩字音同義同；書面上用法約略可分，該是同一詞的人爲分化。而「勿」字原是「毋之」合音；其與「毋」相亂，情形和「不」與「弗」時或相混如出一轍。

「非、微」否定語句，也就可以否定語句簡縮之後的VP。兩者之分，也在「非」表直陳而「微」表虛擬。一般字典把「微」字解作「如果不是」，這個「如果」顯然隱含於「不是」一詞「虛擬」的語用之中。我認爲「非、微」兩詞分別來自「不惟、無惟」之合音，「微」自然帶有「毋」的「虛擬」語氣(mood)用法。

把「微」字解作「如果不是」，漢語常省連詞。如「不見不散」的句型，就隱含「設使」的語義；設若句型的特徵不那麼顯眼，訓釋時難保不把第一個「不」的語用意義解作「設使不」。甚至如《論語》「苟志於仁矣，無惡也」，向來就乾脆把「苟」訓作「如果」，忘了「苟」的詞義是「誠」。「苟」字的用法跟現代「眞下起雨來，球賽就暫停」一句裡的「眞」字一樣，都是「（設使）眞」，「（設使）」不過是其語用意義的一角。「微」字解作「（如果）不是」，跟「苟」字一樣，都只用於subjunctive mood。

上古直陳語氣的否定副詞「不、無、未」表三種時相，分入現代漢語的「不、沒有、沒有過」，仍然各帶時相。表虛擬語氣的「無/毋」如不借助於能願助詞或連詞，便代以「別」字；如：

「別搗亂！」（命令）
「別動！」（勸阻）
「希望別出亂子。」（祈冀）
「當初別來就好了。」（假設）
「飯別吃十分飽。」=「食無求飽。」（意圖或勸阻）

常見有人把這些句子都標以驚歎號，這也可窺見它不是平常的直陳語氣。

無主句與章句之學

一、引言

・從語法看章句，說得通俗些，是看標點符號；說行話，是看詞組斷析。

・漢語看來都是短句，原因是漢語沒有關係連詞。漢語裡停頓就有關係連詞之用。

・這些短句都是無主句。句中無主，只是句中不明說，並非心中無主。不明說有不明說的道理。

・目前的標點符號系統，又標語法，又標呼吸之氣，不足以表現這不明說的道理。我提議採用兩級制標點符號。

・盡量不用行話（專門術語）。為了細看例句，不宜讀論文。

1.

1a. 山水之樂，得之心而寓之酒也。（歐陽修《醉翁亭記》）

1b. 山行六七里，漸聞水聲潺潺而瀉出於兩峰之間者，釀泉也。（歐陽修《醉翁亭記》）

2. [$_{S1}$ [$_{NP1}$]$_{NP1}$ [$_{VP1}$ 山行六七里]$_{VP1}$ [$_{VP2}$ 漸聞[$_{S2}$ [$_{NP2}$ 水聲]$_{NP2}$]$_{S1}$ {$_{NP3}$ [$_{VP3}$ 潺潺而瀉出於兩峰之間]$_{VP3}$]$_{S2}$]$_{VP2}$ 者}$_{NP3}$ {$_{NP4}$ 釀泉也}$_{NP4}$。

2a. （主語）山行六七里，

2b. （主語）漸聞水聲

2c. 水聲潺潺

2d.（水）瀉出於兩峰之間

2e. 潺潺而瀉出於兩峰之間者，釀泉也。

3. 他唱了一首歌，很流行。

4. 山行六七里，漸聞水聲潺潺；而瀉出於兩峰之間者，釀泉也。

5. 望之蔚然而深秀者，琅琊也。

二、文言基本句法

㈠ 單句

6. 我家後園牆外那兩棵百丈高的古老大棗樹還開花結果。（主-謂）

7. 棗樹哇，我家後園牆外那兩棵還開花結果。（題-說）

8. 是，何故也？（主-名謂）

㈡ 並列句

9. 他脫了鞋走進屋去。（主-謂-謂）

10. 我是北方人；他是南方人。

11. 抽矢扣輪，發乘矢而後反。（《孟子》〈離婁〉下）

12. 晉之故法未息；而韓之新法又生。（《韓非子》〈定法〉）

13. 老者，安之；朋友，信之；少者，懷之。（《論語》）

㈢主從句

14. 天還沒亮，我們就起床了。
15. 雖然天還沒亮，我們都起來了。
16. 今者臣來，過易水。（《戰國策》）
17. 以禮食，則飢而死。（《孟子》）
18. 雖然，今日之事，君事也。（《國語》）

㈣擴展式

・關係子句：修飾賓語

19. 先找着鳳姐的一個心腹通房大丫頭，名喚平兒的$_{S}$。（《紅樓夢》）
20. 正走之間，見路邊一座大土山子，約有二十來丈高$_{VP}$。（同上）
21. 見陸機兄弟住參佐廨中，三間瓦屋$_{NP}$。（《世說新語》）
22. 北溟有魚，其名曰鯤$_{S}$。（《莊子》）
23. 臣之所好者，道也，進乎技矣$_{VP}$。（同上）

・關係子句：修飾主語

24. 再將吾妹一人，乳名兼美、表字可卿者$_{NP}$，許配與汝。（《紅樓夢》）
25. 晉太原中，武陵人，捕魚爲業$_{S}$，緣溪行，忘路之遠近，忽逢桃花林。（《桃花源記》）
26. 南陽劉子驥，高尚士也$_{NP}$，聞之，欣然規往。（同上）

·補語：補說前面的名語

27. 那裡有閒工夫打聽這個事$_{VP}$？（《紅樓夢》）

28. 誰知惜春年幼、生性孤僻$_{S}$，任人怎說，只是咬着牙，斷乎不肯留着。（同上）

20. 你們山坳子的人$_{NP}$那裡知道這道理？（同上）

21. 君王爲人$_{VP}$不忍。（《史記·項羽本紀》）

22. 夫四言正體$_{NP}$，則雅潤爲本；五言流調$_{NP}$，則清麗居宗。（《文心雕龍》）

三、層層活用基本規則

23. 晉太原中，武陵人，捕魚爲業$_{S}$，緣溪行，忘路之遠近，忽逢桃花林，夾岸數百步、中無雜樹、芳草鮮美、落英繽紛$_{VP/S}$。（《桃花源記》）

24. 窮髮之北有冥海者天池也有魚焉其廣數千里未有知其修者其名曰鯤有鳥焉其名曰鵬背若泰山翼若垂天之雲摶扶搖而上者九萬里絕雲氣負青天然後圖南且適南冥也。（《莊子》）

25. 窮髮之北有冥海。

　冥海者，天池也。

　　〔天池〕有魚焉。

　　　〔魚之＝〕其廣數千里。

　　　〔魚之＝〕其修未有知者。

　　　〔魚之＝〕其名曰鯤。

〔鯤〕化而爲鳥。
〔鳥之＝〕其名曰鵬
〔鵬〕背若泰山。
〔鵬〕翼若垂天之雲。
〔鵬〕搏扶搖而上者九萬里。
〔鵬〕絕雲氣、負青天、然後圖南、且適南冥也。

26. 〔鵬〕背若泰山、翼若垂天之雲、搏扶搖而上者九萬里（絕雲氣、負青天、然後圖南、且適南冥也）。

27. 窮髮之北、有冥海者、天池也。有魚焉、其廣數千里、未有知其修者。其名曰鯤。有鳥焉、其名曰鵬。背若泰山、翼若垂天之雲。搏扶搖而上者九萬里。絕雲氣、負青天、然後圖南、且適南冥也。（錢穆《莊子彙箋》）

28. 窮髮之北，有冥海者，天池也。有魚焉，其廣數千里，未有知其修者，其名曰鯤。有鳥焉，其名曰鵬。背若泰山，翼若垂天之雲，搏扶搖而上者九萬里，絕雲氣，負青天，然後圖南，且適南冥也。（王叔岷先生《莊子校詮》）

29. 窮髮之北有冥海者，天池也，有魚焉，其廣數千里、未有知其修者、其名曰鯤，化而爲鳥，其名曰鵬，背若泰山、翼若垂天之雲、搏扶搖而上者九萬里，絕雲氣、負青天、然後圖南、且適南冥也。

30. 頓號：逗號後的並列謂語間。
逗點：⑴在詞組主與關係子句間。
⑵並列謂語間。——這仍然跟頓號的並列謂語無別。
句號：完整的結構後頭。

四、兩級制標點符號

1. 上層：「。；，、」
2. 下層：「黑句號，白分號，白逗號，白頓號」
3. 例句：

3a. 託萬乘之勁韓／而不至於霸者，雖用術於上，法不勤飾於官之患也。（《韓非子．定法》）

3b. 富與貴，是人之所欲也，不以其道得之，不處也。（《論語．里仁》）

3c. 于越／夷貉之子，生而同聲／長而異俗，教使之然也。（《荀子．勸學》）

3d. 站得遠遠的那一個人，王先生週一／週二說他是好人，週三／週四說他是壞人；李先生昨天說他是壞人，今天說他是好人，都沒什麼道理。

之、其兩字在上古韻文裡的特殊分布

鄭再發

摘要

「其、之」在上古散文裡都出現於包孕句。大致情形是：前者在句首，其後緊接謂語；後者介於句首名語與謂語之間。《毛詩》也是如此，所以這個條例大致也適用於上古韻文。然而散文與韻文之間，這兩字的分布仍然有些差異。

古代韻文資料不算少，但齊整的資料只有《毛詩》與《楚辭》兩種。研究上古漢語，《毛詩》向來是重要語料，《楚辭》則聊供佐證而已。這想來並非因爲時間有先後、地域分南北，不宜相提並論。各種漢語史的語料間莫不有此無可排遣的困難。《楚辭》之所以少見引用，或許是由於《楚辭》的語法現象略顯特殊，與上古漢語的主流不盡相同。例如「其、之」兩字的分布就不都見於先秦散文。事實上，《楚辭》裡這兩字的特殊現象也見於《毛詩》；兩者同是歌唱的文學，語言風格與散文略異。

且舉幾個例：《毛詩》「擊鼓其鏜」的「其」字漢唐人無註。近人屈萬里先生以爲「其鏜」就是「鏜然」。這跟一般把「凄其以風」的「凄其」講作「凄然」一樣，把「其」當作詞綴，可前可後。這個看法可以追溯到清人王引之的《經傳釋詞》；他說「其」是狀事之詞。《楚辭》裡與此同例的有「日月忽其不淹兮」的「忽其」等，一般也是講作「忽然」。散文裡「其」字向不見如此用法。那麼這是韻文裡特有的構詞問題？或是詩歌配樂的問題？還是韻文裡特有的語法問題？

民謠風的詩歌比散文更接近口語。本文擬就這個立場，論證「其、之」在上古韻文裡的特殊用法正是當時口語裡的常例；看似特殊，並不逾越這兩個字在散文裡的分布範圍。

一、上古散文裡的指代詞

(一)「之、其」之於上古指代詞系統

本文固然只談上古本來用作指代詞的「之、其」，不過把這兩個詞放在當時的指代詞系統中看，也可藉以襯托出這兩個詞的適用範圍。

	之部字	其他
近指	玆*tsjəg	此*tshjigx，斯*sjig（魯方言）
中指	時*djəg	是*djigx
遠指		夫*pjag，彼*prjarx，匪*pjədx
泛指（之、其分化之前）	之*krjəg>*tjəg	
泛指（之、其分化之後）	其*gjəg	（厥*kwjat?·渠gjag?）

（用李方桂先生的擬音。所謂「泛指」，意謂不分近、中、遠。所謂分化前、分化後，詳下文。）

上表依上古韻部把指代詞分作兩套。爲什麼有兩套？這裡不強作解釋。「斯、夫」都晚起，韻母不在之

部。爲什麼晚起就生出歧異來？也不強作解釋。

「彼」常作雙音詞「彼其」，這個「其」傳統讀作「記」音。這個音《廣韻》失收，始見於《集韻》。《詩經．檜風》「彼其之子」，《禮記．表記》引作「彼記之子」，來源不明，這裡存而不論。現在讀作第一聲ji的「其」，不當指代詞用，同樣不列入討論。

這些原本都是作指示形容詞。「其、厥」在《尚書》、金文中指稱人的時候，大致出現在名詞之前，學者都把「其、厥」當作是第三身代詞的領格。我們且不忙定它們的格位。我們先認定上表中的指代詞，不論是人稱還是指示，都來自指示形容詞，因此天生適合當定語。

我以爲指代詞上古原分近指、中指、遠指。這些指代詞一方面可以指示語言環境以外的事物，例如「時日曷喪」，「時」字直指著炎日咒罵，是單純的指詞；另一方面又可以指示上下文裡明說或暗喻的某名詞，例如「知之爲知之，不知爲不知。是，知也。」「是」字又指又代，還必須有個先行詞讓它指代，是個複指代詞。所謂第三身代詞的「之、其」也都如此，

所以也可以指代「我、汝」等第一、二身的先行詞。「之、其」複指上文的先行詞，所以都不當主句的主語。「之」字連在包孕句裡也都不當主語。

「其、之」同語源，都來自比上古*k聲母更早的遠古**k聲母。就擬構上古聲母的憑藉——殷周的諧聲字——看，中古的章系字跟見系字可以相互諧聲，但實例不多。我認爲這個現象表示：遠古**k分化爲上古*k-、*t-的程序在諧聲時期已近乎完成，依條例該變*t-而殘留未變的詞已經很少了。再者「之、其」得聲的兩群漢字絕無諧聲關係，也可見兩詞在諧聲時期韻部雖同而聲部已經變異，讀音已經分化了。

「其、之」在上古時期語音既已分化，其語法功能就該截然可分，不得互相假借。如果兩字竟都出現於同一地位，則必各有語法上的理由，要不然就只是偶然援用分化之前的古風(archaism)。也就是說，即使有兩字眞是互文的句例，也絕不可看作上古語法的通例。下文就用這基本假設，先查看兩字在西周前的散文裡

習見的用法。

㈡「之」字的習見用法

我們以《尙書》裡早期的幾篇爲例，參考甲骨、金文裡「之」字的用法，以與《詩經》中的用例比較。再者《尙書》裡「之」的文法，到了戰國時期還大致適用，所以也可用來跟《楚辭》對照。

1. 之—N

這個「之」是複指代詞，當名語的定語。這個用法後來棄絕了。甲骨文裡早已出現。在同一個地位出現的指示形容詞有「茲」。例如：

之日允雨。（乙3414）

及茲二月大雨。（通386）

2. V—之

這也是個最普通的用法。賓語「之」複指其先行詞。

3. N—之—N

這個用法是後世所有格記號「的」的濫觴。原先極可能像現代「他這個人」或「小孩子他爹」裡的「這個（人）」或「他」一樣，是個十足的複指。漢語裡名詞自古就可當名詞的定語，例子很多。然而這個當定語的名語如果是個代名詞，平常竟把它當領格。

在遠古漢語裡是否有領格代名詞，還待探討。這個「之」的有無，還不足以斷定那時有所有格記號。後世所有格的明確記號是「底」。但從指代的「之」虛化爲領格記號「底」，可能先經過定語記號這個階段。請參下節。

「之」字前後的名詞可以是方位詞或時間詞；例如「今日之事」、「南門之外」。這些「之」也極可能還只是「這個時候」、「這個地方」，複指其先行詞。

4. **VP—之—N；S—之—N**

這是動詞語組或主謂語組當定語。西周初年就有。

定語是VP還是S並不重要。重要的是VP是外動詞、內動詞，還是靜動詞(stative Verb)。在周初，任何動詞構成的VP或S不需任何媒介就可以直接當名詞的定語。

至於以「之」爲媒介的VP定語，最早的是外動詞構成的。

靜動詞構成的定語，就我目前搜索所得，不會早過《盤庚》著成的年代，也就是西周中葉。《盤庚》裡的例句是：

制乃短長之命。

這個時間上的參差，頗堪玩味。外動詞VP定語後頭的「之」，既相當於現代的「的」，也相當於現代的「這個」，我們以爲不足以爲推論的依據。但是這個靜動詞定語後頭的「之」，卻只能相當於現代的「的」。我認爲這個靜動詞定語後的「之」是後世漢語定語記號的源頭。

5. N—之—VP

這個形式西周初期就有。這個N可以是主語，也可以是賓語。N是提前的賓語的時候，學者都認爲「之」字複指賓語。然而N不是提前的賓語的時候，學者的意見便頗分歧。或以爲「之」是包孕句的記號；或以爲它取消句子的獨立性。晚近又有個說法，以爲「之」表示其後緊接的VP名詞化了。說白了，這些理論等於是說「之」相當於現代通行的洋涇浜中文「歡迎你的到來」的「的」。

上一節說，「之」到西周中葉才開始虛化的第一步，用法有如現代定語記號的「的」，還沒有變成所有格記號的「的」。援用「歡迎你的到來」的眼光來看上古這個「之」，顯然極不合用。

「Obj—之—V」與「Subj—之—V」兩個結構，在「之」既分化、而後又虛化之後，是該有不同的解釋。但是在未分化之前，它只是一個複指代詞，是其前的主語或賓語的同位語。這個演變何時完成，參見下文。

「NP之VP」後世絕不讀作「NP，之VP」；而「NP是VP」卻必須讀作「NP，是VP」。兩個指示代詞的用法截然有別。就本文的目的而言，「之」字句是子句；「是」字句是主句。

「N之VP」有時也當條件子句，因而王引之以來頗有人把這個「之」講作「若」。這是以互文來訓解古字。互文事實上有如後世對對子的對字，有時眞是同義詞成對，有時反義詞成對，有時只不過虛字對虛字而已，所以利用互文不一定是絕對可靠的訓詁方法。

「之」在《尚書》裡的用法不超出這五種。後世擴充這五個條例來應用。例如「之」發展爲定語記號之後，有「十之一」這種partitive 的結構；又如當賓語的「之」虛化而有「頃之」、「塡然鼓之」之類的用法；甚至如原本只用於複指上文先行詞的「之」，後來在言談動詞及存在動詞後頭也可以複指下文的後行詞，如「志有之『……』」，「之」指後頭的引文。

㈢其字的習見用法

1. **N—其—VP**

「其」字在甲骨文中出現在N與VP之間，當表推測的能願助詞，沒有指代的用法。在《尚書》裡，它當能願助詞的例子遠比當複指代詞的多。金文也是如此。這可能不是因爲另有「厥」字，而是因爲它這個指代用法是新從「之」字分化出來，等於是個新字，正在與「厥」字爭地。後來「厥」字終於消失不用，「其」字才大行。

2. **(NP)—其—NP**

(NP)表先行詞。在《尚書》裡，「其」字當複指代詞出現在兩個名語之間的例子並不多，遠不如後世以此爲常式。這裡多舉幾個句例：

管叔及其群弟
我不知其彝倫
汩陳其五行
其罪惟鈞
其心休休焉
不啻自其口出

同義詞「厥」也有這個用法，不過在消失中。

3. **N—其—N**

這個「其」相當於後世的「之」。《尚書》中如此用法更少，似乎是「之」、「其」分化前遺留下的古風。後世絕跡。

4. **其—VP**

這個「其」不緊跟在先行詞後頭。在《尚書》裡也不多。後世才多起來。

(四)「之、其」分工

根據上文勾勒而得的現象，我假定「之、其」由同源而後分工的條件有如下表：

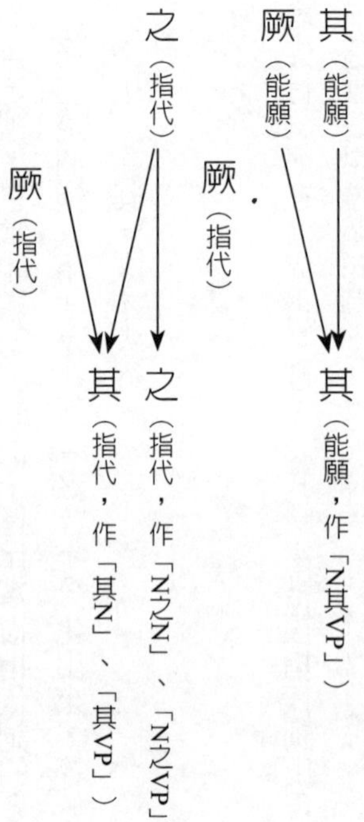

上表略示「之、其」兩字在西周時期的分布。我曾有一文，"The role of 之 in the pronominal variants of Archaic Chinese"，認為在先秦的文獻裡代名詞的現象顯示這兩個字的用法又重新調整了一次。其條例簡單地說是，在先秦的同步(synchronic)語法裡「其」與「吾、汝」同爲簡單代名詞「(g-)、我、爾」加「之」的合音。也就是說，這時候把「其」分析爲「g-＋之」的合音詞，與整套代名詞的變化就完全一致。「g-」代表某複指代名詞，或許就是後世「渠」的前身，上古聲母是「g-」，韻母不可知。

合音詞都出現在弱音節。在「N之VP」裡，「之」重複其先行詞當後面的VP主語（也就是說「之VP」不是N的關係子句）；在「N之N」裡，「之」代替其先行詞當後面N的定語，卻都讀成弱音節融入合音詞，正表示這個複指代詞已經漸失複指或加重語氣的功能。根據這個，我假設「之」字在春秋戰國時期漸往包孕子句的記號演變，然而該還未虛化。《荀子．勸學篇》：「不登高山，不知天之高也；不臨深淵，不知地之厚也。」絕不能解作「不登高山，不知道天的高度（或天有多高）；不臨深淵，不知道地的厚度（或地有多厚）。」天高地厚不是登高山、臨深淵所能探知的。這兩句只能解作「不登高山，不知道天（它／這個東西）很高；不臨深淵，不知道地（它／這個東西）很厚。」「之」還是指代詞，VP並未名詞化。

二、韻文裡的特殊句例

（補毛詩、楚辭中與上面列舉的條例不合的句例。）

三、例外都是例內

韻文裡的這些句例，用先秦的文法來解釋，是有些難解。但是放回「之、其」兩字的歷史末梢上看，卻有脈絡可尋。這些表面上似乎是異常的用法，竟是古代用法殘留在當時白話文學裡的遺跡。

漢語的虛擬語氣：從修辭省略說起

鄭再發

提要：本文討論漢語裡的虛擬語氣。漢語語法著作都分析假設句，但不討論陳述語氣與虛擬語氣之別。本文推論漢語有虛擬語氣，分三段：頭兩段分別釐清古今漢語表假設的副詞的語用意義，據之以區分陳述語氣與虛擬語氣；末段對照上古與現代各式虛擬語句，以虛擬語句發展的首尾兩端簡略連貫其歷史，同時藉此嘗試換個角度查看古今語法的異同脈絡，希望能相互佐證啓發，於虛詞研究也有助益。甲金文另文討論。求其簡短，文白不拘。

關鍵詞：漢語、上古漢語、語法、語氣、虛擬語氣、假設句、虛詞、副詞、連詞

一、漢語語法的語氣

漢語的語句根據語意、連詞或代表語調的句尾詞等分類，再怎麼細分，也不出肯定句、否定句、並列句、順接句、遞接句、逆接句、選擇句、疑問句、反詰句、條件句、假設句、讓步句、測度句、提議句、讚嘆句等類別，只要討論「句式」便可，似乎沒必要另立「語氣」之說。然而實情未必眞如此。上列句型之中，肯定句與否定句陳述事實；而疑問句、條件句、假設句、讓步句、測度句、提議句中，陳述的事件顯然與事實不合或疑信待決；這類語句至少在述說時可以統稱之爲「虛擬語氣」的「虛擬句」，省得開列流水賬單。

不過問題不僅僅是有沒有敘述的術語，或描述時簡便不簡便而已。大家都知道除連詞之外，漢語也用副詞表虛擬；如「他眞學會了還不好嗎？」前一小句既可以用作陳述句，又可以用作假設句。聽者參照語境與上下文，不致聽不懂；語境一消失，如古書，讀者既然知道「眞」字的意思模稜兩可：可表事件「眞實」不虛，又可表事件純出「虛擬」；便摸不清整句的意思。眞是「假作眞時眞亦假」。

如此虛實不定只是個障眼法，隱藏不露的不過是「假如」一個詞。不用障眼法的話，上文的例子要說成陳述句自然就是個直白無隱的「他眞學會了還不好嗎？」要說成假設句，原該是「假如他眞學會了還不好嗎？」或「他假如眞學會了還不好嗎？[1]」卻被說話人把重要的「假設之詞」給省了。重要字眼省雖省了，有了語境，聽者仍然聽出是「他（假如）眞學會了還不好嗎？」括弧中的詞是「蒙語境或上下文而省」而被收信人捕捉到的言外之音；陳述句中「眞」字的語義在這一句裡遂調整爲「（假如）眞」。其條例爲：1.主語或前或後有「假設之詞」（如「假如」）；2.其後可有表肯定的某種副詞（如「眞」）；3.在特定語境中，「假設之詞」可省；4.省去「假設之詞」後，該副詞隱含「虛擬」語氣。

這個條例是通則。「眞」字以及其詞性相同、語義相同的副詞，諸如「眞個、實在、確實、果然、果眞」等，全都適用；這些詞因而都有虛擬語氣的語用意義。我們不妨把「眞」當這類詞的類名看。

「眞」字因修辭省略而語意分裂。陳述語氣時直接用「眞」的詞彙意義；虛擬語氣則用其因刪省而調整的語用意義。其語用意義固然來自語境，也靠聽者了解語言風格或語氣而生的語感。然則漢語語法裡宜有「語氣」；本文一開頭列舉的各種句式都可合在這一大題目之下觀察。

現代漢語表示虛擬語氣的方法不只「眞」這一端。最明顯的是直白明說。如爲假設子句，則於主語前

---

1 很多雙音節副詞、連詞、時間詞，如「大概、假使、今天」等，都可以從主語後移置主語前。

後明著「假使、如果」等副詞性連詞。其次是在子母兩句間插進副詞性的字眼：其法是在子句末梢綴上「的話、的時候」等字眼，或在母句前頭冠以「那麼」。再其次是子句裡用「眞」等副詞反襯事件還是子虛烏有。最輕快的法子是既不用連詞，也不用副詞，就只排比子句與母句成「不見不散」、「能來就來」之類的句式，四兩撥千金輕輕帶過。反之，最繁複凝重的虛擬語句是把這四、五種副詞堆砌成串使用，如「假使他眞學會了的話，那麼他就是個鬼才」，累贅辭費，語氣重，語意稀；雖然語法上還是個「好」句子(well formed)。

至於推測語句，則於主語前後加「想來、估計、大概」之類副詞。如「他想來快學會了」。

現代漢語如此，古代漢語中也追尋得到同樣現象。上文所說的連詞，都來自可以前移的雙音節副詞。現在副詞用法已不如從前通行；前移爲連詞的用法占上風。漢語原本只在鄭重其事的時候才用連詞；一般情形之下僅添一個副詞其語氣已經夠重了。目前的漢語處處洋化使用連詞，也就等於處處加重語氣，無論是說官話或說南方方言的人聽起來，總覺得說話人處處緊繃不知輕重，分不清他什麼時候鄭重、什麼時候輕鬆。如此洋化的漢語，自然追尋不到古漢語上頭去。

了解一句話，心中固然須存著一部語法，也要留意話語的風格與修辭技巧。古人讀書，對這一些體會都很深；清人如王引之、俞樾等也漸次應用他們的語感來訓解虛詞。無如他們手中僅有傳統訓解實詞的訓詁方法，解釋虛詞並不就手，問題就顧不周全了。我們要讀古書，須重新審視這些難字。

本文擬從幾個虛詞與相關的省略現象入手，一探上古漢語的「虛擬語氣」。文中所謂「虛擬」，指「不實」與「擬議」兩大類；舉凡「未然、期盼、希冀、規勸、條件、讓步、意測、假設」等等都是。虛擬語意之表現於文字而見諸語法現象者爲虛擬語句；否則爲陳述語句。

二、語法與修辭省略之於虛詞訓解

副詞本身的意義半虛半實，古稱虛詞。這類語詞漢朝訓詁家不十分措意，到清朝中葉才有王引之的開山之作《經傳釋詞》，用訓解實字的手法條舉虛詞，反覆引書辨解訓釋。其中發明隱微，處處有勝義；然而另一方面又囿於其傳統手法，偶或一間不達。這雖非本文主題，卻又與本文主題息息相關，非繞個大彎子約略討論不可。

虛詞不易訓解，原因多端：

㈠限於訓詁之法

讀古書是修第二外語，論理都要繞著舌頭從牙牙學語開始。修第二外語有發音人，甚至有語境；而讀古書，環境再好也不過是故紙堆以及通「第二外語」的老師。這種老師是訓詁或詞彙專家，能拿著古語跟今語對譯、引導學生讀通古文。

訓釋古字的意義，古稱訓詁；多屬古今對譯。古書到現在還能讀，實拜博識通達的訓詁家之賜。但盡信書不如無書。何況訓詁之法以一單詞解釋一單詞，並不精細。實詞要找一對一的同義詞已有困難，何況虛詞？沒有同義詞，就說它「無義」；眞不知道古人在語句中夾雜無意義的雜音所爲何來。此法在今人著作中仍常有人使用，極不負責任。稍好一點的訓解法是「詞也」，說了等於沒說。再高一層是使用近似的同義詞，如「與，猶以也」，卻一語帶過，不分辨其間的異同、示人怎麼個「猶」法。最好的如王引之《經傳釋詞》經常使用類似「焉，狀事之詞也」的描寫法，則已經脫離訓詁的窠臼，逐漸觸及語法範疇了。

對譯語言不可能盡如人意，工具既多，又無一可以輕易上手。然而在另一方面說，對譯古今漢語又算簡便。換個曲折語，古今對譯不能迴避語法問題。而漢語結構幾乎不靠字和字之間的榫頭（即佐助詞形變化的詞綴(affixes)之類），或即便口語上有榫頭而竟不形諸文字；而且方塊字又絕無古今方域語音的隔閡，漢人對譯時只須解釋清楚已經棄置不用的廢字與難字，大可忽略語法之異同。此學風沿襲至近代。大家雖知古今字形屢變、古文艱深聱牙，但面對舉國通行而且不用學古音就能開口「說」古語的漢字，以及語句結構跟今語基本相同的古文，我們總誤以爲古文也是自己的母語，修習時不勞學語法與修辭，一如秦漢「小學」課程裡都沒有這些專題。再說漢朝去古不遠，先秦語言之於漢初學人才不過是幾代前的「祖」語，離「母」語僅數步之遙，還眞有理由只談文字不論語法。

語感是語法的根本。古人不談語法，究其實是沒有成文語法而已；盡可心知其意，苦於說不出口，更無從累積精進。其訓解容有不完滿，他們的語感仍然遠比我們敏銳深切得多；即便有過失，同樣啓人思考。

(二)虛詞語料是經過省減過後的文字；貌似互文未必就可互訓

古文語法確實跟今語大體相差不遠；但古文到底是「文」，都是精心雕琢過的大作；不是日常的口頭「語」。語法雖大致古今如一，古文的修辭手段可精緻多了。寫文章換酒錢本來不以長短計酬；不管是爲了偷懶，還是爲了藝文，行文時統觀整個語境遣詞造句，能短就短、能省就省，惜墨如金，甚至「惟陳言之務去」，冗詞贅語都徹底清除，以恰切潔淨爲第一要義。

漢朝人碰到的難字有一部分是虛詞。這個「虛」支撐漢語語法的半個間架，卻又「虛」得讓訓詁家無從措手，而在修辭時又最容易被刪除。這些都影響訓詁工作不小。

修辭而能刪減到難解的程度，正由於漢語禁得起刪減。漢語不用心聽，即使沒有難字也不容易懂。語言學上有所謂cold language 與hot language之說。前者如英文，收發信息雙方一閒一忙：發出去的信息中，每句的語法結構完整，語法上應有盡有，不嫌詞贅，也就不輕易省略；收信人專管照單全收，不用多事費心。

後者的典型是漢語，收發雙方一齊忙。發信人根據語境匠心獨運，修辭刪減；收信人要「知言」，腦筋裡緊隨著收到的信息增補發信人刪減的字眼，即刻重塑完整的語句與語義。例如趙元任先生《中國話的文法》一書中的例句「你（的小松樹）要死了找我」；括弧中的字是說話人據上下文刪減的，接收信息的人非得把它增補回去才得心平氣和地交談下去。

文章比口語又更精簡。訓解古籍時便不能不顧及省筆的修辭法。

例如《戰國策·齊策》「臣之妻私臣，臣之妾畏臣，臣之客欲有求於臣，皆以美於徐公」；最後一逗說全了是「皆以（臣爲）美於徐公」，涉上文省去了括弧中的字眼。同樣的意思是可以變個法子說成「皆謂（臣）美於徐公」；看表面，「以」、「謂」可以互換，即所謂「互文」，《經傳釋詞》遂訓「以」爲「謂」。其他一切情況一致的時候，句中可以互用的字確是同義詞；但是像這個例句，一有省減，情況有變，不得因「以、謂」兩字在兩句中表面上地位相當，便認定是互文。

又如《經傳釋詞》裡「而」字列有八義。於其「猶如也」一義，俞樾《古書疑義舉例》增補《論語·述而》「富而可求也，雖執鞭之士，吾亦爲之；如不可求，從吾所好」一證。然而這句補全了是「（如）富而可求也，雖執鞭之士，吾亦爲之；如（富而）不可求，從吾所好」；上半句涉下文而省「如」一字，下半句蒙上文而省「富而」兩字；第一逗的意思是「要變富而富又可求」，結構如《論語·里仁》「富而無驕」（＝「爲富而無驕」；反之，「爲富不仁」即「爲富而不仁」），「而」仍是連詞。《史記·伯夷列傳》將此例第一逗改寫作「富貴如可求」，劉寶楠《論語正義》以爲引自《古論》；但王叔岷師《史記斠證》檢《韓詩外傳·一》、《說苑·立節篇》、《鹽鐵論·貧富篇》引《論語》，並與今本無異；唐寫本《論語》同。

「富而可求」與「富（貴）如可求」兩句都出現於先秦西漢古書，而鴻溝判然，不相混亂。表面上「而」、「如」互用；但結構各別，語意不盡相同。再者「而、如」音雖近，但「富如可求」可顛倒成「如富可求」；而「富而可求」顛倒為「而富可求」則語意有變。兩字實不可互用。

再者《論語・八佾》「人而不仁，如禮何？人而不仁，如樂何？」「集解」引包註「言人而不仁，必不能行仁義」，也不改作「若」。書中類似的例句又有：

《論語・泰伯》「人而不仁，疾之已甚，亂也。」

《論語・子路》「人而無恆，不可以作巫醫。」

《論語・陽貨》「人而不為周南召南，其猶正牆面而立也歟！」

《論語・八佾》「管氏而知禮，孰不知禮？」

此五「人」字也都是名詞謂語，當「是人」講；「而」字是連詞，不煩改字作「如」，漢唐人解經也未見有改此「而」作「如」者。「管氏而知禮」句前人無訓詁，我讀作「如管仲者而知禮」。這類結構背後有兩條語法規則：一是古漢語名詞也可當謂語，如「仁者，人也」；其次是「而」用以連接謂語，如〈里仁篇〉「富而無驕」。「人而不仁」應是同時應用這兩條規則，謂「徒有人形而無仁心」，是陳述句。這句是可用作假設句，但絕對牽涉不到「而、如」互用的問題。

「人而不仁」這結構早見於《詩經》，有七例：

《詩經・鄘風・相鼠》「人而無儀」、「人而無止」、「人而無禮」。孔疏：「人而無儀，則傷風化。」不改字。

《詩經・魯頌・閟宮》「秋而載嘗；夏而楅衡」。孔疏：「秋將嘗祭；於夏則養生。」時間詞當名謂，意為「到秋天」、「到夏天」。

《詩經・鄘風・君子偕老》「胡然而天也？胡然而帝也？」毛註：「尊之如天，審諦如帝。」

鄭箋：「何由然尊敬如天帝乎？」皆以「尊之如天」之類動詞語組釋「天、帝」，即以名詞「天、帝」為名謂；不增字解經，則此「天、帝」分別為「為天、為帝」。

稍後《莊子》有〈德充符〉「仁而無情，何以謂之人」、〈寓言〉「人而無人道」、〈列禦寇〉「天而不人」、〈天下〉「樂而非樂」等共十例。此中謂語「人、樂」都是名詞，「不人」是以「人」爲動詞，受「不」否定；「非樂」則逕以「非」否定名詞「樂」。這都可用以證實上古漢語裡「名謂＋而＋名謂」是合法結構，何況是「名謂＋而＋謂」或「謂＋而＋名謂」。反過來說，《經傳釋詞》引「如」訓「而」的例證中，有一句「非鼠如何？」出《左傳．襄二十二年傳》。下有註曰「今本改如爲而」。查今本仍作「如」；王氏或據別本。這句的「如」如眞能換成「而」，兩個名謂相連的結構又添一句例。

「名謂＋而＋名謂」不帶否定的句例未見。想來一般情形之下無須考慮「甲既是乙又是丙」這種複雜問題。後世寓言或小說裡卻有類此情境：柳宗元〈蝜蝂傳〉有「其名，人也；其智，則小蟲也」，兩句的語義依理可合併成「其人與其智，則人而小蟲也」一句，但這到底不是作者原文。倒是清朝《履園叢話》裡眞有一句「人而鬼（＝是人而又是鬼），獨是人也哉？」一定要把「人而鬼」說成「人如鬼」（平常解作「人像鬼」；但依「人而不仁」例，改字後此句該解作「人假如是鬼」），改的就不僅僅是一字，實是改整句；把一語組構成的謂語改作單一語句，把陳述句改成假設句，語法大變，語義全非，乃至於不通。

《經傳釋詞》引「而」、「如」互訓的例證很多，其中有個現象很一致：句首的「如」不能換作「而」，他講作「如」的「而」都在句中；難道句中的地位竟是兩詞互訓甚至互換的條件？

「而」在其他結構中有「如」義；但在此處討論的範圍之內，純粹是個連詞，解作「如」，則是誤以爲此處的「而、如」也可以互用，以至於混淆「人而不仁」與「人如不仁」兩種結構。但從上舉諸例中可見兩者截然有別：前一種結構是謂語語組，可獨立成單句，也可當大結構中的子句；後一種結構於小句當中插進「如」字，是假設子句。

修辭是在語法所容許的最寬疆界之內騰挪變化。訓詁要考慮語法與修辭，也要留心語意的變遷。訓詁家以今語釋古語，當然了然於古今同義詞的語義寬狹有異。但訓詁文字本身並不能顯示古今同義詞之語意範圍並不完全吻合。

「苟（＝眞）志於仁」與「假如志於仁」兩句語義無別；「苟」、「假如」兩詞表面上可互換，其實說繁了兩句的語義都是「假如眞志於仁」而省減異途。但「假如眞志於仁」可以，「假如苟志於仁」卻不行。這正好可以引過來解釋古今同義詞的詞義寬狹不同的問題。

「苟」跟後世「眞」出現的地位不全相同：「眞」可跟在「假如」之後；「苟」須與「假如」相迴避。其差異在前者的語用意義是「（假如）眞」；後者是「假如眞」。

再說「苟」的語用意義即便是「（假使）眞」，到底「眞」才是詞意中心。把「苟」直接訓作「假使」，不論是由於誤認變化爲互用，或由於誤把語用的邊際意義扶正爲詞彙的中心意義，皆偏入歧途。語法修辭的環節太繁，我們且單刀直入，直接比較古今相當的句式來淺探前人未嘗深論的虛擬句。

三、上古的虛擬語氣

此文所謂「虛擬」，指「不實」與「擬議」兩大類；舉凡「未然、期盼、希冀、規勸、條件、讓步、擬測、假設」等等都是。虛擬語意之表現於文字而見諸語法現象者爲虛擬語句；語意雖屬虛擬而不用虛擬語氣之形式者爲陳述語句。

上文列舉的現代擬測語句古漢語都有；造句法也一脈相承：擬測句用副詞；條件句也用副詞，也用連接詞；其他都用連接詞。連接詞的訓解好懂，副詞較晦澀。底下只討論一些條件句；細分之，有讓步句、擬測句與假設句。

(一)擬測句用測度副詞

1. 謂語之前加「蓋」以表推想如此

此字是副詞;跟現代「想來」相近,比「料想」輕易許多。「蓋」字詞典裡或解作「大概」,或籠統稱之爲「語氣詞」。都不盡合適。「大概」有兩義:「一概取平」與「捉摸估量」;而「蓋」只有其第二義。

「蓋、概」今語同音,古音不同,「概」字向無類此用法;兩者間音義都不相干。「概」字上古收舌音韻尾。「蓋」字《廣韻》三讀,其一在入聲盍韻,用於疑辭,可寫作「盍」,是「何不」合音;其一在去聲泰韻,是「發語端也」,即此所未表擬測的「蓋」,不能寫作「盍」,非合音詞;但從「盍」聲,上古仍收脣音韻尾。

「蓋」表測度,經籍中最早見於《詩經·節南山之什·正月》,有三例:「謂山蓋卑,爲岡爲陵」、「謂天蓋高,不敢不局,謂地蓋厚,不敢不蹐」。《周易》只見於晚出的〈十翼〉。〈繫辭傳〉中「蓋取諸〈某卦〉」的句例十二見;〈文言〉有「蓋言順也」、「蓋言謹也」兩例。《論語·里仁》四見:

〈里仁〉「吾未見力不足者;蓋有之矣,吾未見也。」《論語正義》:「蓋是語辭,不是疑辭」;此註謂此「蓋」字是虛詞,但不讀作「盍」。

〈述而〉「蓋有不知而作者,我無是也。」

〈季氏〉「蓋均無貧、和無寡、安無傾。」

又「(禮樂征伐)自諸侯出,蓋十世希不失矣。」

〈子路〉「君子於其所不知,蓋闕如也。」劉寶楠《論語正義》以爲「蓋闕」同義連文。何晏《論語集解》讀作「其所不知,當闕而不據」;是漢魏人以爲「蓋」有「理當如何」之義,嫌稍過。參見下節。

後世表擬測的語詞還有「意」等字。《韓非子．外儲說左上》「寡人出亡二十年，今乃得反國；咎犯聞之，不喜而哭。意不欲寡人反國邪？」

《尚書．君奭》「在昔上帝割申勸寧王之德，其集大命于厥躬。」第一逗《禮記．緇衣》引作「周田觀文王之德」[2]，鄭註以為「周」作「割」為近是，曰「割之言蓋也」。有「在昔」這時間詞，說的自然是過去之事，而「上帝」不可知，用「割」字作擬測之詞，又以「其」字指向未來；文從字順。

「割」在《廣韻》入聲曷韻，收舌音韻尾。「割」、「蓋」兩詞用於同一地位、表同一語義，但音相近而已，不得認為叚借。此是孤例，也難確認「割」與「蓋」同義。

2. 謂語之前加「其」以表「理當如何」或「預其如何」；或加「庶、庶幾」等以表「冀其如何」

(1) **「其」**

「其」是「將然之詞」，而「企望」之意味甚濃。如《尚書．召誥》「王其德之用，祈天永命」；更早期的甲骨文常見「其雨！其雨！」之語，期盼之殷切，躍然龜板之上。此「其」字跟今語「該下雨了」的「該」字該是同源詞；兩字同韻部，一在三等，一在一等，也說得過去。王引之釋「其」字，於《周易．困．彖傳》「困而不失其所亨，其唯君子乎？」〈乾．文言〉「其唯聖人乎？」皆釋作「擬議之詞」（「唯」是強調的「就是」）。

楊伯峻《文言虛詞》引宋玉〈對楚王問〉「先生其有遺行哉」釋作「豈」；又引《左傳．隱公十三年》「吾子其無廢先君之功」釋作「副詞，可以表命令語氣」。我以為兩例解作「該」，都文從字順。

---

2 竹簡〈緇衣〉作「昔在上帝，割紳觀文王德，其集大命於厥身。」見李零《郭店楚簡校讀記》。

王引之又於〈復・彖傳〉「復，其見天地之心乎」釋作「猶殆也」，於〈否・九五〉釋作「猶將也」，都可通。語意略偏，是因爲今語「該」字的語義範圍和古語「其」字不完全相合。用在虛擬句中，「其」比「該」字少了一點「事宜如此」或「理宜如此」的含義，多了一點未然與假設的意味。王引之於《禮記・文王世子》「公族其有死罪，則磬于甸人；其刑罪則纖剸」釋作「猶若也」，是比釋作「該」字合適。但如能於「猶若也」之後說明「其、若」之異同，更可釋讀者之疑。

(2) **「庶」**

「庶」字想望的意味更濃；接近後世「會當、合當，」。《詩經》句例有：

〈檜風・素冠〉「庶見素冠兮」等三句；鄭箋「庶，幸也」。

〈小雅・雨無正〉「庶曰式臧，覆出爲惡」。

〈小雅・頍弁〉「庶幾說懌」、「庶幾有臧」。

〈大雅・生民〉「庶無罪悔」。（此「庶」鄭箋訓「眾」。未當。見下一例。）

〈大雅・抑〉「庶無大毀」。（此「庶」鄭箋訓「幸」。）

〈周頌・振鷺〉「庶幾夙夜」。

《爾雅・釋言》「庶、倖也」。「庶幾」是同義合詞，作副詞時語義與單詞「尚」相近；《尚書・盤庚》「尚皆隱哉」，孔傳「言當庶幾」。其後之動詞如帶否定，用「無」爲常。

(3) **「尚」字**

《說文》「尚，庶幾也」；也可寫作「上」。表示祈求，常用於委婉的勸勉或指令；近於現代「還

〈請〉」或「可要」。但「還請」以用作動詞爲常，「先生還請三思」現在多說成「還請先生三思」；而「可要」必居主語之後，合古文語序。

《詩經》僅兩例四見：〈大雅．抑〉「尙不愧於屋漏」；又〈魏風．陟岵〉「上愼旃哉，猶來無止」等三句。馬瑞辰《毛詩傳箋通釋》曰：「上者尙之叚借，漢石經作尙。」

《周易》無。《尙書》常見；較早篇章中有下列例句：

〈湯誓〉「爾尚輔予一人致天之罰。」
〈盤庚〉「邦伯師長百執事之人尚皆隱哉。」
〈牧誓〉「（夫子）尚桓桓如虎如貔、如熊如羆。」
〈多方〉「爾乃自時洛邑尚用永力畋爾田。」
又「爾尚不忌于凶德。」
〈顧命〉「爾尚明時朕言用鏡保元子釗弘濟于艱難。」
又「今予一二伯父尚暨顧、綏爾先公之臣服於先王。」
〈呂刑〉「爾尚敬逆天命以奉我一人。」
又「嗚呼嗣孫！于民之中尚明聽之哉。」

舉這麼些例，是爲了確認主語都是聽話人，其後緊接「尙」字，無一例外。

㈡條件句：可用的語詞多些

現代漢語裡讓步副詞「就是、只」等的源頭是「惟」；假設詞「假使、如果」等字眼的源頭有「倘、儻、使、假、借、藉、如、若、設、令、萬一」等；「的話、的時候」等字眼的源頭是「者」，如《論語．公冶長》「魯無君子者，斯焉取斯」；「那麼」的源頭是「則、斯」，如《論語．公冶長》「再，斯可矣」。而上文排比語句的例子「不見不散」本就是文言，不煩再舉例。

1. 在子句後綴以「者」字表條件

「者」用若「的話」的地方不算少；如《韓非子．定法篇》「必者，以其眾人之口斷之」，《史記．楚世家》「不殺者，為楚國患」等皆其例；但吳昌瑩《經詞衍釋》前者講作「也」，後者講作「之」。即使都可通，但這類例子的「者」字情況相同，說解不該如此零碎。

「者」字在陳述句之後當「的時候」講是常事；最常見的是出現於時間詞之後，如「古者」、「昔者」，一般拿它當時間詞詞綴看待，與「今也」的「也」平行。用在假設子句之後當「的時候」講，也非少見；但一般把它斷入母句，解作「則」當連詞；如《史記．李斯列傳》「故秋霜降者，草花落；水搖動者，萬物作」，有人讀成「故秋霜降，者草花落；水搖動，者萬物作」。楊樹達《詞詮》、楊伯峻《文言虛詞》不從；他們就把這個「者」講作「表示假設的提示」，最合適。

《論語．憲問》「士志於道而恥惡衣惡食者，未足與議也。」這句的虛擬語氣可能是藉子句末尾的「者（＝的話）」與母句的「未」字聯手表達。「未」字與「無（＝毋）」同聲母，陳述句與虛擬句都可用，反正否定的事件同是目前不能坐實的「未然」。一定要把這個「者」講成「的人」、由「未」字單獨表達虛擬語氣，當然也行，就是嫌句子滴滴答答不順暢；反倒不如把「者」講成「的話」，獨負虛擬的言責，則

「未」字即使改成「不」，語義也沒有絲毫損傷。

2.「惟」（或其異體字）可插在子句前或其謂語之前，強調該子句所指的事件是母句的必要條件；如《國語．晉語一》「惟其所在，則至死焉。」今語繫詞「是」也常如此用作專斷語氣助詞。其語用意義擴及涵蓋今語範圍副詞「就是、只、只有」。如《國語．晉語一》「雖其漫，乃易殘也。」[3]後世此一專斷語氣詞漸被「但、第、徒、只有」，以及由這些範圍副詞衍生出來的字眼取代。早期句例如：

《尚書．洛誥》「（我）惟恭奉幣用供王，能祈天永命。」

又〈西伯戡黎〉「惟王淫戲用自絕，故天棄我。」

《詩經．鄭風．狡童》「維子之故，使我不能餐兮。」

《楚辭．離騷》「維夫黨人之偷樂兮，路幽昧以險隘。」

《老子》「夫維不爭，故天下莫能與之爭。」

《經傳釋詞》把句首（不都是子句）的「惟」叫做發語詞。其中「惟無」一語用法特別。請看下例：

《莊子．人間世》「若唯無詔；王公必將乘人而鬬其捷。」

《戰國策．楚策》「（秦）雖無出兵甲；席卷常山之險，折天下之脊。」「雖」讀作「唯」。意思是「就差沒——；否則——」。

《史記．留侯世家》「且夫楚唯無彊，六國立者復橈而從之。」下一逗《集解》引《漢書音義》解作

3 王引之《經義述聞》讀「雖」作「唯」。

「彊則六國弱從之」，《索隱》引《漢紀》解作「若彊則六國屈橈而從之」。

「惟無」後接謂語，無一例外。這種句子很像今語「你非得來」；句中僅一個否定詞，句義反而極端肯定。這句原來是「你非得來不可」，因爲經常上口，圖省口舌之勞剪去尾巴「不可」，於是「非得」變得有似成語，語用意義成了「非得（不可）」。據上引《史記・留侯世家》兩家註解，參照「你非得來」省略之例，「唯無」的原句式可能是「唯無V；V則——」或「爲無V；否則——」，截頭去尾把「V則」省了；於是「唯無」的語用意義成了「唯無（否則）」。《國語・晉語二》「且人中心唯無忌之，何可敗也？」《經義述聞》卷二十一述王念孫據韋註「言驪姬唯無忌憚之心，執之已固，何可敗也？」認爲「今本（『之』字下）脫『固』字，則文不成義，且與『何可敗也』義不相屬。」本文將原文讀作「且人中心唯無忌之，（忌之則）何可敗也？」上下相屬，無有脫誤；而韋註「執之已固」一語有增字解經之嫌。

3. **加「苟」以表事件尚未成眞**

《說文》「苟，艸也；从艸，句聲。」早期語料中，《周易》、《尚書》都未見。《詩經》六見：

〈王風・君子於役〉「苟無飢渴」，《鄭箋》「苟，且也。」〈蕩之什・抑〉「無曰苟矣」同此訓。

〈唐風・采苓〉「苟亦無信」、「苟亦無然」、「苟亦無與」、「苟亦無從」，《毛傳》「苟，誠也。」

都非假設句。前五例的共同現象是句中動詞都用「無」字否定。這個「無」可寫作「毋」，相當於今語止詞「別」。

「苟」字另有一種用法：出現於複句中的子句動詞前表假設。《論語》裡有六例：

〈里仁〉「苟志於仁矣，無惡也。」《集解》引孔註：「苟、誠也。」
〈子路〉「苟有用我者，期月而已可矣。」第一逗孔註：「言誠有用我於政事者。」
〈述而〉「（丘）苟有過，人必知之。」「丘」字據上下文補足，作此句主語，指孔子自己。
〈顏淵〉「苟子之不欲，雖賞之不竊。」「苟」在帶「之」的子句「子之不賞」前。
〈子路〉「苟正其身矣，於從政乎何有？」零主語，即是泛指的主語「一個人」。下句同。
〈子路〉「苟患失之，無所不至矣。」

前兩處孔安國既註單詞，又解全句，「苟」訓「誠」無有不宜。如此用例，稍晚的《孟子》、《離騷》等都有，當是假借。

「苟」訓「若」，首見於《經傳釋詞》，只引《周易．繫辭傳下》「苟非其人，道不虛行」一例。此句漢人無註；孔疏：「若苟非通聖之人，則不曉達易之道理，則易之道不虛空得行也。」「苟」上補一「若」字，「苟」字之語彙意義與語用意義盡顯。《康熙字典》「苟」無「若」一義。王引之少引一「若」字，從此「苟」在辭書上多了一個「假如」的語彙意義。

這個字與上文「眞」字詞義相近，用法也相似。「苟」字的語彙意義是「誠」，也就是今語的「眞、實」；其語用意義是「（假使）苟」。現在詞典裡都把這個「苟」直接解作「假使」，極不恰當。眞照這麼辦，「他眞學會了還不好嗎」的「眞」，以及其同義詞「誠、果、果然、信」等也可以直接解作「假使」了。「誠、果」等句例有《管子．幼官》「舉機誠要，則敵不量」，《左傳．宣公十二年》「果遇必敗」。跟「苟」同出一轍，現代詞典裡也把這兩個詞解作「假如」。

4.子句的謂語否定用「無（＝毋）」代替「不」

《論語・子罕》「四十、五十而無聞焉，斯亦不足畏也已」是假設句，謂語用「無」否定。〈論語・學而〉「君子食無求飽，居無求安」、「無友不如己者」、「父在，觀其志；父沒，觀其行；三年無改於父之道，可謂孝矣」等等的「無（＝毋）」傳統叫止詞，用於勸阻，亦屬此處所謂「虛擬」一類。這些虛擬語句如爲陳述語句，「無」要換作「不」。

上古漢語動詞的否定詞帶事態(aspect)，分「已然」（「不」）與「將然」（「未」）；也帶語氣(mood)，分「陳述」與「虛擬」(subjunctive)。「不、毋」的區別在此。

「毋」是「止詞」，用於命令、希冀、假想等。《論語》「毋意、毋必、毋固、毋我」。

表祈望，非下指令。現代漢語改用幫母字「別」，本文認爲是官話方言「不愛」之合音詞，也用以表擬測或讓步。下引古代「無」字句，都可以「別動、別讓、別說」字對譯：

> 《詩經・召南・野有死麕》「無感我帨兮！無使尨也吠！」這是希求。
>
> 《詩經・周頌・敬之》「無曰高高在上，陟降厥士。」這是個讓步語句。

「無、毋」同音，該是同一詞的人爲分化，所以實例混亂。如《論語》「食無求飽，居無求安」表意圖，與上引「毋意」用法無別。

《經傳釋詞》中「無，發聲助也」，不可從。同樣情形，《論語・季氏》「求！無乃爾是過與？」孔疏解作「無乃，乃也」。這句話如果直刺子路之不是，想來「無」可改作「不」。孔子委婉數說子路，用「無」以虛擬語氣說「這不就該責備你嗎？」（參用楊伯峻《論語譯註》。）

古文中又有「無必」、「無亦」等組合。《國語・晉語一》「鈞之死也，無必假手於武王」，「無必」

是虛擬語氣的「不必」；〈晉語四〉「公子無亦晉之柔嘉是以甘食」，「無亦」是虛擬語氣的「不亦」；「亦」字是加強語氣詞，如《孟子．梁惠王上》「亦將有以利吾國乎」、「亦有仁義而已矣」。

上古「不、無、未」三分法，還保留在現代「不、沒有、還沒有」。表語氣的「無/毋」否定詞消失了，只好借助於能願動詞。

5. 陳述句裡用「非」字否定的讓步子句改用「微」字

「非、微」否定語句，也就可以否定VP。兩者之分，也在「陳述」與「虛擬」。一般字典把「微」字解作「如果不是」，這「如果」是其語用意義。我認爲「非、微」分別來自「不惟、毋（無）惟」，自然具備「不、毋」的虛擬語氣。

例如《論語．憲問》「微管仲，吾其被髮左衽矣！」此字註家解作「無」；念上去文從字順，毫無扞格，但成了陳述句。於其解作「無」，不如解作「非（=不是）」，表讓步。此處用明母字「微」，正合虛擬語氣。早期《詩經》句例如：

〈邶風．柏舟〉「微我無酒，以敖以遊。」毛傳「微」讀作「非」，則爲陳述句。

〈邶風．式微〉「微君之故，胡爲乎中露？」

上列這五種字眼可以搭配合用；所舉《論語．憲問》「士志於道而恥惡衣惡食者，未足與議也」即其一例。日常口語裡還使用的文言連詞就有這種搭配緊縮而成的合詞，像「即使」是讓步連詞配合假設連詞；「如果」便是假設連詞「如若」配合範圍副詞「果然」。

第4、5兩法平行。「非」是「不惟」合音，先天承襲「不」字否定陳述句動詞的職責。同理，「未」

是「無非」合音，先天含有「無」字否定「未然」事件的徵性。幫母否定詞不受動詞事態(aspect)的約制，用以否定陳述句；明母否定詞否定動詞的未然態，則用於虛擬句。這兩系否定詞間之分界還多少保存於現代漢語之中，不同的是現在已不靠否定詞表達虛擬語氣。

探索語法導引我們發現新問題、尋找一致的解說；至於用什麼語法理論解說，倒還在其次。漢語虛擬句如結構完整無缺，大致無礙後人求解；一遇省減或其他糾結，虛詞單靠訓詁手法註釋，實難免張冠李戴，卻大有可商；輔以語法，多一手段，當有助益。上古漢語有虛擬語氣的結構，和現代漢語一樣，有適用於虛擬語氣的連詞與副詞，此外句中否定詞更依其語氣(mood)而曲折，豈不有趣？

【引用古註之外的書目】

Chao, Yuen Ren. 1968, *A Grammar of Spoken Chinese*. University of California Press.

王引之，《經義述聞》，收附《清註疏十三經》五，《四部備要》影本，北京：中華書局。

王引之，《經傳釋詞》，臺北：世界書局。

俞樾，《古書疑義舉例》，收入《古書疑義舉例五種》，臺北：泰順書局。

楊樹達，《詞銓》，臺北：臺灣商務印書館。

楊伯峻，《文言虛詞》，北京：中華書局。

楊伯峻，《論語譯註》，臺北：河洛出版社，1978。

王叔岷，《史記斠證》，《中央研究院歷史語言研究所專刊之七十八》，1982。

李零，《郭店楚簡校讀記》，北京：北京大學出版社，2002。

漢語動補結構探源

鄭再發
University of Wisconsin – Madison

摘要

北方官話據同步(synchronic)研究有所謂動補結構。補語自然是鋪張動詞的。於是動詞與補語的相對地位是端語(head)居前，定語居後。從錯步(diachronic)的立場看，這個語序很突兀。漢語的語序以定語居前爲常。爲什麼，或在什麼時候這個語序顛倒了呢？

事實上很多人都指出動補結構的語義中心在補語，不是其前的動詞語組。可見就本地語感說，這個語序並未顛倒。語義語序不顛倒而語法語序卻顛倒，同一結構的認知一順一逆，這又怎麼說呢？我們能否假定兩者都沒顛倒？

本文倒不預設立場。所以也不追究漢語爲什麼，或在什麼時候顛倒了這個語序，只打算探討所謂動補補語是從什麼發展出來的。

所謂動補結構的動補之間可有個「得」居中引介。補語語組前頭這個「得」是什麼，我們並不清楚。說它是引介補語給動詞的助詞(particle)，實在勉強。因爲助詞居語組前的結構，漢語裡獨此一例。說它是動補結構之間特有的動詞詞尾，那麼這種結構的動詞得有詞尾，其理據何在？然則這個顛倒語序的癥結在「得」。只要把這個「得」的來路理清楚，所謂動補結構就大致有個說解的方向。

關鍵詞：動補結構、結果補語、程度補語、目的補語、虛化

一、引論

助詞「底、的、得」始見於中古，而上古指代詞「者、之」的發展就在這個時期停滯下來。本文認爲這三個助詞就是「者、之」分化來的[4]。說「底、的」來自「之、者」，大致已有定論。本文提議「得」有兩個來源，其一也來自「者」，試圖用它來解釋由它引介的所謂動補結構。

論語音，說上古的「之、者」在口語裡變中古的「底、的、得」，在聲母上沒有困難。但是原屬低元音的「者」如何變成前高元音的「底」？再者照當時的書面語，「的、得」都帶塞音韻尾，難道這兩個助詞在口語裡絕不念重音，因而塞音韻尾不彰顯了，可以用來代替當時的「之、者」？

這些問題不好回答，癥結在這些問題背後的假設。我們看到上古用「者」的地方中古用「底、的」，於是假設兩者一脈相承。實際情形卻可能不是如此直系單傳。歷史上「之、者」兩字互有消長，那是書本上的現象。在口語裡這兩個字該同時並存於不同的方言或社會層次。我們雖無從證明，卻不妨設想，即使「者」字在中古前期的某種方言中占優勢，首先用「底、的」的人，他們的話仍可以是「之」字占優勢的方言。對說「者」的人而言，代之以「底、的」是方言接觸導致的詞彙變化，不是自己內部的音韻變化。

北方官話裡「得、的」語音相同[5]，出現的地位又近似，再者「的」原由早期「的、底」混同而來，要

---

4 兼論方言的話，還得算上「其」。

5 現代語音相同的還有副詞及狀語後頭的「地」。

分述其發展分合的歷史，未免紛繁迂迴。本文拿「者、之」的各種用法直接來跟「底、的、得」的用法相比較，看前二者如何由後三者分工取代。

「底、的、得」三者中「得」字句因與「動詞—使成」結構的語用相似，學者或統名之爲動補結構，認爲這個漢語裡的新組織源於中古。然而眞要論結構，「得」字句的補語才是全句的主要動詞[6]。論歷史，「得」字句的前身——即「者」字句——的結構就是如此。

說明了「得」字句，所謂動補結構已去其半，於是「動詞—使成」、「動詞—程度」等結構，竟可還認作特殊的連動或「定語—端語」的形式。眞是補語的，大概只有「來、去」等。

無論如何，「之、者」爲「底、的、得」所取代的原由，有音韻變化、方言接觸、雅俗分競，及詞彙虛化等多端。本文不能討論上古、中古間方言的音變條例，也不能討論隋唐之際雅俗兩個語言層次的浮沉升降，只能藉此論證語詞虛化並未眞的引起語法乃至語法類型的變化。漢語史上並沒有主要動詞變補語的條例，也並未從沒有結果補語的語言變成有結果補語的語言。

二、「者」的用法及其演變[7]

(一)指示代詞之分化與虛化

這一節籠統地以先秦爲一期，綜觀「者」字的最早用法。「經子時期」上下八百年，這個字的用法不能

---

6 王力早有此說。見《古代漢語》，頁444，1958。

7 本節的部分內容，曾以"The role of 者 and its development"爲題，2003 年3月間於Columbia University 主辦

沒有變化。文中盡量稱引接近口語的材料，不專用西周或東周的文獻，偶爾也引用更晚期的《史記》。時代不一，正所以見其變與不變的痕跡，並非眞以爲這些材料的語法前後一致，可以劃歸一期。

這時期之初，定語助詞「之」新與指代詞「之」分化，而且定語助詞「之」承襲指代詞「之」的老例，還偶有異文「其」。過後名詞定語助詞的用途越來越廣[8]，終於由「N—之—N」的有限環境擴散到一般「定語—之—N」的結構，至今沿用。這個歷史此處不暇深論，不過指代詞「之」在「N—之—VP」裡的功用，本文必須一談。這牽涉到一些與本文沒有直接關係的問題，爲免枝蔓，只提存有關部分待下文合適的章節分說。

於是本節專論「者」。「者」字始見於《毛詩》的〈小雅〉及〈國風〉。從下例可見在結構上它是名詞語組的端語，其前的定語多爲靜詞(stative verb)或子句。

〈例1〉 a. 楚楚者茨，言抽其棘。（《毛詩．小雅．楚茨》）
b. 有卷者阿，飄風自南。（《毛詩．小雅．卷阿》）
c. 彼蒼者天，殲我良人。（《秦風．黃鳥》）
d. 蜎蜎者蠋，烝在桑野。（《豳風．東山》）

這些「者」字結尾的語組一律是名詞謂語的主語，其用法既像下列〈例2a〉北方官話裡的「那個東西」，

的International Conference on Research and Pedagogy in Classical Chinese and Chinese Language History宣讀，得蔣紹愚提醒「者」字在唐時的新發展。

8 在西周文獻裡，「之」介在兩NP間的例子尙不多見。

用來複指先行的語組；又像〈例2b〉裡的「的」，當定語的助詞。

〈例2〉 a. 灰藍色的那個東西叫做天，殘害了我的良人。
b. 那灰藍色的天，殘害了我的良人。

這兩句用以翻譯〈例1c〉同樣合宜。不過「VP—之—N」的結構顯然後起，起初只有「N—之—N」一式。雖然，我們設想「者」字的複指代詞與定語助詞兩個用法在先秦曾經並存，後來分途發展，產生下列兩種句型：

〈例3〉 a. 政者，正也。（《論語·顏淵》）
b. 虛則知實之情；靜則知動者正。（《韓非子·主道》）

第二例裡「者、之」互文，語義、用法都一樣。定語助詞「之」一般都認爲源於複指代詞「之」，猶如現代「小孩子的爹」源於「小孩子他爹」。上古早期的「之」字固然不是代詞「他」，但它只見於名詞之後，如下例，而絕不作形容助詞使用，其複指代詞的源頭也就顯然。

〈例4〉 a. 予小子敢以王之讎民、百君子、越友民保受王威命明德。（《尚書·召誥》）
b. 維清緝熙，文王之典。（《毛詩·周頌·維清》）

在周初未有定語助詞之時，名詞、代名詞都可以徑自出現於另一名詞之前當定語。換句話說，當定語的名詞與代名詞在語用上都隱含定語助詞「的」的語義。代名詞「之」如果在兩名詞之間，或以複指第一個名詞，或爲第二名詞的定語，都原只有加強語氣的用途。到了隱含其中的「的」鳩占鵲巢，代名詞於是虛化，以代名詞的外形行使定語助詞的功能，「之」字遂有句法上的職務。想來「者」字後來的演變也同出一轍。

再者依照〈例2a〉的讀法，〈例1c〉裡的「者」字不只複指其先行的子句、擔任名詞語組的端語，還有可能附帶標記判斷句的主題。也就是說，這個字一方面是複指代詞，猶如上段分析的「之」，一方面又可能是主題標號(topic marker)，猶如表停頓的「也」。〈例1〉諸例的第一句都可以如此分析。說初期複指代詞的「者」是「之、也」兩詞合音，音韻上天衣無縫，然而定語助詞的「者」絕不能援用這個條例說解，所以「者」字還得認作單詞，不兼充主題標號。

合而言之，同源的「之」與「者」分化爲二之後，又各自再次分裂。「之」由指示代詞而名物代詞而定語助詞，「者」也由指示代詞而名物代詞而定語助詞，兩相平行。但名物代詞的「之」與同爲名物代詞的「者」分司不同的功能。粗略地說，在書面上「之」放棄部分複指的兼職，由「者」多負複指的責任；反之，定語助詞從此偏勞「之」字，「者」字久久不上書面。不過到了秦漢之交，它還是躋身雅言。除了上引〈例3b〉，也見於《史記》。

〈例5〉　不道仁義者故，不聽學者之言。（《史記．屈原列傳第二十四》）

其後續的發展，下文設有專節。

上文諸例的形式歸結如下。上文舉例不周的，參見下文各專節。

a. N—之／者—N

b. Vst—之／者—N

c. VP—之／者—N

d. N—者

e. S—者

f. Vst—者

g. VP—之／者

這些助詞「者」都相當於北方官話裡的「的」。「的」唐代文獻裡分寫作「底、的、地」。其間「底、地」分合的細節，各家說法略有參差。大致言之，「地」始見於南朝，到唐朝還是用作狀語助詞；「底」始見於唐朝，用在定語與端語之間爲助詞。定語可能是名詞、靜詞或動詞，而端語可以隱含不說。「的」字出現最晚，由「底、地」弱化以後合流而來。也就是說，取代「之、者」而起的絕非「地」字，而是後世寫作「的」的「底」，下文作「底>的」。下文逐一鋪述這些早期形式。

㈡早期「者」字的語法分布

這一節簡述「者」字的語法與語義，隨時與後世的「底、的、得」等字相比較。

1. N—者

上節說「之」與「者」分工後，「之」放棄其部分複指的功能。這話說得不周延。多說幾句的話，「者」字夾在兩名詞之間的用法，秦漢前一度消失，名詞定語的用法於是都由「之」字專擅；但是複指的「之」並沒有把複指的功能全部讓給「者」。其見於子句裡的「之」成了標記子句的助詞（說詳下）；見於單句裡的才歸「者」字指代，不過也衍生出〈例6〉之類的句式來[9]。

〈例6〉 a. 富與貴，是人之所欲也。（《論語‧憲問》）

b. 治之爲知之，不知爲不知，是知也。（《論語》）

「者」複指語句的主題或主語，或子句隱含的主語，即Ne。第一個用法自《論語》以下，沿用不衰。除了上舉〈例3〉《論語》一例，再舉《孟子》爲例如下：

〈例7〉 洚水者，洪水也。（《孟子‧滕文公下》）

上文指出，這個「者」後世沒有相當的指代詞或助詞，只能用「這個N」代替。換言之，它不但沒有虛化，反而走回頭路，用最古老的「指示詞—端語」——即「之—N」語組——來承當一個單詞的功能。

第二個用法見下節。

「**T—者、Pl—者**」也是「N—者」。時間詞後的「者」也還是複指，意思是「這個時候」。如果兩個時間詞對文，則第一個時間詞加「者」，第二個時間詞只加「也」，不需複指，如「古者——今也——」，（見《孟子》）。「T—者」的早期例句如：

9 這種句式即使來自《毛詩》「戎狄是膺」之類，與複指的「之」字句仍有淵源。

〈例8〉　a. 今者不樂。（《毛詩·秦風·車鄰》）

b. 始者不如今。（《毛詩·小雅·何人斯》）

方位詞也是名詞，自然也可由「者」指代。下文裡它複指「鴻溝以西」、「鴻溝以東」。

〈例9〉　鴻溝以西者爲漢，鴻溝以東者爲楚。（《史記·項羽本紀第六》）

唐朝口語裡以「底」代「者」。

〈例10〉　後底火來，他自定。——前頭火來，後底火滅。（《敦煌變文·李陵變文》）

2. S—者；VP—者——「者」指主語

「N—者」可以擴大爲「S—者；VP—者」。這個「者」分指兩種語法功能不同的名詞：當主語的人、物、事等是第一類，當狀語的時間、理由、情境、方法、程度等等屬第二類。這一節先談第一類。第二類見下文。

「N—者」這形式帶有加強語氣之功，因此註家常用以稱引字詞。上引〈例7〉就是典型的例子。這個形式也可以稱引語句，如：

〈例11〉　a. 安見「方六七十如五六十而非邦也」者。（《論語·先進》）

b. 諺所謂「輔車相依，脣亡齒寒」者。（《左傳·僖公五年》）

c. 「嫂溺而援之以手」者，權也。（《孟子．離婁上》）

d. 「人化物也」者，滅天理而窮人欲者也。（《史記．樂書》）

謂語也可以單獨抽取出來。底下就是稱引名詞謂語的例子：

〈例12〉 「孝悌也」者，其爲人之本與！（《論語．學而》）

加引號的就是所稱引的語句，用「者」字複指，以醒耳目。「者」是「這種事」、「這句話」、「這作法」等。引號中沒有句尾詞「也」的，要解作不是引文也行。這時候「者」就相當於「底>的」或「底>的—N」。

當然「者」也不專爲稱引。其不用來稱引，而用來當名詞語組的端語的，爲數更多。

〈例13〉 a. 知我者謂我心憂；不知我者謂我何求。（《毛詩．王風．黍離》）

b. 好仁者無以上之。（《論語．里仁》）

c. 萬乘之國，弒其君者必千乘之家。（《孟子．梁惠王．上》）

這些「VP—者」形式的例句裡，VP的主語隱沒不顯。依漢語的通則，主語、動詞、賓語三個成分如果列成「主—動—賓」的語序，這結構是語句；如果是「動—賓—主」，這結構是以主語爲端語的語組。也就是說，「者」前的VP的隱含主語向後移位，爲「者」所代了。這時候它又是其前的VP的主語，又是其後主要謂語的主語。從這個意義上說，它是關係代詞。

「者」字只能代定語裡隱含的主語，不能代其賓語。定語裡的賓語別由「所」字替代。

〈例14〉 a. 己所不欲，勿施於人。（《論語．衛靈公》）

b. 日知其所無，月無忘其所能。（《論語．子張》）

這個「所」字前置，爲緊接其後的動詞「欲、無」的賓語，又是主要動詞「施、能」的賓語。就這個意義上說，它也是個關係代詞。

《論語》裡，這個「所」還可以再用「者」替代一次。

〈例15〉 a. 君子所貴乎道者三。（《論語．泰伯》）

b. 此天之所與我者。（《孟子．告子上》）

c. 其妻問所與飲食者。（《孟子．離婁下》）

如此疊床架屋，正表示加「者」是後期形式。早期文獻裡只有不加「者」的例子，如：

〈例16〉 百爾所思，不如我所之。（《毛詩．鄘風．載馳》）

「所」字身爲關係代詞而處於句中，其語法功能越來越模糊，因此加「者」來補救。如此一來，「所」字的雙重功能由「所」、「者」分攤，一任賓語，一任主語。後來賓語的「所」終於用成了贅詞。這拿〈例15c〉與下例對看，就很清楚。

〈例17〉 問其與飲食者。（《孟子・離婁下》）

就如現在漢語裡「他所點的太貴」固然常見，傳達的信息也不過是「他點的太貴」而已。可見「者」、「所」遭際不同。前者當複指時回去上古辦法用「這個N」，實詞實說，而後者徹底虛化。這除了由於語序不同之外，想來還由於「者」跟其同源詞「之」一樣是有定代詞，而「所」字有定、無定兩可。這分別跟漢語裡主語、賓語的一般屬性相當，此所以前者代主語、後者代賓語。

上面〈例15b〉是判斷句，因而可有歧義。從下文可知，《孟子》的時候「者」字已有果決(assertive)句尾詞一讀，而果決句尾詞又常見於判斷句。然則〈例15b〉「者」字也可能不是因「所」而後增的端語。

3. S—者；VP—者——「者」指狀語結構裡的名詞

「者」指人、時、地、事等的時候，代的都是動詞的主語或主題。它還可以指情境、時間、手段、理由、範圍、程度等，代的是關係子句的端語或狀語結構裡介詞的賓語。分述如下。

(1)「者」指情境或時間

情境或時間設定事件的背景或條件，然而帶有背景或條件的語句，不都是文法上的因果句。古代因果句的句法形式通常作「（如）……，（則）……」。「如」字設定條件；「則」不過是副詞，跟現在的「就」一樣，原是「在這時節」的意思，回指前半句設定的條件。正由於兩半語義前後相照應，「如，則」看起來像連詞。

上式裡的括弧表示可省，所以這個基本句式代表四個句型，即：「如，則」全不省、省其一，及全省。其中只有全省的時候，「者」字句與「則」字句都有歧義。例如《孟子》「不違農時，穀不可勝食也」，沒有連詞，所以可以解作「如S，則S」的因果句，也可以解作「S的情境，S」或「S的時候，S」的「主題—說解」句（下文簡稱「題說句」），前半陳述的情境或時間，可虛擬，然而未必都是條件，所以「者」字也不能說是條件助詞。下面〈例18a〉就是這種題說句，〈例18b〉才是因果句。

〈例18〉

a. 得賢者，昌；失賢者，亡。（《韓詩外傳．七》）

b. 得賢，則昌；失賢，則亡。（《韓詩外傳．五》）

因爲有〈例18b〉句可資對照，〈例18a〉裡的「者」不解作「……的人」。春秋時已有這種用法，例如：

〈例19〉

a. 魯無君子者，斯焉取之。（《論語．公冶長》）

b. 莫春者，春服既成……（《論語．先進》）

c. 其事急者，引而上之。（《墨子．雜守》）

d. 繫者久。（《史記．龜策列傳第六十八》）

〈例19a〉的「者」是「……的場合」；其他諸例是「……的時候」。〈例19b〉的「莫春」本身就是時間詞，前已論及，這裡只是引來跟〈例19c、19d〉的「其事急」、「繫」比較。〈例19d〉是主謂句。正如北方官話的「……的場合」、「……的時候」一樣，這些「者」字不論出現於主謂句或題說句，都用來代替受關係子句限制的端語。

在前半期，「者」字句與「則」字句的句法結構不同而互補，有「者」無「則」，有「則」無「者」。後半期的文獻裡「者」、「則」可以同時出現，「如」、「者」也可以同時出現。如：

〈例20〉　a.　戰士怠於行陣者，則兵弱矣；農夫惰於田畝者，則國貧矣。（《韓非子》）

　　　　b.　若犯令者，罪死不赦。（《管子》）

〈例20b〉加「若」，顯然是爲了避免歧義。〈例20a〉已有主語「戰士」，不用再說，所以「者」字複指隱含的「情境」或「時間」，不加「則」語義也清楚。

⑵ **「者」指手段或理由**

指手段的「者」字出現在「所以」之後，情況與〈例22〉雷同。「者」在這些句子裡指手段，全由於「所」字後頭的介詞「以」。「者」字本身還只是簡簡單單的「……的東西」。

從〈例21a〉可見，這個「所以」在《論語》裡不必更有端語；在《墨子》、《左傳》、《孟子》裡都又加了端語。端語或用「之—N」，或用「者」。

〈例21〉　a.　不患無位，患所以立。（《論語・里仁》）

　　　　b.　反聖王之務，則非所以爲君子之道也。（《墨子・明鬼下》）

　　　　c.　君稱所以佐天子者命重耳。（《左傳・僖公二十三年》）

　　　　d.　君子不以其所以養人者害人。（《孟子・梁惠王下》）

指理由的「者」亦然。先看例句：

〈例22〉　a.　吾之所以有患者，爲吾有身。（《老子・七章》）

b. 此心之所以合於王者，何也？（《孟子．梁惠王．上》）

c. 卒寡而兵強者，有義也。（《孫臏兵法》）

「者」字這兩種用法，表理由的例句與表手段的似乎一樣多。這是由於「所以」原有兩個用途，既表理由，又表手段或工具。

〈例23〉 a. 此心之所以合於王者，何也？（《孟子．梁惠王．上》）

b. 君子不以其所以養人者害人。（《孟子．梁惠王．下》）

〈例22〉三例的前後兩半合成一個主謂句，猶如北方官話說「N-VP的理由是S」，而不是分別陳述前因與後果的主從複句。把這種句子看作因果句，那是談語義，不是論語法。

這一類的「者」現代跟「底>的」或「底>的-理由」、「底>的—東西」對當。

(3) 「者」指程度

這個用法出現的年代似乎最晚，初見於戰國。

〈例24〉 a. 登高而招，臂非加長也，而見者遠。（《荀子．勸學》）

b. 順風而呼，聲非加疾也，而聞者彰。（《荀子．勸學》）

c. 病者甚，不死。（《史記．龜策列傳第六十八》）

「見者遠」是「（別人）看得見（他）的距離很遠」；「聞者彰」是「（別人）聽得見的響度明顯」；「病者甚」是「病的程度很厲害」。「者」指的也是關係子句的端語。

這些說法跟現代「見得遠」、「聽得明顯」、「病得厲害」相當。

4. **Num—者——基數加「者」**

數詞也是名詞。然而「者」在這裡未必是複指，可能是定語。且舉《孟子》一例。

〈例25〉 二者不可得兼，舍魚而取熊掌者也。（《孟子．告子上》）

「者」當其先行詞的定語，語序顛倒，雖然少見，卻有實例：

〈例26〉 然。誠有百姓者。（《孟子．梁惠王．上》）

我以爲「誠有百姓者」就是「眞有這種百姓」。「者」是指示詞，不是感嘆句尾詞。

5. **S—者——「者」是句尾詞**

「者」開始用作斷果決句尾詞也是戰國之初。有時獨用，有時跟另一斷然語氣詞「也」連用。見下例。

〈例27〉 a. 則人莫敢過而致難於其君者。（《左傳．桓公二年》）

b. 二者不可得兼，舍魚而取熊掌者也。（《孟子．告子上》）

c. 地者先君之地，君亡在外，何以得擅許秦者？（《史記．晉世家》）

這個「者」與北方官話表果決的句尾詞「的」相當。

到了元雜劇裡，「者」字又可用作命令句的句尾語氣詞。例如：

〈例28〉　小姐，把體面拜哥哥者！（《關漢卿）玉鏡台，第一折》）

這個用法還見於今日京戲，不知是否從前者衍生而來。

6. 「者」用如後世的「的」

上文一開頭曾指出「者」、「之」互文的現象。呂叔湘(1943)、蔣紹愚(1994)都認爲這個「者」在秦漢時已侵入「之」的領域，都等於後世的定語助詞「的」。其語法分布如下：

a. N—者—N：動者正（《韓非子．主道》）
b. VP—者—N：定殷者將吏（《史記．陳丞相》）
c. Pron—者：我者（《寒山詩．卷八》）；誰者（《朱子》）
d. Pl—者：壽州者（《唐國史補》）；前面者（《朱子》）
e. Num—者：第一者；兩種者（《朝野僉載》）。其用法同「二者」
f. Vst—者：小者（《王梵志詩》）
g. Vi—者：立者（《酉陽雜俎》）
h. Vi—者—N：去者處士（《虬髯客傳》）

宋朝以後，「者」字的這些用法不見了。

三、「者」、「得」句式異同

上節認爲「者」與「之」分化之後，從複指代詞衍生爲定語助詞與關係代詞。我們還順手拈出這三個功能分別與現代「這個N」、「底>的」、「得」相當。頭一種情形此處不再多說，只談第二種裡指代理由或手段的一類，相當於今日的「的」，以及第三種，相當於「得」。

「者」與「得」相當，然而使用範圍並不雷同。「得」的範圍顯然比「者」寬廣。下文申論兩者之異同，以論證「得」的來源當不只一個。

㈠兩者之同

上文〈例24〉三個例句顯示指程度的「者」與現代「得」相當。我們且先別存先入之見，以爲後者帶領補語。

這個「VP—者」的形式出現之前，要表示程度，原有「N—之—VP」的說法。這個形式不只表程度，也可以表時間、理由、手段、方式、態度、情境等等。下列諸例轉引自王力(1980)，而說解不同：

〈例29〉 a. 君子之至於斯也，吾未嘗不得見也。（《論語‧八佾》）
（前半句表時間）
b. 君之於人也，誰毀誰譽？（《論語‧衛靈公》）

（表態度）

c. 君子之過也，如日月之食焉。（《論語．子張》）

（表情況）

d. 祿之去公室，五世矣。（《論語．季氏》）

e. 久矣哉，由之行詐也！（《論語．子罕》）

（兩句都表時間長短，即上文所謂程度）

f. 賢者之治國也，蚤朝晏退，聽獄治政。（《墨子．尚賢．中》）

（表時間或方式）

g. 鑒者近，則所鑒大，景亦大。（《墨子．經說下》）

（表距離）

h. 摶扶搖而直上者九萬里。（《莊子．逍遙遊》）

（表高度）

上例「N—之」都可由「其」替代，情形正同「N—之—N」之於「其—N」。「其—VP」論者判定爲子句，而「N—之—VP」卻判定爲語組。如此分析，前後不一致，絕不可從。

「N—之—VP」的「之」不是表示定語的「之」，而是複指的「之」，重複其先行的名詞。這個複指的功用在句法上是標示整個「N—之—VP」是包孕句裡的子句。在語用上，這個子句的形式可有上列各種含義。表面上這形式跟近代來自歐美的「他的到來」的結構有點像，但這個歐化的句子使用的範圍不如「N—之—VP」廣。例如說某人「往日的到來」不合法，「昔者之來也」卻合法。可見其中的N與V不必是主謂關係，然而V還是動詞，並未變成動名詞。

這「N—之—VP」的「N」可以是子句的主語，可以是主題。不管是什麼，它不表理由或手段，而VP中也沒有隱含「Prep-N」結構的狀語。然則這個句式之所以能表理由或手段，不是由於語法結構，而是由語用造成的。

出現表理由或手段的「VP—者」的形式，表示「者」這個字的使用範圍從複指主語擴大及於「Prep-N」狀語結構。從下文可見，好幾種介詞的賓語都可由它指涉。當它指「以」的賓語的時候，介詞語組整個刪省不留痕跡，如〈例21c〉。明說「所以」而不刪省的結構，反而後起，如〈例21a、21b〉。這是書面語裡把「所以」句與「者」字句兩個形式重疊了。這個表現於書面語的新條例，未必擴散到各個方言或語言層次。不帶「所以」的「者」句式還同時存在。就是這種句式的「者」，與「的理由」相當。北方官話在「的理由」前頭還可以不加「所以」。

那麼上例〈例29g〉的「者」代的是哪種介詞語組的賓語？我以爲是「鑒者近」就是後來「所自鑒者近」的原型，「者」代的是「自」的賓語。

跟上段「……的理由」一樣，「鑒者近」也相當於今日的「照底距離近」，但同時也相當於「照底近」。「照底近」是「照底東西近」。那麼就把「照底距離近」另作「照得近」，以避免歧義，「者」字於是再次分化。

「照底近」跟「照得近」的結構與「照底東西近」跟「照底距離近」原無二致，都是主謂句。「照得近」這個「V得Vst」的結構裡，Vst纔是句子的主要謂語。

這個「者」字未再次分化的時候，「鑒者近」這個句子有歧義。後世雖加賓語「所」，如下例，問題仍在。分化之後，兩無糾葛。

〈例30〉　學之所益者淺；禮之所安者深。（《世說新語·賞譽·下》）

「V得V_{st}」這個形式後來繼續擴散，漸漸超越原來「V者V_{st}」的範圍。下舉諸例，除了〈例29h〉還可復原成「V者V_{st}」，其他要回去用「者」字都很不容易了。然而其爲主謂句，則始終如一。

〈例31〉
a. 還是靈龜巢得穩。（《謝武陵徐巡官遠寄五七字詩集》）
b. 師師生得豔冶。（柳永《樂章集．西江月》）
c. 天怎知，當時一句，做得十分縈繫。（《樂章集．十二時》）
d. 淡淨的衣服扮得合法。（董解元《西廂記．第一折》）

㈡兩者之異

上舉〈例29h〉述說大鵬直上「的高度」。「九萬里」這個名語組如果換作「高」之類靜詞，這個「者」就跟上文「鑒者」裡的一樣，與「得」相當。意思是說，「V者V_{st}」才能變成「V得V_{st}」；「V者N」只能變成「V底是N」。「者」的使用範圍大於「得」，這又是一例。詳情見第2節。

〈例29〉的「者」可另有一解，就是「到」。「大鵬直上到九萬里」裡，「到九萬里」的語法公用介乎動詞語組與介詞語組之間。既然「到」還沒完全虛化，這個現代句子還是個連動式，不是動補結構。「者」變成「到」不是音變[10]，而是詞彙替換的結果。一般以爲所謂動補結構裡的「得」，由「得」、「得到」、「到達」的意思變來。本文不全以爲然。上文討論有些「者」變成「得」。現在要討論另外有些「者」字，有「到」義，也變成「得」。古書「摶扶搖而直上者九萬里」之類的例子之外，方言也有如是跡象。

---

10 Chao (1968)有「著」、「到」變「的、得」的例子。然則「者」變「到」應無不可能。

「得」在唐朝開始有「到」的用法。

〈例32〉　感得面貌醜陋。（《敦煌變文・醜難緣起》）

在閩南話裡有三個字跟官話裡的「得」字相當。見下例。括弧內是官話。

〈例33〉　a.　這個人好到$_1$沒道理。（＝這個人好得沒道理。）

b.　這個人好去沒道理。（＝這個人好得沒道理。）

c.　這個人好到$_2$逐人褒。（＝這個人好得個個稱讚。）

「到$_1$、到$_2$」語音輕重不同。「到$_1$」不能讀重音，標誌主語，後接描述性的謂語表程度，很像「者」；「到$_2$」可讀重音，後接申述性的謂語，說的是「好」的結果。「去」後接描述性的謂語，說的是其所以「好」的手段。三字用法的界線不可混亂。如果閩南語這三個字是其固有詞彙，不是唐朝以後的新東西，則只好說「得」字這個用法後起。官話裡這個跟閩南話「去」、「到$_2$」相當的「得」，也超出「者」的範圍。

金元時還有「得來」的說法，兩字可以隔開，也使用到現代。

〈例34〉　擗掠得幾般來清楚。（董解元《西廂記・第一折》）

「去」、「到$_2$」、「來」都含方向，常用在連動的頭一個動詞之後。我疑心「得」與之同屬一類，不過發生的時代要早許多而已。如此一來，這種「得」字句與「看到頭昏眼花」、「煮到它爛」等動補結構沒什麼不同。

「得」字還有能願動詞一讀。這當然是另外一個詞，與「者」字無關。

這一節認爲官話的「得」字句有兩個來源，一來自「者」字句，當緊接其後的描述性謂語的主語。一來自「到」，出現於兩動詞的頭一個動詞之後，表該動詞達成第二個動詞陳述的情境。第二種纔是動補結構。

四、V_1-V_2結構

語句或謂語平列，用「而」連接。不過連詞可省，所以同一主語或主題後面，常見兩個動詞或動詞語組連用。且以《論語》爲例。

〈例35〉
a. 溫故而知新。（《論語．爲政》）
b. 愼終追遠。（《論語．學而》）

兩個動詞平行。但居前的動詞既然先發生，於是也就成了居後動詞的背景。也就是說，居前的在語用上像是個狀語。說它是原因，是有幾分像。說它是手段，常更合乎漢語的語感。更有進者，古代漢語就把能願動詞跟副詞都放在V_1的地位，如：

〈例36〉
a. 聖人，吾不得而見之矣。（《論語．述而》）
b. 夫子莞爾而笑。（《論語．陽貨》）

可見「V_1—而—V_2」裡兩個謂語雖平行而語義中心在後。

這兩個謂語可以是名詞、靜詞、動詞，並且大致以此順序排列，如：

〈例37〉 a. 人而不仁。（《論語．爲政》）

b. 富而好禮。（《論語．學而》）

這個順序半由韻律節制。韻律規則管不到的，便依事件時間的先後或語義的輕重排列。

「而」連接語句或謂語。名詞可當謂語，自可借「而」跟另一個謂語連接。不過緊接在名詞後頭的「而」還可解作「如」。如：

〈例38〉 a. 富而可求也。（《論語．述而》）

b. 斯人而有斯疾。（《論語．雍也》）

「富」是「可求」的賓語；「斯人」是「有」的主語。如果沒有這種關係，「而」前的名詞就是謂語。名詞之後，當「如」的「而」可省，當連詞的「而」可省。

如果兩個動詞的賓語一樣，賓語合併成一個放在兩個動詞之後。如：

〈例39〉 a. 學而時習之。（《論語．學而》）

b. 擾亂我同盟，傾覆我國家。（《左傳．成公十三年》）

〈例39b〉「擾亂、傾覆」兩兩同義，其間遂各省了「而」。後來雖非同義，而動詞的語義效果跟「擾亂、傾覆」一樣，都是由輕而重的，「而」字也依例可省。如：

〈例40〉　擊殺之。（《史記·李斯》）

第一個動詞不是第二動詞的因，而是手段。上例如加上連介詞，可有兩式：

〈例41〉　a.　擊而殺之。
　　　　　b.　擊以殺之。

第二句是仿《論語》裡「敏以求之」等句型轉寫的。「敏以求之」的含義就是「敏而求之」、「敏求之」。居前的在語義上是狀語，居後的是動詞。然則「擊殺」等是「狀語—動詞」結構，絕非結果補語。

除了並列式或遞繫式，緊縮式也形成所謂動補結構。如：

〈例42〉　a.　予助苗長矣。（《孟子·公孫丑·上》）
　　　　　b.　勿忘；勿助長也。（同上）
　　　　　c.　助之長者，偃苗者也。（同上）

〈例42b〉裡，緊縮句的兼語因句中的否定詞而提前，「助長」兩詞於是緊鄰，頗似所謂結果補語。「長」字本就有使成用法，因而「助之長」可以認作「助之長之」的另一個簡式。如果以「V_1-N -

V_2-N」爲基式，那麼它有兩個簡化的法子。一個是「V_1-N-V_2」，一個是「V_1-V_2-N」。如：

〈例29h〉 a. 城射之殪。（《左傳·昭公廿一年》）

b. 狂風挽斷最長條。（杜甫《漫興》）

即使第二個動詞原無使動用法，只要出現在「V_1-V_2-N」裡，就有使成的含義，如：

〈例29h〉 乃打死之。（《幽明錄》）

這兩式從先秦時「V_1-N-V_2」多見，經中古時候兩式並存，到宋代以後「V_1-N-V_2」漸少，互有消長。不過在現代方言裡，北方官話用「V_1—N—不V_2」，西南官話用「V_1—不V_2—N」，仍可見兩式爭勝之跡。

「V_1-N-V_2」是兼語式，跟「使—N—V」毫無二致。然則「V_1-V_2」是因語法而形成的語法詞，結構可離可合，跟現代「改良」等「V_1V_2」結構的新詞，能合不能分，大異其趣。

五、結尾

以上各節的結論，應無新義。只是「動補」、「因果句」、「結果補語」等名詞裡的含義大違我的本土語感，不得不辯。

我認爲「得」字句不表示因果關係，「V_1-V_2」結構也不是resultative compound，至少歷史上不如此。

漢語連動裡，manner-action 的關係比cause-effect 的關係更常見。所謂resultative complement，多數是句中主要動詞。

我認爲古代的語句未必明著狀語，未明言的狀語語義可因語用而滋生。「N－之－VP」、「VP－者」兩式都有如此用法。後來添加了「所以」，甚至「所以……者」。到了明說「……的N」的時候，表達狀語的句法結構才臻謹嚴。

歷史資料顯示一部分「得」就是「的」，都是名語組的端語，都來自「得」。只是爲了指涉不同，分化爲二。另一部分「得」來自「到」，而更早的文字裡也寫作「者」。帶第二個「得」的動詞天生需要接一個謂語。這個謂語才眞是補語。

至於兩動詞接連出現的，也有兩類。一是「狀－動」，陳述一什麼手段或工具行事；一是兼語式受連動式同化，採用其「V-V-N」語序，於是原非使動的靜詞也獲得使動的意義。這個「V-V」可分可合，是兩動詞連用，與新興的使動「VV」雙音詞不同。

總結而言，漢語語序雖顚來倒去，到底還沒翻出如來佛的手掌。

Reference

Chao, Y-R 1968, “Grammer of Spoken Chinese.” Berkeley: University of California Press.

Chou，周法高，《中國古代語法》，中央研究院歷史語言研究所專刊之三十九，臺北，1959 。

Jiang，蔣紹愚，《近代漢語研究概況》，北京大學出版社，1994。

Lu，呂叔湘，〈與動詞後「得」與「不」有關之語序問題〉，《漢語語法論文集》，商務印書館，1944。

Mei，梅祖麟，〈從漢代的「動殺」和「動死」來看動補結構的發展〉，《語言學論叢》，16，1991。
Tai，戴浩一，黃河譯，〈時間順序和漢語的語序〉，《國外語言學》，第一期，1988。
Wang，王力，《中國語法理論》，商務印書館，1944。
Wang，王力，《漢語語法史》，商務印書館，1989。
Wang，王力，《漢語史稿》，北京：科學出版社，1958。
Yang，楊伯峻、何樂士，《古漢語語法及其發展》，北京：語文出版社，1992。

丙、已出版著作錄目

一、蒙古字韻研究

㈠八思巴字標註漢語校斟記

「見：1947中研院，歷史語言研究所，慶祝李濟先生七十歲論文集，抽印本二號」

㈡《蒙古字韻跟跟八思巴字有關的韻書》

「見：1945國立臺灣大學文學院，《文史叢刊》，第15號」

二、中古音著作

㈠Ancient Chinese and Early Mandarin

「見：1985《中國語言學報》(*Journal of Chinese Linguistics Monograph Series #g*)」

㈡漢語音韻史的分期問題

「見：1966中研院，歷史語言研究所，《史語所集刊》，第三十四本，第二號：紀念董作賓、董國龢兩先生論文集（下冊）」

㈢漢語聲母的顎化與濁擦音的衍生

「見：2001國立臺灣大學，《臺大文史哲學報》，第五十四期，第八號」

三、詩律

㈠近體詩律新說

(a)「見：2005南京大學，《南大語言學》，第二編，商務印書館發行，ISBN：7-100-04805-2/H」

(b)「又見：2004中華民國聲韻學學會，《聲韻論叢》，第十三輯，第九號，臺灣學生書局發行」

㈡《詩經的歌謠形式、韻式與韻讀》，第二版

「見：2022五南出版公司發行，ISBN：978-986-522-756-2」

㈢參與江舉謙先生，《詩經韻譜》

「見：1944東海大學出版」

四、方言研究

㈠參與董同龢先生，四個閩南方言

「見：1940中研院，歷史語言研究所，《史語所集刊》，第三十本，抽印本」

㈡參與董同龢先生，鄒語研究

「見：1964中研院，《史語所專刊》，第48號」

㈢整理董同龢先生零星遺稿，例如：把卷首的〈語音略說〉一章移作書後的附錄，成《漢語音韻學》一書，交董師母出版。上古漢語音韻表稿訂補（未完成）

「見：1972廣文書局出版」

㈣就韻母的結構變化論南北方言的分歧：官話方言、元音、諧音小史

「見：2002中研院，語言研究所，第三屆國際漢學會議論文集」

五、參與的翻譯著作

The Grand Scribe's Record, Vol. I: The Basie Annals of Pre-Han China,（漢）Ssu ma Chien（司馬遷）, Transleted by Tsai-Fa Cheng & Three Other Scholars; Edifed by William H. Nienhauser Jr.

「見：1984 Indiana University Press發行，ISBN：07-253-34021-7」

六、訓蒙

《漢字部首與常用邊旁》

「見：2017中原農民出版社印行，ISBN：978-7-5449-1282-4」

七、其他

㈠格致說的認識論與治平之道

「見：2002中研院，歷史語言研究所，《史語所集刊》，第七十三本，第四號，抽印本」

㈡雖曰未學，懷靜農師

「見2002遼寧教育出版社，《萬象》(*Panorama Monthly*)，第三十三期，第四本，第二號，ISBN：1008-3766」

㈢跌宕與沉鬱，懷靜農師

「見《聯合報》1990-1994索引」

㈣追憶劉紹銘教授二三事

「2023年2月9日，香港嶺南大學劉教授追悼會用」

後記：書中〈孔子家語校證〉論文得高曼玲女士花數下午時間，細心掃描成電子版，故能順利出版。特在此致最深的謝意。

丁、學術大會論文存目

論文

1962.11　孔子與歌謠，《孔孟月刊》，1: 3，頁15-20

提要：據《孔子家語》等資料談孔子對歌謠的看法。

1963　追憶董同龢、董作賓兩位教授，中央研究院，《考古人類學刊》，第21期

1963　鼂錯過秦論三篇之間的文氣

論三篇的起承轉合。

1966.3　《臺灣話考證》評介，《思與言》，3: 6

提要：談臺灣閩南話的書寫問題。

1966　漢語音韻史的分期問題，《史語所集刊》，36

分析從十一世紀到十七世紀之間的五十多種等韻資料，整理漢語各時期的語音特徵，分漢語語音史爲上古、中古、近古早期、近古中期、近古晚期、現代六個階段。

1972a　漢字的辨認與分析，史語所講論會專題演講

用generative grammar 的辨法分析漢字。

1972b　六書新說，史語所講論會專題演講

試圖融文字學入語言學。

1972　也談劇曲與曲藝聲腔，關於中國語言的音樂化，《中央日報》，3月27-28日副刊

提要：談漢語字調與旋律。

1982　清散文(On themes and styles of the Ching essay)

威大中文系講論會。

1983 閩南話古聲調的音韻徵性，華中工學院，《語言研究》，2

提要：閩南方言的單詞，有兩種字調：單獨使用時向來稱爲本調；在複詞合詞有連調變化，稱爲變調。本文以爲所謂變調才是本調，比較了三十九種閩南話方言的調查報告，擬定閩南話的古代字調的基本形式與演變的條例。

1983 The Distribution of -r- and -j- in Archaic Chinese，《史語所集刊》，54: 3

提要：等韻分四等。三等有重鈕三$_3$、三$_4$兩類，又有純三等。本文擬訂-j-、-rj- 兩介音，疏通這困擾漢語語音史的古老問題。

1997 歸僑李白

中國文化自古分南北兩大支。北支質實厚重，向居主流。南支活潑，靈動多姿。無論南北，文人多出自農村，回歸農村。李白自稱楚人，但缺少對家、鄉土、農村的情思，這也造就他獨特的詩風。

此外，他一生好道，不事生計，哪來的經濟後盾？想來他遊山也爲了採藥，好酒是爲了商業應酬，那麼當官未必不是爲了藥材生意。我們不妨設想他與主流士子不同的是習自西域人的商牧情懷。當時與西域貿易，成都是大埠，以藥材、珠寶爲大宗。他從中亞碎葉逃回綿陽，事非偶然。

他力爭主流，要重振大雅；反映歸僑傳承的是中土早期的主流文化。

臺灣清大主辦第一屆中國古典文學國際研討會宣讀。

1997（?） The Backness Rule from the historical and typological perspective

論Backness Rule 的方域只限於北方官話。南方官話以及其他方言沒有這條規則。

1997（?） 華夏流裔：談河洛、客家名稱的語源

華夏、河洛、客家等不同名稱，其古韻母都屬魚歌兩部，聲母都念牙喉音。疑皆出於同一語源。

在Berkerly演講。

1997（?）　江：on the etyma for river

南船北馬。「江」是行船的「水道、水巷」。特指「長江」。「港」是泊船的「水巷」。

1998　從「格物致知」說起

1998　說「了」

在東海大學中文系演講。從descriptive的立場論詞尾「了」與句尾「了」。

1998　SVO句與SVO句

在東海大學中文系演講。假設兩句式共存是由於方言混合而後分化。

1999（?）　屈原與王國維之自殺

A Cultural Interpretation of their self-immolation.

在北京清華演講。用語義學分析法述說這兩人義不受辱，爲自尊而自殺。

1999（?）　談天說帝

論商朝的帝與周朝的天，都指人的先祖。天字從人聲。

臺清大講論會。

2002（?）　論上古陰聲韻尾之脫落始於東漢

以閩語爲證。

2005　古典詩詞句讀的肌理

談詩詞中句讀的斷逗問題。

2006　漢語語句的節奏與漢語詩句的節奏

2016　漢語詞類代號

以上四篇是《詩經的歌謠形式、韻式與韻讀》的準備工作。

國家圖書館出版品預行編目(CIP)資料

鄭再發學術論著／鄭再發著. --初版. --臺北市：五南圖書出版股份有限公司, 2024.02
面； 公分
ISBN 978-626-366-741-9(平裝)

1.CST: 中國文學 2.CST: 文學評論
3.CST: 文集

820.7　　112017925

4X2A

鄭再發學術論著

作　　者 — 鄭再發
責任編輯 — 唐　筠
文字校對 — 許馨尹　黃志誠
封面設計 — theBAND・變設計
發 行 人 — 楊榮川
總 經 理 — 楊士清
總 編 輯 — 楊秀麗
副總編輯 — 張毓芬
出 版 者 — 五南圖書出版股份有限公司
地　　址：106台北市大安區和平東路二段339號4樓
電　　話：(02)2705-5066　　傳　　真：(02)2706-6100
網　　址：https://www.wunan.com.tw
電子郵件：wunan@wunan.com.tw
劃撥帳號：01068953
戶　　名：五南圖書出版股份有限公司

法律顧問　林勝安律師

出版日期　2024年 2 月初版一刷
定　　價　新臺幣650元

經典永恆・名著常在

五十週年的獻禮——經典名著文庫

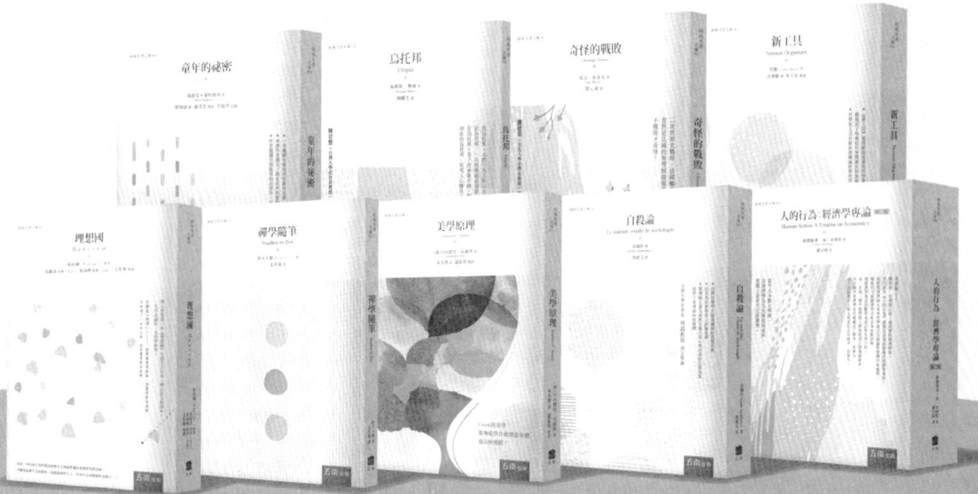

五南，五十年了，半個世紀，人生旅程的一大半，走過來了。
思索著，邁向百年的未來歷程，能為知識界、文化學術界作些什麼？
在速食文化的生態下，有什麼值得讓人雋永品味的？

歷代經典・當今名著，經過時間的洗禮，千錘百鍊，流傳至今，光芒耀人；
不僅使我們能領悟前人的智慧，同時也增深加廣我們思考的深度與視野。
我們決心投入巨資，有計畫的系統梳選，成立「經典名著文庫」，
希望收入古今中外思想性的、充滿睿智與獨見的經典、名著。
這是一項理想性的、永續性的巨大出版工程。
不在意讀者的眾寡，只考慮它的學術價值，力求完整展現先哲思想的軌跡；
為知識界開啟一片智慧之窗，營造一座百花綻放的世界文明公園，
任君遨遊、取菁吸蜜、嘉惠學子！